ポストコロニアル時代の人文学と東アジア文化圏 1

越境する東アジアの文化を問う

新世紀の文化研究

千野拓政 編

ひつじ書房

まえがき

一九八〇年代以来、グローバリゼーションの進展とともに、文学・映像・演劇・音楽・サブカルチャー（マンガ・アニメ・ゲームその他）など、あらゆる文化の領域で、それまでと大きく異なった状況が生まれてきました。その一端は、例えば、テクストの読み方（見方・聞き方）の変化などに現れています。文学に関連する領域では、若い読者を中心に、ストーリーや作品の思想・文体とともに、キャラクターがテクストを読む（見る）上で重要な要素になりつつあります。それは、読者が作品に求めるものが変化しつつあることを物語っています。言い換えれば、作品と読者・視聴者の関係が変化しつつある訳です。そして、その背景には、若者たちの強い閉塞感や疎外感が横たわっているようなのです。しかも、そうした現象は、日本のみならず、東アジアさらには世界各地に共通して見られるようになっています。

二〇一〇年代後半を迎え、貧富の差の拡大、テロ事件の頻発、民族紛争や難民の激増など、世界中で混迷が深まる中、人々の閉塞感や精神的危機がますます広がっているように見受けられます。そうした状況の広がりは一九八〇年代以来の文化や社会の変化と決して無縁ではありません。だとすれば、この大きな状況の転換を、わたしたちはどのように捉えるのでしょうか。また、その背景にある社会状況、精神状況の変化にどのように切り込むことが可能なのでしょうか。

そうした問題意識から、二〇一五年度を皮切りに、毎年、世界から文化の創造・研究に携わっておられる方をお招きして、語り合うシンポジウムを開催してきました。二〇一六年一月には、東アジアに共通する文化現象の起源となった一九八〇〜九〇年代のサブカルチャーについて、音楽・マンガの創作や、文化批評に携わってこられた方々をお招きし、日本のみならず韓国や中国も含めて当時の状況について語り合っていただきました。

二〇一七年は二〇〇〇年から現在に至る東アジアの状況について、語り合っていただく機会を設けました。二〇一七年三月一八日、一九日に、早稲田大学で行われた国際シンポジウム「新世紀：越境する東アジアの文化を問う――カルチュラルスタディーズ・文学・サブカルチャー・そして人々の心――」がそれに当たります。議論は三つのパートに分かれています。

一つは、文化研究（カルチュラルスタディーズ）についてです。文化研究は新たな文化状況に切り込む方法の一つとして発達してきました。しかし、東アジアの文化研究の発達は、欧米と異なる文脈をたどっています。文化研究は新たな文化状況にどのように切り込んで、あるいは切り込めずにきたのでしょうか。それぞれの地域で文化研究が歩んできた道、抱えている課題、これからの展望などについて、中国、オーストラリア、日本から現場で研究に携わってこられた方々をお招きして、語り合っていただきました。

二つ目は、文化的・社会的変容の背景にある精神状況・思想状況についてです。今日、東アジアは緊張が高まり、それぞれの地域で人々の精神状況・思想状況は混迷を深めているように見受けられます。しかし振り返ってみれば、一九八〇年代の東アジアは精神的には比較的開かれた空間がありました。日本では高度経済成長が終わって人々の目が社会や精神生活に向き、中国では改革開放の進展とともに自由・平等・民主などが語られ、韓国では民主化が一気に進んで日本の大衆文化が許容され、未来の希望が語られた時代でもありました。今日の文化・社会状況の背後にある精神的・思想的な混迷をどのように捉えるのか、中国、韓国、日本から思想の現場で活躍してこられた方々をお招きして、語り合っていただきました。

三つ目は、文学とサブカルチャーについてです。文化の問題を考えるうえで最も重要なのは、創造と受容の現場です。中国、台湾、日本から、文化の変容を目の当たりにしてこられた、八〇年代生まれの若い作家の皆さんにお集まりいただき、それぞれの地域の文学やサブカルチャーをめぐる状況や、その中での創作が抱える課題などについて語り合っていただきました。

幸い、刺激に満ちた報告と討論ができたと思います。そこで、シンポジウムをできるだけそのままの形で、読者のみなさんにお届けしたいと考えました。

本書の第一部、第二部、第三部がそれに当たります。また、あわせて、先に紹介した、このシンポジウムの議論の前哨戦となったシンポジウム「一九八〇年代サブカルチャー再訪――アジアを貫く若者文化の起源」（二〇一六年一月一七日、早稲田大学で開催）も収録しました。第四部がそれに当たります。あわせてご覧いただくことで、起源から今日に至る問題の連続性とその深さを実感していただけるのではないかと思います。

今回の試みが、混迷する現在の世界を見つめ直し、理解する小さなきっかけとなれば、これに勝る喜びはありません。「知」が現在の世界にどこまで切り込むことができているか、じっくりご覧いただければ幸いです。

研究グループを代表して

千野拓政

目次

目次

まえがき　ii

第一部
文化研究（カルチュラル・スタディーズ）の来し方行く末

千野拓政（日本／早稲田大学）
この30年間東アジアの文化に何が起こってきたのか？——アニメ・マンガ・ライトノベル、コスプレ、そして村上春樹　2

王暁明（中国／上海大学）〔楊駿驍・千野拓政訳〕
「小器化」の時代に——今日の大陸中国における文化研究　27

43誰が「美的差異」を気にかけるのか？——
危機の時代の文化研究
Meaghan Morris（オーストラリア／シドニー大学）［山田裕美子・千野拓政訳］

66
二〇一〇年代の日本のメディア文化と政治
ポストメディア時代の文化研究——
毛利嘉孝（日本／東京芸術大学）

82
パネルディスカッション［司会：千野拓政］

第二部
混迷する思想に向けて

106
今日の中国の精神・倫理問題をめぐる思考についての思考
賀照田（中国／社会科学院）［陸賽君・千野拓政訳］

李南周（韓国／聖公会大学）［張宇博・千野拓政訳］
民主大闘争（一九八七年）からキャンドル闘争（二〇一六年–二〇一七年）に至る思想状況の変化——革命のディスコースを中心に 117

第三部
文学とサブカルチャーのはざまで

陳栢青（台湾／作家）［劉茜・千野拓政訳］
妖怪が生まれた——二〇一〇年以降の台湾マンガ・アニメ・サブカルチャーの現状並びに新世代作家の対応 138

トークセッション［司会：小沼純一］
上田岳弘（作家） 陳栢青（作家） 150

パネルディスカッション［司会：千野拓政］ 166

第四部
一九八〇年代サブカルチャー再訪——アジアを貫く若者文化の起源

シンポジウム［ライブ収録　総合司会：藤本一勇］ 178

①一九八〇年代ポップスの世界 185

1. 牧村憲一「八〇年代の七〇年代」
2. 牧村憲一＋鈴木惣一朗「九〇年代の八〇年代」
3. チャ・ウジン「二〇世紀のノスタルジアはいかに二一世紀音楽市場の支配力を持ったのか——韓国の若者文化、ソーシャルメディアそしてK-POP」
4. 林ひふみ「一九八〇年代北京：ロックの萌芽と改革開放」

②一九八〇年代マンガの世界 239

1. とり・みき「八〇年代の個人的マンガ家活動から見たオタクとサブカルの分化」
2. 宮沢章夫「岡崎京子で読む八〇年代、九〇年代」

③パネルディスカッション［司会：小沼純一］ 273

あとがき 305

第一部

文化研究（カルチュラル・スタディーズ）の来し方行く末

この30年間東アジアの文化に何が起こってきたのか？
――アニメ・マンガ・ライトノベル、コスプレ、そして村上春樹

千野拓政

一　問題の所在

この三〇年の間に東アジアの環境は大きく変化しました。政治・経済だけを見ても、旧ソ連が崩壊して冷戦が終結し、香港が中国に返還されました。その中国は天安門事件を経て独裁性を強めながら、未曾有の経済発展を遂げて世界第二位の経済大国となり、韓国は軍事政権が終わり民主化を遂げました。しかし、そうした政治・経済の変化は、必ずしも緊張の緩和と繋がっていません。日本・中国・韓国は領土問題や歴史問題で繰り返し衝突し、国交回復直後の一九七〇年代にはアンケートで相手の国が好きと答える者が八〇％近くいた日本と中国では、今や反日、嫌中が声高に叫ばれています。

その一方で、若者文化に目を向ければ、日本のサブカルチャーは東アジアで広く愛好され、国境を越えた共通の文化現象が見られるようになっています。二〇一二年、尖閣諸島の国有化をきっかけに日中関係が緊張したとき、村上春樹は新聞に投稿し、「魂が行き来する道筋を塞いでしまってはならない」（朝日新聞

九月二八日付け）と述べて、読者の強い共感を呼びました。そのとき彼の脳裏にあったのは、「音楽や文学や映画やテレビ番組が」「多くの数の人々の手に取られ、楽しまれている」東アジア共通の文化圏が生まれていること、そしてそれが危機に瀕しているということでした。

こうした新たな、しかも相反する現象は、世界が大きく変貌しつつあることを物語っています。その変貌を捉え、問題の核心に切り込む方法の模索がなされてきました。文化研究（カルチュラル・スタディーズ）もその一つの方法として発達したものです。

例えば中国では多くの文学研究者が文化研究にシフトしました。その背景には、かつて文化や社会や思想の問題を考えるうえで中心だった文学研究が、しだいに社会に対する影響力を失っていったことがありました。つまり、中国の文化研究は、「知」が、あらたな社会・文化の状況を把握し、それを社会に発信する力を回復するための武器として発展したのです。そうした試みは、果たして何を、どれだけ明らかにすることができたのでしょう。ここでは、サブカルチャーと文学を例に少し考えてみたいと思います。

二　今、東アジアの都市に起こっていること

この三十年間、文学の周縁化が叫ばれてきました。それは若者の文学離れ、活字離れとともに、東アジアの諸都市に共通な現象として語られています。

しかし、若者に読まれている文学作品は決して少なくありません。例えば日本では、村上春樹の『1Q84』book1～book3（新潮社、二〇〇九～一〇年）が、文庫版を含めて七七〇万部を売りました。中国に目を向けても、

中堅作家余華の長編『兄弟』（作家出版社、二〇〇八年）が三五万部を売っています。ライトノベルに範囲を拡げれば、もっと読まれている作家や作品が目白押しです。日本では、谷川流の『涼宮ハルヒの驚愕』（上・下、角川スニーカー文庫、二〇一一年）の売り上げが初版だけで一〇〇万部を越え、現在九巻まで出ているシリーズ全体では二〇〇〇万部を超えます。中国でも、郭敬明の長編ファンタジー『幻城』（春風文芸出版社、二〇〇三年）が二〇〇万部、青春群像を描いた『小時代1.0』（同前、二〇〇八年）『小時代2.0』（同前、二〇〇九年）がそれぞれ一〇〇万部を売っています。マンガまで含めれば、『ONE PIECE』第五二巻（集英社、二〇〇八年）が初版二五〇万部を売ったように、さらに読まれている作品がたくさんあります。

こうした現象は、若者が決して活字の作品を読まなくなった訳ではないことを物語っています。ただ、彼らの興味は、いわゆる純文学や大衆文学ではなく、新しいジャンルの作品に移っているようなのです。だとすれば、若者の文学離れ、あるいは文学の周縁化とは何を意味しているのでしょう。そして、それが東アジアの諸都市で共通に見られる現象なら、その背景には何があるのでしょう。

そこには、いくつかの次元で決定的な変化が起こりつつあるように思います。まず、若者のテクストの読み方がこれまでと異なって来ているのです。ごく単純化して言えば、これまで文学テクストを読むとき、読者は主にストーリーや作品に込められた思想、文体などを鑑賞してきましたが、現在の若い読者の一部は、キャラクターを鑑賞することに重きを置くようになっています。特にアニメ、マンガ、ライトノベルや、それに付随するコスプレ、二次創作など同人活動（いわゆるサブカルチャー）の愛好者たちはそうです。例えば、コスプレは好きな作品の好きなキャラクターに扮装しますし、二次創作は原作のキャラクターなどを借用して新たな作品を創作します。これら愛好者が注目しているのは、明らかにストーリーではなく、キャラクターです。

それだけではありません。そうしたテクストの読み方の変化は、読者と文学の関係をも変えつつあります。読むことをとおして作品に期待するものが変化してきています。近代以降、文学作品、なかでも純文学作品を読むとき、読者はそれらをとおして、人間や社会、世界や歴史の真実に触れること、あるいは触れるための手がかりを見つけることを期待してきました。しかし、現在のサブカルチャーを愛好する若者の一部は、作品を通じて仲間と交流することに喜びを見いだしているようなのです。彼らはインターネットを通じたり、サークルを作ったりして、ファンどうしの繋がりを持っています。そして、そうした共同体（コミュニティ）で、作品のキャラクターや設定について熱い議論を交わしています。そうしたコミュニケーションの中で自分の意見が受ければ即座に大きな反響があって、自分の居場所を見つけ、自己実現をした実感を得ることができるらしいのです。

そうしたキャラクターへの関心や、作品に求めるものの変化の背景には、若者のある種の孤独感や虚無感、閉塞感、あるいは社会との隔絶感（社会に参画できるという思いの欠如といってもよい）があるように思われます。

そして、それらすべてが国境を越えて東アジアの都市の若者の多くに見られるようになっているのです。先に見た、相反する新しい現象は、その現れと言ってよいでしょう。では、東アジアの都市の若者に何が起こっているのでしょう。

図1　街角の若者（博報堂アジア生活者研究プロジェクト『アジアマーケティングをここから始めよう』PHP 研究所、2002 より）

三　文学とサブカルチャーをめぐる状況
——国境を越えた共通化

ここに街角で若者を撮影した一枚の写真があります（図1）。出典は博報堂アジア生活者研究プロジェクト著『アジアマーケティングをここから始めよう』（PHP研究所、二〇〇二年）という書物です。東京、上海、北京、台北、香港、ソウル、シンガポール、クアラルンプール、バンコク、ホー・チミン——これらアジアの十都市で若者の消費生活調査を行い、マーケティング戦略を考察した報告書です。どの写真がどの都市の若者か、お分かりになるでしょうか。

背景の看板に書かれた文字が仮名かアルファベットか、繁体字か簡体字か、ハングルかシャム文字か目に入らなければ、皆目見当がつきません。国や地域ごとに、歴史的な、あるいは社会的、文化的な背景が異なっても、アジアの都市の若者の消費生活には、似通った点が驚くほど増えているということです。

実は、消費生活だけでなく、彼らの文化的な趣味にも驚くほど似通った点があります。特にサブカルチャーに関してはそうです。一つクイズをやってみましょう。次に挙げるものが何か、お分かりになるでしょうか。いずれも、数年前まで中国や香港、台湾、シンガポールなど、東アジアの諸都市で若者に熱狂的に支持されていたものです。①名偵探柯南、②灌籃高手、③新世紀福音戦士、④逮捕令、⑤侍魂、⑥心跳回憶。（いずれもインターネットに多くの関連サイトがある）

種明かしをすれば、①名探偵コナン、②スラムダンク、③新世紀エヴァンゲリオン、④逮捕しちゃうぞ、⑤侍スピリッツ、⑥ときめきメモリアルです。最初の二つはマンガ、次の二つはアニメ、最後の二つはコンピューターゲームから出たものです。それが、マンガ、アニメ、コンピュータゲームだけでなく、フィギュア（模型）、ノベライズ（小説）など、領域を越えて多様なジャンルで作品化され、若者の間で流行しているのです。

こうした共通の文化現象は、文学の領域でも起こっています。しかも、作品の受容の仕方が、以前と異なることが特徴になっています。

ライトノベルの流行がその一例です。東アジアでは「軽小説」と呼ばれ、多くの読者を擁しています。また、やおい小説、ＢＬ（ボーイズ・ラブ）と呼ばれる作品群も人気を博しています。男子の同性愛を描いた小説で、女子が好んで読むものです。これも表紙やイラストにマンガが用いられることが多く、書店に大きなコーナーが設けられるほどファンがいます。日本では、二〇〇〇年以降ケータイ文学も盛んになりました。東アジアの諸都市（特に中国の都市）では、ケータイ文学が発達していない代わりに、インターネット文学（「網絡文学」）が日本と比較にならないほど盛んです。インターネットのサイトに作品を投稿し、掲載されたものを読者が読む形式が多く、そこで人気を博して専業作家になる者も出ています。

上記のような作品群は、同人活動と密接な関係があります。ここで言う同人活動は、ファンたちが集って行う活動を指しています。日本でも、東アジアの都市でも、活動の中心は、同人誌の発行のほか、アニメ、ゲーム、フィギュアなどの作成、コスプレなどさまざまです。オリジナル創作もありますが、自分の好きな原作のキャラクターや世界観を借りて、独自にストーリーを展開する「二次創作」と呼ばれる作品が主流です。

こうした同人活動の作品は、コミックマーケット（通称コミケ）などの展示即売会（あるいは通信販売）で売られ、同人どうしが交流します。また、インターネットやオフ会（同人仲間だけの集い）を通じて情報を交換し、お気に入りのキャラクター（アニメの場合は声優なども含む）や作品の世界観、作品のディテールなどについて、熱い議論を戦わせます。

こうしたファンの間では、作品との関わり方が大きく変化しています。ただ作品を読んで楽しむだけでなく、作品を通じて相互にコミットしようとする読者が少なくないのです。

では、彼らの作品の読み方はどう変化したのでしょう。なぜ彼らは作品を通してコミットしようとするのでしょう。

四　キャラクターを読む――テクスト受容の変化

まず、作品の読み方の変化から考えてみることにしましょう。

以下に挙げるのは、東アジアの五都市（北京、上海、香港、台北、シンガポール）で、大学生を対象に、「軽小説」（ライトノベル）およびアニメ・マンガの書き手でもある読者にインタビューを行い、「どこが好きですか？」と訪ねたときの回答です。

「中国の若い人たちも、キャラクターイメージの影響を受けています。三〇歳以上の人はもっとテクストを重視するかもしれません」。（上海。コミックマーケット・コーディネーターFさんへのインタビュー。二〇一〇年六月二九日、復旦大学新聞学院スタジオにて。）

「よいキャラクターは作品全体の魂です」。（北京。同人イベントコーディネーター、ＳＩＯＮ同人社社長、「軽小説」の書き手、ニックネーム山崎晴矢さんへのインタビュー。二〇一一年二月、北京大学にて。）

「読者の多くはキャラクターを好むのでしょうが、わたしはストーリーもキャラクターも大事だと思います」。（台北。ライトノベルの書き手、花月ＡＳＫＡさんへのインタビュー。二〇一一年二月、台湾大学付近の喫茶店にて。）

こうしたキャラクターを重視してテクストを鑑賞する読み方は、日本のマンガから広がっていきました。批評家の伊藤剛は、一九九〇年代前半にいがらしみきおのマンガ「ぼのぼの」（一九八六年～）の鑑賞の仕方が変化したあたりから、それが始まるといいます。

キャラたちは「物語」からゆるやかに切り離され、ただ個別に戯れることを許されている。つまり、キャラたちの「存在」が自在に組み合わされた結果を記述したかのようなテクストが生産されるに至ったのだ。……テクストの内部において、キャラが「物語」から遊離すること、そして、個々のテクストからも離れ、キャラが間テクスト的に環境中に遊離し、偏在することを「キャラの自律化」ととりあえず呼ぶことにしよう。

『テヅカ・イズ・デッド』（NTT出版、二〇〇五年）

伊藤は、この時期からストーリーを離れてキャラクターを鑑賞する読み方や、それを前提とした創作が普遍化したと考えます。そして、以前のキャラクターと区別するために、それを「キャラ」と呼びます。ストーリーと関係がないので、鑑賞するのは主人公でなくてもかまいません。読者は端役や小動物でも「このキャラかわいい」と鑑賞できるのです。

こうした読み方を可能にしているのは、インターネットなどニューメディアの登場にともなう、モジュール化とデータベース化です。コンピュータ上で作品が製作され、流通し、享受されるようになって、作品をいくつかの要素（モジュール）の集合体として捉えることが普遍化しました。そのモジュールは可変で、どのように分節することも、どのように組み合わせることも可能です。だからファンたちは、自分の好きなキャラクターの、好きな要素を抽出して創作・鑑賞します。また、それをデータベースのように蓄積し、自分で独自に組み立てて、自分の創作や鑑賞に使うのです。

こうした、日本から始まったキャラクターを中心に鑑賞する読み方［1］は、すでに東アジアの諸都市の若者に共通のものになっています。では、彼らの作品の受容の仕方には、なぜこんな特徴があるのでしょう。

五　仲間と読む

上記のような作品を愛好する読者には、キャラクター中心の鑑賞のほかにもう一つ特徴があります。ただ作品を読むだけでなく、同人活動の二次創作やコスプレ、あるいは同人間のネット議論のように、作品を通じて相互にコミットをしようとする読者が少なくないことです。

例えば、五都市のアンケート調査の同人活動に関する自由記述の回答やインタビューの回答に、次のようなものがみられます。

「(同人活動は――引用者) 温かみがあります。知らない人が一緒に、大家族みたいになって自由に参加し、レベルの高低に関係なく自分の考えやアイデアを発表できるし、人の〝突っ込み〟も受けたりして、とてもいいグループのコミュニケーション方法なんです」。(北京)

「自分の考えがあって、それを伝えたいという欲求があったんです。例えば、寂しいとか、吐き出したい思いとか。想像によって解放したいと思いました。それで、創作を通じて探しています。そういう気持ちを記録して、人と共有するんです。共感してもらえたらもっとすばらしいけれど」。(二〇一一年二月二〇日、上海復宣酒店ロビーのカフェでの集団インタビューより。)

[1]　モジュール化、データベース化はキャラクターだけに止まりません。ケータイ小説などでは、小説を構成するストーリーの要素がモジュール化され、データベース化されています。

「ライトノベルは一つの動機を提供してくれます。わたしの最初の動機は小説を書いて投稿したいということでしたが、あるところまで来ると、飽きてきます。もう単に小説を書くためではなくなっています。小説を書くことで多くの人と知り合いになれるんです。より多くの人と知り合い、より多くの活動に参加して、一人ひとりと繋がっていきます。そして、もう一度ライトノベルの本質に戻ってくるんです。……わたしはただ小説を書いているだけかもしれません。でも、それだけではなくて、わたしの小説が好きな人と知り合いになることもできるんです。ただ小説のキャラクターが好きで、扮装してコスプレに参加している人のこともあります。ライトノベルは連結性、連続性を持っているんです」。（アマチュアの作者、ニックネーム宇宙油王さんへのインタビュー。二〇一一年二月、台湾大学付近の喫茶店にて。）

いずれの発言からも、「軽小説」（ライトノベル）やアニメ・マンガが同好の仲間と繋がるツールになっており、同人活動がその繋がりを実現する場になっていることが分かります。「軽小説」（ライトノベル）やアニメ・マンガを愛好する東アジアの都市の若者にとっては、作品の完成度や深みを追求することとともに、作品やその周辺の情報について、仲間と情報交換し、話をすることが重要なのです。コスプレや二次創作はその一形態にほかなりません。

単なる鑑賞にとどまらず、彼らが創作に手を染める理由の一つに、ライトノベルや、マンガ、アニメの創作は純文学や芸術作品より敷居が低い、ということがあります。純文学や芸術の創作には、才能が必要かもしれません。しかし、キャラクターを重視する上記のような作品の創作は、作家の冲方丁が『冲方丁のライトノベルの書き方講座』（宝島社、二〇一一年）で書いているように、「キャラクター」「世界観」「アイテム」「プロット」などいくつかの要素（モジュール）の組み合わせとして考えられます。もし、それぞれの要素の作り方をマスターできたら、自分にも作れるかもしれません。自分もこんな作品を書きたい、という夢は思ったより近くにあるのです。

そうして創作に手を染めた彼らが、自分独自のオリジナルな作品を目指すのは当然のことです。しかし、現実の同人活動では、彼らはオリジナルとともに、あるいはそれ以上に、二次創作を重視します。

重要なのは、仲間とのコミュニケーションを図るには二次創作の方が適しているということです。オリジナルの作品は、オリジナルであるがゆえに、自分の作品が同人やファン仲間に認められないことがあり得ます。しかし、キャラクターや世界観を借用して作る二次創作なら、すでにみんなが熟知しているものを使って作る以上その心配はありません。問題は、自分の作品が上手く書けて（作れて）いて、仲間に評価してもらえるかどうか、だけです。彼らが二次創作に傾斜する理由の一つはそこにあるのです。

また、愛好者たちは、一つのジャンル、例えばライトノベル（「軽小説」）だけ、やおい小説だけ、アニメ・マンガだけを愛好する訳ではありません。ほとんどが複数のジャンルにまたがって愛好しています。それも、彼らが仲間との関わりを重視している現れです。集まる仲間が増えれば、中での議論もより熱くなります。それにキャラクターに注目するなら、ジャンルを越えることは問題にはなりません。

そうした、仲間と繋がりたいという思いが、彼らのライトノベル（「軽小説」）、やおい小説、アニメ・マンガなどの受容を支え、二次創作や、コスプレなどの同人活動を活発にしています。それは読者が作品に求めるものが変化していることを意味しているのです。では、そうした作品に求めるものの変化の背後には、彼らのどんな思いが横たわっているのでしょうか。

六　孤独、閉塞、あるいは幸福とキャラクター

ライトノベル（「軽小説」）や、やおい小説、アニメ・マンガ・ゲームに興じたり、二次創作やコスプレなどの同人活動をしたりする目的は、一義的には娯楽といってよいでしょう。しかし、そうした娯楽にかなりの時間を割き、自ら関わる若者が少なくありません。そこには、彼らをそう仕向ける力が働いています。［2］言い換えれば、今の社会や、それを反映した文学・文化への彼らの思いを、背景に抱えているはずなのです。

現在の若者をめぐる環境には、あまり明るい話題が見あたりません。届けられるのは暗いデータばかりです。例えば、日本人の平均収入はこの三十年一貫して四百万円強で、若干減少するに留まっています。しかし、二〇一〇年の総務省統計局の労働力調査によれば、二十代の非正規雇用の割合は三一・九％に上り、その六〇％が平均収入二百万円以下です。二十代の若者の三人に一人が正規の職を持っておらず、収入は正規雇用に比べて百万円以上低いのです。こうした若者の現状を受けて、雨宮処凛（あまみやかりん）は次のように述べています。

〇〇年代の若者たちは、あらかじめ「失わされて」いる。しかし、自分がいつ、具体的に何を失っ

［2］北京でも、台北でも、「同人活動のどこが好きですか」という質問への回答として、「単なる暇つぶし」に続くのが、「仲間と一緒にやることに充実感がある」であることに注意しておきたいと思います。北京では三〇名、台北では一七四名がそう答えています。

たのかわからない。気がついたらカードが確実に減っていた、という実感があるだけだ。なんでか知らないけど生きるのが異様に大変、という皮膚感覚。九〇年代を経て「国際競争」や「グローバル化」という言葉に黙らされているうちに、多くの若者は「使い捨て労働力」に分類されてしまった。……「社会に出た」友人たちが満身創痍となり、次々と心身を壊していくのを目の当たりにしながら、少なくない若者が「労働市場」から撤退していった。

（「漫画が描き出す若者の残酷な『現実』」、『小説トリッパー』二〇〇八年 autumn 所収）

ここから浮かび上がってくるのは、孤立感、閉塞感を抱いて生きる若者の姿です。

しかし、もちろんすべての若者が絶望しているわけではありません。一方では、今の若者が幸福を感じているという報告もあります。内閣府の「国民生活に関する世論調査」によれば、二〇一〇年の時点で、二〇代男子の六五・九％、女子七五・二％が「現在の生活に満足している」と答えており、その数字は一九七三年から倍増しているといいます。（古市憲寿『絶望の国の幸福な若者たち』講談社、二〇一一年）また、内閣府の二〇一〇年「社会意識に関する世論調査」によれば、「国や社会のことにもっと目を向けるべき（すなわち社会志向）」か「個人生活の充実を重視すべき（すなわち個人志向）」かという問いに対して二〇代の若者の五五・〇％が「社会志向」と答え、「個人志向」と答えた三六・二％を大きく上回ったといいます。そこから浮かび上がってくるのは、幸せを感じ、積極的に社会と向き合おうとする若者像です。

これは何を意味しているのでしょう。古市憲寿は、大澤真幸の議論を引いて、今が幸せだと答える若者の心理を次のように分析しています。

将来の可能性が残されている人や、これからの人生に「希望」がある人にとって、「今は不幸」だと言っても自分を否定したことにはならない……逆に言えば、もはや自分がこれ以上は幸せになるとは思えない時、人は「今の生活が幸せだ」と答えるしかない。

（古市憲寿『絶望の国の幸福な若者たち』講談社、二〇一一年）

彼らが「幸せ」と答えるのは、積極的な現状肯定ではなく、将来、現在の自分の状態が改善できるという実感がないからだというのです。

古市がそれと呼応する例として挙げるのは、「充実感や生きがいを感じる時はいつか」と聞かれて、「友人や仲間といるとき」と答える若者が増加し続けていることや、社会志向が強い割に、実際にボランティアなどに参加したことのある若者が少ないことです。そうしたことから、古市は若者の幸福感や、社会志向を次のように結論づけます。

まるでムラに住む人のように、「仲間」がいる「小さな世界」で日常を送る若者たち。これこそが、現代に生きる若者たちが幸せな理由の本質である。……日常の閉塞感を打ち破ってくれるような魅力的でわかりやすい「出口」がなかなか転がってはいないからだ。何かをしたい。このままじゃいけない。だけど、どうしたらいいのかわからない。

（古市憲寿、同上書）

雨宮処凜と古市憲寿が提示する、二つの相反する若者像から見えてくるのは、閉塞感や孤独感を抱きながら、自分の周りの世界で仲間との繋がりを求めることで、日常を乗り越えている若者の姿です。そんな若者と、キャラクターを重視する読みには相関関係があります。批評家の宇野常寛は、両者の関係について次のように述べています。

国内ではゼロ年代に入り、教室やオフィス、あるいは学校など、特定の共同体の中で共有されるその人のイメージを「キャラクター」と呼ぶことが定着した。……この一種の「和製英語」定着の背景には、日常を過ごす場としての小さな共同体（家族、学級、友人関係など）を一種の「物語」のようなものとして解釈し、そこで与えられる（相対的な）位置を「キャラクター」のようなものとして解釈する思考様式が広く浸透し始めたことを示している。

……物語に主役と脇役、善玉と悪玉がいるように、与えられた位置＝キャラクターがそこ（引用者注：小さな共同体）ではすべてを決定する。

（宇野常寛『ゼロ年代の想像力』早川書房、二〇〇八年）

つまり、こういうことです。――多くの若者が、社会に参画し貢献したいと思いながら、どうすればよいかわからずに、閉塞感を抱いて暮らしている。そして、自分はその社会から割り振られた役割（キャラクター）を演じている。さらには、日常の小さな世界で、自分の居場所を探し、仲間と繋がることで平安を得ようとしている。不幸にしてその平安がかなわぬ境遇の若者は、雨宮処凜が言うような暗い思いをいだくだろう。運よく、今その平安を得ている若者は、古市憲寿が紹介したような感想を抱くだろう。――二人が描いた現代の若者像は、相反しているように見えて、実は同じ若者の姿を異なる側面から見ているのです。

もう一つ、若者のキャラクター中心の読みを醞醸してきた背景があります。いわゆる教室内の「スクールカースト」です。若い教育学者の鈴木翔は今の中学・高校の生徒の学校生活に次のような特徴があるといいます。

特に中学校以降になると、個々の生徒が何らかのグループに所属し、それぞれのグループに名前をつけて、グループ間で「地位の差」を把握していることがわかります。

……

人によってそのパターンは少しずつ異なるようで「ヤンキー」「清楚系」「普通」「ちょい地味」「めっちゃ地味」「イケてるグループ」「イケてないグループ」「過激派」「中心」「穏健派」「静か系」など、その名付け方は枚挙にいとまがありません。

(『教室内カースト』集英社新書、二〇一二年)

生徒は小集団に分かれ、それに所属しないと生きにくい環境になっているというのです。しかも、それぞれの集団は上下関係を伴っています。問題は、そうした小集団化が生徒たちの心に圧力を与えていることです。鈴木によれば、生徒たちは、それぞれ自分の所属する小集団に見合うキャラクターを担わなければならず、「自分の気持ちと違っても、人が求めるキャラを演じることがある」といいます。こうした生徒たちの心の動きを、教育学者の土井隆義は次のように分析しています。

今日の若い世代は、アイデンティティというような言葉で表されるような、一貫したものではなく、キャラという言葉で示されるような断片的な要素を寄せ集めたものとして、自らの人格をイメージするようになっています。

……

彼らは、複雑化した人間関係を回避し、そこに明瞭性と安定性を与えるために、相互に協力し合ってキャラを演じあっているのです。

（『キャラ化する／される子どもたち』、岩波ブックレット、二〇〇九年）

小集団の中でキャラを演じるだけでなく、自己のアイデンティティーもキャラによって理解し、人間相互の関係性もキャラを通じて実践するようになっているというのです。土井は、そうした生活のキャラ化が、生徒たちの社会観や人生観に深刻な問題を投げかけていると言います。

九〇年代以降の学校では、「がんばれば必ず成功する」という生徒と、「何をやっても無駄だ」という生徒のあいだで、意欲の二極化も進んでいます。……

この両極化の傾向は、「生まれもった素質によって人生は決まる」という感覚の広まりを示唆しているように思われます。……ある生徒たちは、必ず成功する運命にあると確信している……ある生徒たちは必ず失敗する運命にあると確信してしまう……人生の行方はあらかじめ定まっていると考えている点では、どちらも同じ心性の持ち主のように思われる。

（『キャラ化する／される子どもたち』岩波ブックレット、二〇〇九年）

社会はあらかじめ固定され、自分はその中で与えられたキャラを演じるほかない。それを自分で変えられる可能性を感じることは難しい。そんな感覚が醸成されているというのです。彼らの分析が正しいとすれば、それは先に述べた若者の閉塞感、あるいは社会との隔絶感と密接に繋がっているでしょう。そんな若者にとって、キャラを中心に読むのは身近であるに違いありません。ライトノベルやアニメ・マンガの若い読者たちが作品の深さとともに、同好の仲間との交流を求めるのは、当然のことだと言ってもよいでしょう。

こうした事情は、東アジア諸都市の若者にとっても大きな変わりはありません。

例えば中国では、一九七九年以来一人っ子が続いてきました。今の十代、二十代の若者に兄弟はほとんどいません。生まれたときから孤独だといってもかまいません。学校に通いはじめると、家庭でも学校でも、厳しい受験教育（「応試教育」という）が始まり、万一、大学に受からなければ人生が変わります。そうした圧力は子どもたちの大きなストレスになっています。

首尾よく大学に合格したとしても、卒業時には就職難が待ち構えています。大学を卒業したものの、正規の職に就けない、あるいは条件の悪い職にしか就けない若者が多く生まれています。彼らは狭い部屋に大勢で密集して暮らすため「蟻族」と呼ばれ、政府も関心を寄せる社会問題になっています。（廉思《蚁族：大学毕业生聚居村实录》、广西师范大学出版社、二〇〇九年などに詳しい）

それだけではありません。運よく就職できたとしても、家の購入が問題になります。中国は今でも社会的に結婚への圧力が強く、家を持っていることが求められます。しかし、経済発展が進む中、マンションの価格は急騰し、庶民には手の届かないものになっているのです。

つまり、背景は異なっても、中国の若者が置かれている心理的な状況は、雨宮処凜の描く日本の若者と大きな隔たりがないということです。それに、中国はもともと庶民が社会の重要な問題の決定に参与する権利や機会に乏しい社会です。若者が閉塞感や社会との距離を感じたとしても無理はありません。

こうしてみると、今の若者の一部が、なぜライトノベル（「軽小説」）や、やおい小説、アニメ・マンガ・ゲームを愛好するのか、彼らがなぜキャラクターを中心に読むのか、作品の深さとともに、なぜ仲間とのやりとりが大切なのか、なぜ二次創作やコスプレなどの同人活動に入れ込むのか、その一端が見えてきます。

七　村上春樹の描くもの――孤独の性質

これまで述べてきたのは、いわゆるサブカルチャーの世界のことです。しかし、こうした現象はいわゆる純文学の世界にも広がってきています。わたしは、村上春樹が日本だけでなく、東アジアの諸都市で受け入れられている現象の中に、同じような問題の存在を感じます。

重要なのは、村上春樹の読者がこうした登場人物の孤独や、それが決してハッピーエンドに向かわない作品の虚無感に共感している、ということにあります。少なくとも、村上春樹が好きな読者はそうです。例えば、東アジアの五都市でのアンケート調査で、「村上春樹の小説のどこが好きですか」という質問に対して、群を抜いて多かった回答は「登場人物の孤独に共感する」と、「作品の虚無感に共感する」でした。

もう一つ大事なことがあります。村上春樹が、その小説の中で上記のような孤独や虚無を抱く人物を描く一方で、それで悪くない、かまわない、と読者に発信していることです。例えば、次のような部分に、読者はある種の癒しや救いを感じるといいます。

彼女（島本さん――引用者）を前にすると、自分が何をすればいいのか、自分が何を言えばいいのか、判断することができなくなってしまうのだ。僕は冷静になろうとした。頭を働かせようとした。でも駄目だった。僕はいつも自分が彼女に向かって何か間違ったことを言って、何か間違ったことをしているように感じた。でも僕が何を言っても何をやっても、いつも彼女はすべての感情を呑み込んでしまうような、あの魅力的な微笑みを浮かべて僕を見ていた。「いいのよ、別に。それでいいんだから」とでもいうように。（傍線引用者）

（『国境の南、太陽の西』第一二章（講談社文庫、一九九五年）、主人公の独白）

村上春樹が語る癒しや救いには特徴があります。その一つは、必死に努力することを奨励するのではなく、時には今のまま「じっと待っていればよい」と、現状を肯定することです。もう一つは、最後は成功するかどうかわからないが、負けたとしても「それでかまわない」と許すことです。次の例は、それを端的に示しています。

それはそこにあるのだ、と僕は思った。それはそこにあって、僕の手が差しのべられるのを待っている。どれだけの時間がかかることになるのかはわからない。どれだけの力が必要とされるのかもわからない。でも僕は踏みとどまらなくてはならない。そしてその世界に向けて手を伸ばすための手だてをみつけなくてはならない。それが僕のやるべきことなのだ。待つべきときには待たねばならん、それが本田さんの言ったことだった。

（『ねじまき鳥クロニクル　第二部　予言する鳥編』（新潮文庫、一九九七年））

あるいは僕は負けるかもしれない。僕は失われてしまうかもしれない。どこにもたどり着けないかもしれない。どれだけ死力を尽くしたところで、既にすべては取り返しがつかないまでに損なわれてしまったあとかもしれない。僕はただ廃墟《はいきょ》の灰を虚《むな》しくすくっているだけで、それに気がついていないのは僕ひとりかもしれない。僕の側に賭《か》ける人間はこのあたりには誰もいないかもしれない。「かまわない」と僕は小さな、きっぱりとした声でそこにいる誰かに向かって言った。「これだけは言える。少なくとも僕には待つべきものがあり、探し求めるべきものがある」

（『ねじまき鳥クロニクル　第二部　予言する鳥編』同上）

五つの都市のアンケート調査の自由回答やインタビューでは、孤独や虚無への共感とともに、「癒し」や「救い」に触れる者が少なくありませんでした。次に挙げるのはその一例です。

「ストーリーは複雑ではないかもしれないが、作品全体が純粋な、窒息するような感覚を与える。いつのまにか主人公の気持ちに入り込み、同じ体験をしている。だから、本を閉じて現実に戻るたびに、水面に浮かび上がったような気がする。それに、ある種の癒しや慰めがある。」（北京、アンケートの自由記述）

軽率な予断は避けるべきでしょうが、こうした回答は「作中人物の孤独」や「作品の虚無感」への共感と対になっているように思います。つまり、多くの読者が村上春樹の作品に孤独感や虚無感を感じるのは、作品が単に絶望を提示するのではなく、簡単に希望が見つからない世界を描いているせいなのかもしれません。そうした出口の見つからない彷徨の中で、「それでよい」と今の自分を肯定し、「負けてもかまわない」と手を差しのべる表現は、希望にはならなくても、「癒し」や「救い」になってておかしくありません。出口のない世界だからこそ、癒しを感じるといってもよいでしょう。こうした出口のない自分によりそう表現が、読者の心に共鳴するのではないでしょうか。

日本を含め、東アジア諸都市の読者の多くが、村上春樹の小説の孤独感や虚無感に共鳴し、それでかまわない、と手を差しのべる描写に癒しや救いを感じているのは確かです。彼らの村上春樹が好きな理由もそこにあります。その読み方は、作品を通じて人間や社会の真実に触れることを期待してきた、これまでの文学テクストの読み方とは大きく異なっています。共鳴と癒しを求めているという点では、むしろ、キャラクターを中心にライトノベルやアニメ・マンガを鑑賞し、仲間との交流を求めてときにはコスプレや二次創作に手を染める若者たちと近いといってもかまいません。

現に、村上春樹のファンの愛好の仕方は、先に見たサブカルチャーのファンとよく似ています。日本では、毎年ノーベル文学賞の発表時期が来ると、ファンたちが集まって、作品に登場する料理やスイーツを食べながら交流します。中国では「村民」と呼ばれるファンのグループがあり、インターネットやオフ会を通じて交流しています。彼らも、仲間とのコミュニケーションを重要視しているのです。それは、大江健三郎や莫言がノーベル賞を受賞したときには、決して見られなかった現象です。

つまり、こう言ってよければ、読者はすでに変化を始めているのです。もしかしたら、村上春樹は無意識のうちにそうした読者の変化に対応できた、数少ない作家の一人なのかもしれません。日本だけでなく、東アジア全域、いや世界中で村上春樹が読まれる理由の一つも、そこにあるのではないでしょうか。

八　わたしたちはどこへ行くのか？

文学作品が自分の内面とつながっていると信じ、作品をとおして人間やこの世のある種の真実をかいま見る――それが近代文学、言い換えればわたしたちが「文学」と呼んでいるものの特徴だとすれば、孤独や虚無への「共感」を求め、作品に「癒し」や「救い」を期待する読み方は、そうした近代文学の読み方からずいぶん逸脱していると言ってよいでしょう。

ここで紹介したサブカルチャーや村上春樹をめぐる変化は、近代文学が担ってきた効能がすでに果たせなくなりつつあることを示唆しているのかもしれません。一九世紀初頭のヨーロッパで、（日本では一九世紀末、中国では二〇世紀初頭に）、文化の中を周縁から中心へと移動した「文学」は、今再び静かに周縁へと後退しようとしているのかもしれません。その背後に、若者を中心とした読者の社会観、人生観の変化があるのだとすれば、問題の根は深いといえるでしょう。わたしたちが直面しているのは、近代文化の根本的な転換の一部なのかもしれないのです。だとしたら、文学は、そしてわたしたちの世界はどこへ行くのでしょうか。変化の渦中にいるわたしたちに、全貌はまだ見えません。だが、すでにその予兆や端緒を、東アジアの文化状況の中に感じているのではないでしょうか。そう考えれば、サブカルチャーは驚くほど多くのことを語りかけています。

ここで紹介したのは、新たな世界のごく一部についての初歩的な理解です。文化研究でも、あるいはほかの方法でも、こうした新たな問題により深く、全面的に切り込んでいくことが、今わたしたちに求められていると言っていいでしょう。

「小器化」の時代に
今日の大陸中国における文化研究

王暁明
楊駿驍、千野拓政 訳

一 激変する大陸中国

この三〇年間、世界でもっとも重要な出来事の一つは、大陸中国の激変です。中国は中国的な特色のある資本主義になったと言う人もいれば、中国は既成の概念では表せない社会発展のモデル（中国モデル）を創り出そうとしていると言う人もいます。さらに中国は未だに共産党による中央集権体制の国家だと言う人もいます。中国の激変をいかに記述し理解するのかは、すでに世界中の思想界を刺激し悩ませる大きな問題となっています。

とりわけ中国人自身がこの問題による重圧を身にしみて感じています。ここはどのような社会なのか？どこに向かおうとしているのか？　このプロジェクトに投資すべきだろうか？　子供を生むべきだろうか？　社会状況がすごく悪いが、どうしたらそれを変えられるのか？　中国を捨て、他の国家に移民すべきだろうか？　……重大さにばらつきのあるこれらの問題に真剣に答えようとすれば、「今の中国はどのような社会なのか」という問いから始めるほかありません。

一九九〇年代末から中国では文化研究が盛んになりましたが、そのもっとも大きな原動力は、この大きな問題に答えることでした。一九九〇年代末から、さきに述べた重圧がだんだんと明らかになってきたのです。

現在まで、中国の文化研究は主に大学内部で展開されてきました。まず東部の沿岸部（ハルビン、北京、天津、南京、上海、広州、深圳、海口……）で、それから内地（武漢、重慶、西安）で。そこでは多くのアカデミックな事業が行なわれました（課程の開設、大学院生の募集、外国（主に西洋）の著作の翻訳、研究機関の設立）。

そのなかで、しだいにある共通認識が明らかになってきました。それは、中国では、ほとんどすべてのことが絶えず変化しつづけているということです。それも多くの変化は悪い方向に向かっているのです。しかし、それによって逆に社会をより良い方向へと変えていく可能性も開かれました。文化研究は事後の分析をするだけでは不十分で、現実に介入しなければならない、という意識が生まれてきたのです。アカデミックな文化研究の力は微々たるものであると重々承知していながらも。

「現実に介入しなければならない」という意識は、多くの文化研究の研究者を大学の外での文化空間の開拓に向かわせました。たとえば、市民フォーラム、労働者読書会、ネットラジオ局、農村文化建設……「中国は今どのような社会なのか」という問いに答えるために、これらの活動は文化研究の研究者たちにもっと力を入れて現代中国社会を分析することを求めるようになりました。

二　社会的再生産［1］の視点

次に、主に社会的再生産の視点から今日の中国についてご紹介したいと思います。

この三〇年間、中国の国家制度は基本的に変わっていませんが、社会の基本構造に根本的な変化が生じました。二〇〇〇年代初期に、中国の歴史に未曾有の社会構造ができ上がり、中国の社会的再生産を牽引しはじめたのです。

この新しい社会構造は三つのサブシステムに分けることができ、それぞれ異なる角度から大陸の中国人の再生産に作用を及ぼしています。

一つ目は「政治的安定の維持」を第一目標とする国家システムです。党・国式の国家装置はこのシステムの核心部分にほかなりません。それは中国人が、利口で、現実に順応する公民になるよう迫ります。「利口」というのは、自分が抑圧や搾取を受けていると知り、強烈な不満も抱いていながら、政府やそのほかの支配的な力（市場制度と資本のロジック）の強大さを信じて、反抗を放棄したり、自ら進んで現実に迎合しようとしたりすることをいいます。

二つ目は「中国的な特色のある」市場システムです。「中国的な特色」は主に相互に促進し合う二つの

［1］ここでいう社会的再生産（social reproduction）とは、基本的に、支配的な地位にある社会的な力（国家や政治団体など実体のあるものでもよいが、多くはあるフレームを持った秩序）がその力に有利な方向に社会生活を進めることを指しています。その過程では人の再生産（human reproduction）が鍵になります。人——特に若い人——が現実を受け入れて順応すればするほど、社会生活は既存の社会構造の持続に有利なものになっていきます。

点にあらわれています。一、政府がますます自覚的に資本家のように思考し行動するようになったこと。政府が所有する——もしくは援助する——会社は市場において大きな独占能力を持っています。二、資本のロジックが経済領域だけでなく、公共管理、教育、婚姻、医療、文化そして娯楽生活を強く支配し、これらの領域の市場化を進めていくようになったこと。このシステムは効果的に中国人をその要望に見合う労働力と消費者に変えました。

三つ目は「都市型家庭生活」を中心とする生活システムです。この「家庭生活」が含意するのは、つぎのようなものです。一、都市型であること。例えば、マンション、自動車、「中産階級」スタイルのインテリアなど……。二、「脱政治化」したものであること。例えば、公共政治から遠く離れ、労資（もしくは他の抑圧的な）関係の介入を可能な限り排除する。三、商品の消費を基本的な媒介とすること。四、空間的には拡散的であること。例えば、ショッピング・モールで遊び、カフェで本を読み、レストランで友人と食事をし、東京の三越や伊勢丹で物を買い漁り、マカオでギャンブルをする……。

この二〇年の間、このような「家庭生活」が中国人の人生の最終目標として広く受け入れられるようになっていきました。練習問題を解き、専門を選び、都市に出稼ぎに行き、公務員試験を受け、商売をし、賄賂を貪り、法を曲げる……なぜそのようなことをするのかと尋ねれば、その答えは十中八九「都市型家庭生活」のためという域を出ないでしょう。このシステムは非常に効果的に中国人をその方向へと向かわせ、同質化させているのです。つまり、日に日に物質消費の中で自らの生きる意味を体験することに慣れていくのです。

二〇〇〇年代初め以降、この三つのサブシステムの連携はますます円滑になってきています。国家システムによる「安定維持」は、政府に充分な制度的な条件を提供し［2］、直接市場内部に手を伸ばして管理することを可能にしました。それによって、政府を背景とする企業の市場における独占的な地位を確立させ、「市場」を用いて政治上の目的を追求し、国際経済の激動による破綻を阻止しようとしたのです。市場システムの持続的な膨張とＧＤＰの高速な増長は、政府の財力を増強しただけでなく［3］、政治と文化の角度から国家システムの正当性を向上させました。［4］「都市型家庭生活」を核心とする生活システムは、他の二つのシステムから自己構成するための推進力を得る一方で［5］、効果的な作用によって中国人

［2］これは多方面の原因から成り立っています。本文に述べるほかの二つのサブシステムの影響以外にも、次の二つがあります。一、党と国の非政府組織（ＮＰＯ）や集団活動に対する制限がもたらした「二重籍」（「国」の下にありながら、同時に「民間」のフレームに属している状況）。二、一九八九年の六四事件に見られるような、国家装置の暴力的抑圧による民衆への威嚇。

［3］その急速な拡大には少なくとも次のような二つの条件がありました。一、長期——少なくとも一九世紀半ばからの百年以上——にわたる経済発展の停滞（とりわけ民衆の生活物資の欠乏）によって、出発点が低かったこと。二、一九九〇年代以降の経済的グローバル化の下で国際的分業が進んだこと（先進国は金融・ＩＴ・先端技術・芸術産業など高次の領域に集中し、中国などの新興国は中低次の製造業に集中しました）。

［4］市場システム市場系が民衆（特に中上層の民衆）の消費水準や社会的流動性を高めたことは（とりわけ一九八〇年代末から二〇一〇年代半ばにかけて）、民衆の国家システムの集権への容認度を明らかにあげました。資本主義システムの市場論理が非経済領域へ全面的に浸透し、民衆が消費に生きる意味を見出すようになればなるほど、政治的集権への容認度も高まっていったのです。

［5］この推進力とは次のようなことです。国家システムが民衆の社会の公共領域（特に政治的な）への参与を制限すればするほど、民衆の生きる意味を求める目はプライベートな領域に転移、集中します。市場システムが消費に便利な条件（都市のショッピングモールや「支付宝（アリペイ）」のような簡易決済法）を生み出せば生み出すほど、民衆のプライベートな関心は消費に集中します。明らかに先に述べた二つのサブシステムの強い力が、民衆が消費にしか生きる意味を見出せない「都市型家庭生活」システムを作り出しています。だからこそ、社会的再生産を急速に促進する需要や可能性が生まれたのです。

に前向きに生きる意味を提供しています[6]。そうして、他の二つのシステムから受ける精神や身体の抑圧を軽くし、現実に順応する意欲を持続させているのです。

近年、中国はさまざまな構造的な矛盾と社会的な失調に陥り、ますます外国からのプレッシャーに直面するようになりましたが、依然として経済の持続的な成長と社会の基本的な安定を維持しています。さきに述べた社会構造の三つのサブシステム間の効果的な連携や、それらが複合して中国人の精神構造を作り直すプロセスの進歩が、その中心的な役割を果たしているのは明らかです。

三 「都市型家庭生活」を中心とする生活システム

上のような簡単な紹介からでも、新しい社会構造の三つのサブシステムが、「政治」「経済」「文化」といった言葉で要約するのが難しいことが分かります。それらは政治、経済そして文化の性質を兼ね備えています。それは、それらが複合し、一体となって、今日の中国の政治、経済、文化の状況を規定していることを意味しています。

この複合作用が持続的かつ効果的であることは、社会生活の各方面に内在する不調和と矛盾を低く制御できることを意味します。これはちょうど一九五〇〜六〇年代の状況、さらに一九八〇年代の状況と鮮明

[6] その中で最も広く人びとの心に食いいっているのは、人生で最も重要なことは収入の増加、収入を増やしてできるだけ物質的な生活を楽しむ、ということです。それに比べれば、その他のことは副次的で、捨てても、あるいは後回しにしても構わないことなのです。

な対照をなしています。この二つの時期、中国の社会における各方面間の内部矛盾は調和しがたいものとなり、最終的に激しい爆発と社会的再生産の方向転換をもたらしました。[7]

その意味で、上に述べた三つのサブシステムの中では、「都市型家庭生活」を中心とする生活システムが注目に値します。なぜでしょうか。簡単に二つの理由を述べたいと思います。

一、現在にいたるまで、世界の学術界のこのサブシステムに対する認識は、他の二つのサブシステムに対する認識に比べて明らかに不十分でした。この欠落部分を補えないと、中国の社会的再生産のメカニズム、およびそれによって形成された社会的特徴の全体像を把握することは難しいと言えます。

二、これがもっと重要なことですが、「都市型家庭生活」の生活システムは、中国の社会的再生産が効果的に作用する主要な原因になっています。それは同時に、それが継続できないことが明るみに出れば、最も目立つ領域でもあるということです。ＧＤＰを基準とする経済成長が減速しながら一定期間（二〇〜二〇年？）維持できたとしても、社会的な財の分配の激しい偏りは必ず社会的矛盾の焦点となるでしょう。人々が――「都市型家庭生活」を中心に組織された――物質的な消費から生きる意味を体験することに慣れれば慣れるほど、社会と生態の基本的条件（たとえば都市住宅、食品の安全、空気と飲用水の質、医療保障）における消費の苦境は、そのシステムが持つ意味の虚しさをより尖鋭に暴露するはずです。

[7] 一九五〇〜六〇年代を通じて、国の政治経済領域の趨勢は、「非社会主義」あるいは右派「反社会主義」と概括してもよいものが一方にあり、もう一方に「急進社会主義的文化政治」があって、日に日に対立が深刻になっていました。その矛盾が一九六六年に勃発した「文化大革命」の社会的基礎になりました。一九七〇年代末から八〇年代には、政治、経済、文化の領域で、また多くの複雑な社会矛盾が生まれ、最後に一九八九年の「六四」運動の勃発と、「改革」運動の転換を招くことになりました。

今日の中国人のすべてが露骨な経済的動物というわけではありません。多くの民衆は消費的な日常生活から精神的な充足を得ることも、人生の成功の意味を体験することもできます。だからこそ、雇用労働と公共生活の中で形成された消極的な観念［8］の導きに身を委ね、現実を受け入れ、我慢しているのです。このような精神的な充足の大半がなくなってしまい、「都市型家庭生活」の日常生活が民衆の不安と不満を掻き立てるようになれば、中国の人びとはこのままおとなしく服従しつづけるでしょうか。そして今のような社会的再生産は順調に続くでしょうか。いずれも大きな疑問を感じざるをえません。

こうした角度から見れば、「都市型家庭生活」の生活システムがどのように作動しているのか、とりわけそれがどのように民衆に精神的な慰めと充足を提供し、さまざまなネガティブな社会経験を軽減し転嫁しているのかを深く分析することが、今日の中国社会の特質と可能な変化の方向を理解するための鍵となります。

四　今日の支配的な文化

そのためには、今日の大陸中国の支配的な文化［9］とその生産体制について触れなければなりません。

一九九〇年代半ばから、大陸中国では新しい支配的な文化が急速に形を成しはじめました。それは

［8］いくつもの異なる角度から、この消極的意識を説明することができます。ただ、「現実はあまりにも堅固で、私たちにそれを変えることができないから、適応するしかない」というような「政治的無意識」（フレドリック・ジェイムソンの概念による）がその核心にあることは、疑いがありません。これについては、以下第四節でもう少し詳しく分析します。

一九五〇~七〇年代の支配的な文化［10］と根本的に異なっているだけでなく、一九七〇年代末から一九八〇年代初めにかけて起こった新しい文化潮流［11］とも大きな差異があります。新しい文化の基本的な中身を詳しく紹介する紙幅がないので、一点だけ述べると、それはポリフォニックな文化なのです。

その核心的な概念（例えば「小康」、「発展」そして「世界と繋がる」）のほとんどは意味が曖昧で空疎なものですが、人々の心に深く広く浸透したいくつかの観念を発展させました。例えば「生存第一」「競争は社会関係の基準である」「富と経済はいずれも持続的に発展すべきである」「都市は先進的で、農村は立ち遅れたものである」など……。

［9］ 私の理解では、「支配的」とは「主流の」というのと同じ意味です。ただ、中国では政府やそのメディアが主張し推し進めるイデオロギー／文化を、よく「主流の」イデオロギー／文化と言います。実際には、それを信奉している人が多いわけではないので、本当に支配しているわけではなくて、表面的な言葉遣いにすぎません。そうした混同を避けるために「支配的な位置を占める」とか「支配的」という回りくどい言い方をしています。

［10］ その三〇年間に流行していた「毛沢東思想」が当時の支配的な文化における権威ある思想だったと見てよいでしょう。

［11］ 一九七〇年代末から八〇年代初にかけて、中国では「新時期」と呼ばれる時期がありました。八〇年代の十年ほど続き、八〇年代末から九〇年代初に終わりを告げました。この時期、それまで支配的な位置を占めてきた文化は、大きな衝撃を受けていたもののまだ完全に消滅してはいませんでした。新たな文化潮流は急速に勃興していましたが、まだ社会全体を覆う支配的な地位を占めるまとまった文化になっておらず、「思想文化の新潮流」の一つと言われていました。一九八七年五月一一日に発表された「特約評論員」の《实践是检验真理的唯一标准（実践が真理を検証する唯一の基準である）》、一九八一年六月中国共産党一一期六中全会を通過した《关于建国以来党的若干历史问题的决议（建国以来の党の若干の歴史問題に関する決議）》、一九八八年六月に中央電視台で放映された六回の政治論番組《河殇（河殤）》がこの新思潮の代表的なテクストと見てよいでしょう。

こうした声高な叫びの下部に、控えめですが、人々により大きな影響を与えたいくつかの観念があります。例えば「理想なんて何の役に立つのか！」「将来なんて私には関係がない。今の生活が良ければそれでいい。」……中でも、もっとも核心的なのは、「現実はあまりにも堅固で、私たちにそれを変えることができないから、適応するしかない」という観念です。二〇代の血気盛んな大学生でも、このように考えている者が少なくありません。

この新しい文化の「ポリフォニー」の二つの声部は同じ平面にあるのではなく、表面と土台に分かれています。その控えめな声は、声高な叫びが生まれる土台なのです。すなわち、世界を変える自信をなくしてしまったために、人や世界を見るときに消極的になりがちだし、理想の魅力を体験できないために、物質的な利益だけが本物だと感じるのです。

この十年間は明らかに、控えめな声の影響力が声高な叫びを超えるような形勢です。新しい支配的な文化の消極性と暗い内実がより目につくようになっています。

五　新文化の急速な形成と膨張

さらに重要なのは、一九九〇年代初めに始まった「市場経済改革」[12]がいち早く「毛沢東時代」と異

[12]　一九九〇年代初に始まった「市場経済改革」は一九七〇年代末に始まった「改革開放」と内容上、部分的に（主に経済政策面で）連続してはいますが、違いの方が大きいものです。これらは同じものの段階の違いではなくて、異なる事象もしくはプロセスなのです。

なる新しい文化の生産体制を形成したことです。その効果的な作用によって、上に述べたような新文化の急速な形成と膨張が可能になりました。この文化の「新しさ」と「支配」力の源は、主にその背後の生産体制にあります。

一九五〇〜七〇年代の支配的な文化生産体制は、国家装置を中心としていました[13]。それが作用する範囲は主に文化と政治の領域でしたが、一九九〇年代中期から形を成しはじめた新しい支配的な文化生産体制の基本構造と作動領域は明らかに異なっています。

一九九〇年代以来の社会変動の大きな特徴の一つは、政治と文化の領域が停滞していたのに対して、経済領域が異様に活発だったことです。ほとんどすべての新しい物事が、まず経済領域で形を成し、力を増してしだいに政府に認められ、さらにメディアや学校の支持を得るようになっていきました。

こうした特殊な社会状況が、変動し続ける経済システムに狭義の経済の範囲を遥かに超える力を与えることになりました。新しい経済ルール、モデル、制度の多くが、文化と政治の機能を具え、巨大なイデオロギー的影響さえ発揮するようになりました一九九〇年代に不動産市場および広告産業が作り直されたことがその典型的な例です。人の価値観、商業的思考、生活スタイル、結婚と家庭のモデル、世代間関係、空間的な習性そして就業意識……そうしたほとんどすべての面に対する広く持続的な影響力は、今日のど

[13] ここで言う国家装置とは、主に共産党の各級の部門（とりわけ宣伝部）、すべてのメディアと学校（一九五〇年代半ば以降、中国のすべてのメディア、大多数の学校は官営になりました）、すべての文化機構（各級の作家協会、文芸工作者聯盟、社会科学研究院など。これらの機構は名目上「民間団体」となっていますが、例外なく政府の機構です）、共産党青年団の系統（その機構の性質は作家協会、文芸工作者聯盟と同様）などです。

の文化的政治的システムも比肩しうるものではありません。それらが社会の階層構造の改造や官界政治で大きな力を発揮していることは、周知の事実です。

この数十年間、「文化」と「政治」の重大な事象の多くは、すべて「経済」を通して計画されたものでした。新しい支配的な文化生産体制が形成されたとき、不動産市場と広告産業のシステムは自然に中心的な地位を占め［14］、経済装置［15］だけでなく、巨大な文化装置にもなりました。

このような複数の機能を一つの領域が担う状況は、この二〇年で普遍的なものとなりました。経済部門が文化と政治に関わるだけでなく、文化・政治部門も経済に関わるようになったのです。このような趨勢の中では、新しい支配的な文化生産体制の力が強くなればなるほど、「文化」「政治」「経済」の複合が促進します。このような複合は恣意的なものではなく、一定の方向を持っています。「市場経済」——すなわち資本増加——のロジックにしたがって、それぞれ独自の体系を持っていたものや、互いにあまり関係のない物事を一つの全体に再構成するのです。

それが、新しい支配的な文化生産体制が作用するのが「文化領域」だけではない理由です。多くの場合、それは新しい「市場経済」の後をついていき、経済が非経済的なものごとに浸透し蚕食するのに伴い、文

［14］各級の共産党宣伝部門を中心とする文化管理部門も、もちろんこうした支配的な文化生産体制の重要な一部です（これは新たな体制が一九五〇～七〇年代から受け継いだ主要なものです）。しかし、体制全体の中では政府の管理部門の力はおおむね限定的な、政治的タブーの範囲を決めて維持する程度のもので、社会的再生産のプロセスに関与する力は小さいものです。——一九五〇～七〇年代の指導や組織とは比べるべくもありません。その重要性は明らかに下がってきています。

［15］ここで言う「装置」はアルチュセールの「イデオロギーと国家装置」の概念を借りています。

化や政治の領域の大部分にまで、その範囲を拡大していくのです。〔16〕

六　都市住民の日常生活

文化研究の視点から見れば、この文化生産体制がもっとも成功したのは、都市住民の日常生活の領域です。この領域では、文化、経済、政治、三者の複合によって、上述の国家システムと市場システムに最適の条件が整いました。それらが合わさって、比較的柔軟で、社会的な矛盾を上手にうやむやにし、縫合するような調節システムが可能になったのです。

今ではこの調節システム、すなわち「都市型家庭生活」の生活システムの創造が成功したことは明らかです。こうしたシステムの誕生が、社会的再生産の全体構造を安定したものに作り上げました。どこから見ても、それは現在の中国の状況が生まれたことに、決定的な意味を持っています。新しい支配的な文化生産体制はその促進に大きな作用を発揮しました。だからこそ、今日の中国の状況に対して大きな責任を担わなければならないのです。

しかも、それによって進んだ「文化」「政治」「経済」の複合は、都市住民の日常生活において、多様で充分な実現を見ています。ほとんどすべての精神的な活動が消費を第一の媒介とするようになり、買い物、不動産購入、財テクといった、個人的な経済行為も、日増しに強い政治的機能と人生の寓意を持つように

〔16〕　今日の政界の文化的な気風や大々的な腐敗は、いずれもはっきりした例証です。

なっています。[17]

このような複合を通して、急速に都市住民の日常生活が作り変えられ、新しい支配的な文化を生み出す主要な領域になっていったのです。言うまでもなく、「都市型家庭生活」の生活システムこそ、この文化の作用がもっとも広く、そして深く浸透する場所になっています。

簡単に結論を述べましょう。

今日の中国は――中国人にとってだけでなく――誰にとっても非常に不可解です。ＧＤＰに導かれて経済は持続的に発展し、一九五〇～七〇年代にどこにでも見られたような顕著な物質の欠乏状態は改善されましたが、ほかのほとんどすべての側面において状況が悪化しています。中国人の誰もが誇りに思っている物質生活の進歩も、情況はそれほど楽観できるものではありません。[18] 全体的にみると、今の中国の情況は相当に厳しいものがあります。中国は加速度的に、人類が現在持っている概念では説明できず、し

[17] 私は《什么是今天中国的住房问题?（今日の中国の住居問題とは何か?）》（《探索与争鸣》二〇一六年第九期）の中でこれについて初歩的な議論を行なっています。《探索与争鸣》二〇一六年に発表した調査報告《一九九〇年代以来上海都市青年的〝居家生活〟（一九九〇年代以降の上海都市青年の『家庭生活』）》（王晓明、罗小茗、郭春林、朱善杰、高明著）ではこの面についてかなり細かいデータ分析を示しています。さらに説明しなければならないのは、こうした都市住民の日常生活の変化は、より広大な農村地区にも広がりつつあることです。「都市型生活」の範囲はもう都市に限らないものになっています。

[18] 都市の新築住宅が森のように密集する一方で、かつてクリークが網のように広がっていた地域で水が不足しています。こうした対比は、現在の経済発展によって、どのようにしてかつての物質的欠乏が解消されてきたか、はっきり物語っています。一方で新たな可能性が生まれても、物質的な欠乏をなくすのはそれ以上に難しいのです。

たがって未来も予測できないような方向へと滑走しているように思えます。

上の各節で簡単に紹介した情況――新しい社会構造の三つのサブシステムの連携、新しい支配的な文化とその生産体制の効果的な作用、社会的再生産全体の順調な継続――は、複合してある種の功利至上主義的な社会体制を作り出し、脅しと甘い言葉で、競争をあがめて助け合いなど知らないように、物質を重んじて精神を軽視するように、そして目先のことばかり見て未来を考えないように、中国人を仕向けています。伝統的な言葉を借りて言えば、中国社会を大器ならぬ「小器」の方向へと進ませているのです。

一言でこの三〇年間の中国の「興隆」を概括すれば、ＧＤＰに導かれた経済と「小器」文化の絶え間ない拡張、と言えるでしょう。

悪いことに、中国だけでなく、全世界が日増しに「小器」の方向へと向かっています。各地の「小器化」は互いに刺激し支え合って、人類生活の全体を「利益最優先」の、自分のことばかりで他のことは顧みない野蛮な方向へ堕落させつつあります。

中国社会の「小器化」には、もちろん外からの刺激による部分もあります。しかし相対的には、中国が「興隆」するにつれて、中国社会の「小器化」の世界に対する影響の方が大きくなっているのではないでしょうか。

もちろん、世界も中国も広く、人類は何千年もの文明の歴史を持っています。たとえ現実が人の精神に先祖返りを迫っても、それ自体が人の反感と憂慮を招き、逆方向の願いを引き起こすかもしれません。これはまだ終わっていない対局なのです。私たちが上へ進むのかそれとも下へと沈んでいくのか、この「小器化」の流れを打破できるかどうかは、少なくともかなりの部分、私たち自身がどのように考え、どのように行動するかにかかっています。その意味で、文化研究やそれに類似した思想・知識活動には重要な価値があります。なぜならそれは人への期待の上に打ち立てられたものだからです。そして、人は豚小屋で満足して舌を鳴らす——あるいは森の中で怯えながら咆哮する——よりずっと立派な生活を送るべきだと信じているからです。

誰が「美的差異」を気にかけるのか?

危機の時代の文化研究

ミーガン・モリス
山田裕美子、
千野拓政　訳

ロシア系アメリカ人作家マーシャ・ゲッセン（Masha Gessen）は、最近の文章でウラジーミル・プーチンとドナルド・トランプの政権を「極悪人政治」（社会の最悪の者による支配）として比較した際、ソ連の反体制派アンドレイ・シニャフスキー（Andrei Sinyavsky）の半世紀前の辛辣な言葉を引いて、「ソ連時代との主な違いは美学だ」と述べました。彼女は「テレビのチャンネルを回したり、新聞を手に取ったりしてぞっとするロシアの政治的情景を目にしたとき、この有名なジョークが頭に浮かぶ」と言います。

やくざの家主みたいにプーチンが部屋へ入ってくる光景を目にしたり、彼の言ってはならないジョークを耳にしたり、あるいは政治家や論客が金切り声を上げ、威嚇しながらテレビ討論をやる儀式――誰もまともな文を作れていないのに――を見たり聞いたりして恥ずかしくなったりするときに。

そして今や「ドナルド・トランプの就任する週末を目にしたアメリカ人も、シニャフスキーのジョークの意味を完全に理解することができる」と言うのです。選挙期間中トランプは「記憶にあるどの候補とも異なる美学の語彙」を使いました。威嚇、むき出しの憎悪、非礼、見え透いた嘘を駆使して。「それでも」とゲッセンは話を続けます。「大統領になることがトランプをいくらかましなものにするのではないかと期待している——その美学は彼の政治的自我の現れではなく、いつでも捨てられる単なるスタイルかもしれない、という具合に」。しかし、現実はそんなに甘くはありませんでした。トランプは「最も神聖なもの」とされてきたアメリカの力を示すいくつかの公的儀礼を踏みにじっただけでなく、さらなる恥をさらしています。

しかし、ベールを脱いだ残忍な「政治的自我」の全貌を目にし、彼の行動がアメリカやその他の国々の憎悪に与する勢力に与えたお墨付、そして彼のころころ変わる発言や行為が脆弱な世界平和にもたらす日常的な危険を考えると、いま政治の美的次元についてあれこれ言うのは不謹慎なのかもしれません。過去二〇年間、技術的なメディア容量の拡大があり、メディアへのアクセスの拡大があったにもかかわらず、一九三五年にドイツのヴァルター・ベンヤミン（Walter Benjamin 1969）が見出していた「政治の美学化」や、一九六七年にフランスのガイ・デボー（Guy Debord 2004）が予見した「スペクタクルの社会」について、新たに付け加えるべきことはありません。

映像やソーシャルメディアを駆使するトランプの「ファスコイド」〔1〕政治は、新たな政治団体や同盟による抵抗、そして創造性に満ちた通信モードによる抵抗が花開いたおかげで、世界各地で大規模な街頭デモや、そのつぶやきに対する容赦ないリツイート、ウィルスのように広がるパロディなどに見舞われています。〔2〕映像の使用で注目に値するのは、一月二一日の、米国で史上最大の抗議行動となったワシントンにおける女性のデモンストレーションです。五〇〇万人を動員し、全米ならびに世界中で支援されたこのデモでは、大勢の人びとがピンクの「プッシーハット」をかぶって、女性への暴力に関わる性差別的発言を有名人気取りで自慢げにするトランプのセンスを風刺しました。［3］翌月には、YouTube の動画で、「アメリカファースト」というキャッチコピーを風刺した、他の場所セカンド「Other Place Second」というもじりのビデオが急増しました。――それは「イスラム教徒の世界」、モルドールなど、何十もの国々を含んでいます。［4］

当然ながら、トランプ現象や、イギリスのEU離脱、トルコからロシアやインドに至る右派国家主義体制の台頭などに対抗するには、こうした活動はどれも不十分で有効でないことを、多くのコメンテーターが感じています。例えば政治学者のアレックス・グールヴィッチ（Alex Gourevitch 2017）は、「私たちは、右翼の爆発的な復活以上に、左翼の永続的な弱体に直面している」、そのため抵抗を鼓舞する運動は提供できても、政治的権力と真剣に抗争できる組織された運動を形成することができない、と主張しています。

［1］ここでは、Geoff Waite（1996: 72-73）による「ファスコイド」傾向の定義を紹介します。それは「持続的で、陰に日向に行われる民主的価値に対する闘争」を基礎とする複合的な攻撃的政治的立場で、強い「リーダー原理」などに対する妄信的なコミットや、制御しやすい労働力の保持を目指す社会経済的なコミット、操作され歪曲された文章、言論、演技などの実践を伴っています。

［2］ウィキペディア "Protests Against Donald Trump" を参照。

［3］Pussyhat Project に関しては次のＵＲＬを参照。www.pussyhatproject.com（訳注：トランプ大統領が女性はプッシー（性器）を触られると喜ぶと発言したことに対して、ピンクの帽子をかぶって批判するデモが行われた。）

［4］そのインタラクティブな世界マップを次のＵＲＬでみることができます。"Who Wants to Be Second?", http://www.everysecondcounts.eu/index.html（訳注：モルドールは、トールキンの「指輪物語」で魔王サウロンが支配する国）

一九六〇年代にアメリカ北部で行われた街頭抗議についてマーティン・ルーサー・キングがのべた、「都市生活のふつうの混乱は、大衆運動によくある一時的なドラマとして吸収されてしまう」という言葉を引用して、グールビッチは、この種の行動が「政治演劇」に陥り、「規範を一時的に中断することで社会秩序の再現を助長する儀式的活動」、いわばカーニバルのようなものに近づいている、と強く警告しています。極右のポピュリストのうねりがそれほど成功しなかった二〇一七年のフランスとイギリスの選挙結果をみれば、彼の言葉が過度に悲観的なのは確かですが、こうした抵抗が繰り返される特殊な情況がどれほど政治的に有効かを考えれば、グールビッチの批判には反論し難いものがあります。

アジア太平洋地域や他の地域ですでに明らかにされている新世紀の特徴があります。その一つは、「暮らしの美学」が持つ政治的な力に対する関心——若者に限らず——の復活です。つまり、どんな「スタイル」を取るかということでも、さまざまな抗議行動でもなく、時に抵抗でもあるけれど、厳しい社会・経済状況や「将来の不安」を精神や魂のレベルで克服する倫理的な実践をふだんから共有していく運動です。例を挙げる前に、私の文脈の中で、文化研究において「美学」が何を意味するか簡単に説明しておきましょう。イギリスの研究者ベン・ハイモア（Ben Highmore）がその著書『日常生活の研究』（二〇一一年）で紙幅を割いて強調しているように、それは、一七世紀から一九世紀初頭にかけて花開いた、思考と身体感覚と感情をめぐる西洋の思考の伝統の、現代版縮図です。一七五〇年にアレクサンダー・バウムガルテン（Alexander Baumgarten）の著書に哲学的用語として登場した「美学」という言葉は、ハイモアの注釈によれば、ギリシャ語の「知覚」「知覚できるもの」から派生しています。今日わたしたちの奉仕の心は、ヨーロッパの啓蒙主義、狭義には理性と関連づけられますが、確かに美学は人間生活のそうした傾向を理解しようとする哲学的な試みから生まれました。啓蒙思想家たちが理性だけでは説明できないと熟知していたことで、人びとに愛されたのです。

最初、この言葉は、不正確さや不安をともなう、感覚的知覚の雑然とした世界、合理的な意味や観念に還元できない世界を指していた。美学は取り残された偉大な領域――身体としての生命、不規則的な感情の経路、その基礎や輝きのすべてを含む感覚の世界――を具体的に考えようとしたのである。

(Highmore 2011: xi)

しかし、この重要な本におけるハイモアの際立った貢献は、それまで山積されていた教科書的な固定観念から古典的美学の意味を発掘したことに止まりません。むしろ「感情とその道徳的抑制」について考える伝統が、今日の文化研究――普通の人々の生活に現れた文化（あらゆる種類の文化）が担う社会的役割についての民族的・政治的な関心――になぜ価値があるかを示したことにあります。彼は、古典美学は「主観的な経験が持つ社会的な意味や、人間と物質の世界に流布している感情や作用に素晴らしく調和している」と言います。このダイナミックな世界観は、感情が行動を呼び起こし、同情が私たちを気持ちの上で結び付け、私たちの最も「内的」な感覚が公共文化の一部になることを示しています (Highmore 2011: xi)。

例えば、二〇一四年後半に香港で起こった雨傘運動を考えてみましょう。この対抗「美学」の爆発は、北京政府が二〇一七年の香港行政長官の普通選挙を拒絶したことに反対する一連の大規模なデモにとどまりません。[5] 三ヶ月間、オキュパイ・セントラル（中環）運動の若者とあらゆる年齢層にわたる支持者たちは、色とりどりのテント、散歩道、一時的な共同スペースで、組織的にもう一つの都市を作り上げました。それは一時、香港政府に束縛された息苦しい都市発展に抵抗する異空間（ヘテロトピア）になりました。（どこでもない、文字通りには「どこにも存在しない」）「ユートピア」と違って、フーコーのいう「ヘテロトピア」は「異空間」、実在し、その異質さによって周囲の空間の原則と対立する場所——例えば墓場や修道院——を言います。金鐘（アドミラルティ）の占拠地区で目にした感覚的な異質さは、ハイモアのいう意味で記憶に残る美的なものでした。わたしは、彩り豊かな、親しみのあるテント村が広がる、香港の中心を貫く高架道路を歩きました。いつもはガソリンの臭いとともに何千もの車が轟音をあげて走っているところです。いい香りのする静かなその夕暮れの、純粋に肉体的な幸福感を、私は生きている限り決して忘れないでしょう。老夫婦がテント村を通って手をつないで散歩していました。二人が人生をふりかえって、若かったころの都市を追体験しているような気がして、思いがけず涙が溢れました。［6］

　オキュパイ・セントラル運動の参加者たちは、世界各地の、そして過去の都市における政治運動とも想像的な連帯を考えていました。最も有名なのは、レノン・ウォールのモザイクです。何千もの愛と民主主義のメッセージの付箋が夏慤道（ハーコートロード）の中央政府複合施設の側面を覆い尽くしました。それは、ジョン・レノンに触発された落書きや、ビートルズの歌詞、ソ連に対する一九八九年のベルベット革命を

［5］ 雨傘運動に関わる複雑な問題の概要については、Chan（二〇一五）を参照。Chan のエッセイは、この運動とその余波についてのいくつかの重要な研究を含む Inter-Asia Cultural Studies の特別号を紹介しています。

［6］ 金鐘（アドミラルティ）地区の各種画像は下記サイトを参照。www.gettyimages.com/photos/admiralty-camp

象徴するピースサインで埋め尽くされた、プラハのレノン・ウォールを思い出させました。最終的に彼らがどうなったかは広く知られていますが、こうした集団的発明では、地域的な都市志向だったものが、さらに普遍的な理想に繋がっていきます。そして、それぞれの場所で一時的なヘテロトピア的な変容を実現するのです。西洋では、一九世紀の都市の大蜂起、とりわけ一八七一年のパリ・コミューンの例があります（Ross 2015）。

主流の政治史にはあまり刻まれていませんが、社会運動の形成において時に重要な役割を果たすのは、政治危機が長引く時代に生まれる、形式的にも倫理的にも「反体制的」なサブカルチャーです。例えば、一九四一年にドイツの占領下のフランスの都市で興ったザズー（Zazou）というサブカルチャーがそうです。「スウィング」音楽が大好きなザズーたちは、ナチスの質素、短髪、肉体的鍛錬などの要求に、贅沢な髪型、派手なファッションデザイン、ワイルドなダンス・パーティで反抗しました。ナチスがユダヤ人に黄色い星のバッジをつけるよう強制したときは、ザズーたちもそれを身につけました（Roberts 2010）。弾圧に対する同様の抵抗は、おそらく現在イラク北部のクルディスタン地方で起こっている「ミスター・イルビル」もしくは「ジェントルマン・クラブ」の運動に見ることができます。それは伝統的なクルド族のエフェンディ（知識人）あるいは貴族文化から美的インスピレーションを得ていると言われますが、政治的には女性の権利を擁護し、女性デザイナーを援助するものです（MacDiarmid 2017）。これらのグループとその活動の政治性や価値観を批判する方法に、社会運動について議論をしたことのある人なら誰にでも、そしていくらでも見つけられます。しかし、状況の変化を待つより、肉体的・精神的に現在とは異なる生き方をしようとする彼らの活動は、抑圧的な政権の束縛に対する象徴的な拒絶以上の何かを形作っていると私は信じます。もっと勇気とビジョンを持って行動できる可能性をどう思い描くか、彼らは実践を通じて教えてくれているのです。

サブカルチャーの美学の社会・政治的意味を解明することは、英国の文化研究の形成に重要な役割を果たしました（Hall and Jefferson 1993、Hebdige 1979）。こうした関心は、歴史的に長期にわたって、文化が厳格な階級識別システムの標識として作用していた社会で形作られたものです。多元主義や平等な社会的流動性という神話、自由な民主主義精神などによって文化的スタイルと社会的階層の結びつきが弱められてきたアメリカやオーストラリアなどの国々では、「サブカルチャー」という概念は、影響力はあったものの必ずしも定着しませんでした。[7]

こうした文脈の中で、「文化資本」の蓄積についてのピエール・ブルデュー（Pierre Bourdieu 1997）の著作は、社会的区別が文化消費の多様性にどの程度関わっているか、その隠された関係を明らかにするうえで有用でした。私の先生であるドナルド・ホーン（Donald Horne 1994）は、「ハイカルチャーとローカルチャーの区別が崩壊したと言うとき、それはいつもハイカルチャーからの言葉だ」と言っていましたが、彼が念頭に置いていたのは、芸術の本質ではなく、芸術へのアクセスの問題でした。社会的、教育的に優位な人だけが、伝統的な芸術や前衛的な芸術から大衆文化まで、あらゆる分野を享受することができるのです。こうしたアプローチは、文化的に孤立し、排除されているグループの参加を促す文化政策——イギリスのレイモンド・ウィリアムズによってすでに実践的な方向付けがなされています（McGuigan 2014）——にも応用する

［7］サブカルチャー研究、ファンダム研究、そして大衆文化の異なる概念の関係についての議論は、Morris（二〇一六）を参照。

ことができます。

今日オーストラリアでは、古典的な意味での「サブカルチャー」はあまり議論されていません。英語では、サブカルチャーと言うと、一般的にインターネットに関する、もしくはインターネット上でのディスコースに重点が置かれています。そこでは、興味や見解を共有する一部の人々の交流に、これまでと少し異なる枠組みが生まれています。例えば「Reddit」というアプリのグループがそうです（Massanari 2015）。これらは、サブカルチャー研究の初期においては社会的抵抗と結びつくものとして進歩的なオーラを放っていましたが、現在は主にオンラインで運営されている新反動主義や「オルトライト」（オルタナティブ右翼）グループに使われることが多くなっています。［8］

デジタルからより広い用法に広げていくのは（「サブカルチャー」というより）文化的「コミュニティ」の常套手段です。活動を共有するために、物理的な空間をともにするより（それもあり得ますが）、その時々に集まる集団を指向するのです。その一例が「スチームパンク」です（VanderMeer and Chambers 2011）。これは文学から日常生活に広がった運動で、コスチュームや、画像や、蒸気機関技術の時代に適応した機器を使って現代における「未来」を表現します。手作りを重視するその姿勢は、古着、裁縫と工芸の再評価、「持続可能なファッション」のイニシアティブ、そして食の面では菜食主義などを掲げるエコロジー精神のコミュニ

［8］Pell（二〇一七）は、「一つの政治運動、二つのサブカルチャー」という言葉で、ドナルド・トランプの台頭を助けた、不満な白人青年、白人国家主義者、ミソジニスト（訳注：女性嫌悪主義者）、ネオファシスト、インターネットトロール（訳注：インターネット荒らし）たちの醜い同盟関係を説明しています。ペルの記事が発表された時には、説明のために「オルトライト」の人種差別主義者や性差別主義者の専門用語を繰り返す不快感についてさえアイルランドタイムズに抗議がありました。

ティーとも共鳴しています。

私が働いている、シドニー大学のジェンダー・カルチュラルスタディーズ学科には、そうしたグループの中に入って文化研究を進めている大学院生がいます。その活動が私の想像力を掻き立てたとは言いませんが（私は商業主義が興る前の田舎で育ちました。その頃「自分で作ること」以外に選択の余地はありませんでした）、私はその学生たちの調査から次のようなことを学びました。それは、これらの生活実験を特権的だとか瑣末だとか非難して拒絶してしまえば、彼らが取り組んでいる、深刻で重要な、そして多様な「普遍性」を持つ問題（わたしはそう考えています）を取り逃がしてしまうということです。

少なくとも二つのグローバルな危機に脅かされている今、行動を企図するにはもっと勇気とビジョンのある方法が必要です。危機の一つは世界的な混乱の中、強国の間で拡大し続けている戦争の脅威です。地政学上の変化はともかく、そうしたニュースに接すると、まるで自己再生するために資本主義自体が、戦争、それも大きい戦争を望んでいるように見えます。そうなれば、トランプ氏の家族は自分の国際的な観光ホテルから引き続き利益が得られるというのでしょうか。私はできるだけこの危惧を脇に追いやろうとしています。今や確実に起こる、迫りつつあるもう一つの危機は、激しい気候変化——どこで、いつ、どの程度のことが起こるかは分からないにしても——です。火災、洪水、サンゴ礁の死滅、海岸線の浸食のなかで、気候変化はすでにオーストラリアの私たちの身近に迫っています——もっと脅威に晒されているお隣の太平洋の島々はすでに波の下に沈んでしまいました（Bawden 2015）。

なぜ今、文化研究なのでしょうか？　私たちの世界で大きな転換が進んでいるという認識のもと、私は「オーストラリアでカルチュラル・スタディーズに携わっている立場から、アジアと西洋両方の文化研究について議論するよう」千野教授から依頼されました。それは私にとって簡単なことではありません。アジアと西洋の対話の中で、オーストラリアが一つの扇の要として今日どのように動いているか、私は理解しています。しかし、私はオーストラリアではなく、香港で一五年間文化研究を行ってきました。二つの場所はいずれもアジアと西洋が出会い混じり合っていますが、文脈は異なっています。ただ、まさにそのことが千野教授の指摘を興味深いものにしているのです。そこで、私が気づいた二つの文脈のいくつかの共通点について考察することにしましょう。

一つは、高度に発達した新自由主義的統治がもたらす社会的な苦痛が、不断に、そして不平等なかたちで増大していることです。それは、広範囲にわたる都市部の不動産価格の構造的インフレや、それと対応する多くの農村地域のデフレと連動しています（Robertson 2017）。シンクタンクの一つデモグラフィアの調査で、最近、香港が住民の経済的負担が世界で最も重い都市にランクされたことは誰も驚かないでしょう。しかし、私の住むシドニーが再び世界トップテンの第二位に躍り出たことを知れば、驚く人がいるかもしれません（Demographia 2017: 14）。理由は各都市で異なりますが、近年の中国大陸からの投資が一つの共通要因です。［9］問題は複雑ですが、いずれの都市でも住宅危機が、とりわけ若者や、貧困者、老人、身体障害者の生きるうえでのチャンスを奪っていることは確かです。アジアの多くの大都市も同様の状況に陥っています。

［9］二〇一六年末に中国からの資本流出に厳格な規制が導入されたことを受けて、ブルームバーグニュースは、これは「この数年間、中国のバイヤーによって価格が押し上げられてきた世界中の都市の住宅販売の勢いを削ぐことになる」と述べました。香港とシドニー（そしてオーストラリア）のより広い領域の経済は、不動産価格に大きく依存しているのです。

注目すべきもう一つの共通点は、いずれの都市の公権力も、今後数年間により多くの住宅建設を求めること以外、今すぐ住宅危機に対して打てる手はないと公言していることです（Holland 2017; Yeomans 2016）。人びとの緊急避難を求める声を掬い上げる施策を何もしない以上、この救済策では低所得層の人々に十分な新しい家が手に入ることは保証されません。いずれの都市も自由市場による解決と法人部門からの政治的支援を頼みの綱にしており、それが香港でもオーストラリアでも、住宅危機を生み激化させている固定化した社会・経済的不平等に、政府が取り組むのを困難にしています。

そうした中、若者や社会的権利を奪われた集団の、これまでと少し異なった生き方を目指す小規模な運動や、Wang Chih-Ming（二〇一七）の台湾における現在の若者の価値観の研究にみられるような、今の秩序の中で「ちょっとした幸福」を求める動きは、人びとの気持ちに添った現実的な意味を持ち始めています。『新自由主義――その歴史的展開と現在』（Harvey 2005: 19、翻訳、作品社、二〇〇七年）の中で、著名な地理学者デヴィッド・ハーヴェイは次のように論じています。「新自由主義は、国際資本主義の再組織という理論の具現化を目指す空想的なプロジェクトと見ることもできるし、資本蓄積の条件を再建し、経済エリートの権力を復活させる政治的なプロジェクトと見ることもできる」。そして、後者の見方が主流で、前者はあまり成功を収めておらず、互いに緊張関係にある、と考えています。その一方で彼は、政治的には「私たちの世代は、支配層のエリートが圧倒的な階級的権力を回復・増進し、中国やロシアのような形に構築していく周到な戦略の中を生きてきた」（Harvey 2005: 201）と、強調しています。言い換えれば、彼の考えでは社会的な挫折は意図的にもたされたものだということです。

また、そこには大きな不平等が存在しています。近年私がシドニーあるいはシンガポールで会った外国人留学生の間では、中国の都市部や、南インドからきた学生の多くは、こうしたプロセスの恩恵を受け、幸せな時期に生きています。一九八〇年代のオーストラリアの、私たち世代の学者たちも同じ恩恵を受けたことは認めなければなりません（Morris 1992）。その一方で、香港やオーストラリアでは、都市と同じく田舎でも廃墟化が起こり、人々に残されたわずかなものも根こそぎ奪ってしまう新自由主義の終着点が、すでにはっきり見えています。

その点では、ポピュリストとともに台頭した「新保守主義」がこのダメージの救済策になっているとハーヴェイは指摘しています（Harvey 2005: 82–86）。自由主義が個人の自由を強調するのと違い、新保守主義は経済的な収奪を続ける一方で、社会・文化的分野で、権威、秩序、道徳への「回帰」を約束するからです。各地域のこうした状況が、怒りと絶望にあおられた爆発的なさまざまな右翼運動をもたらしています。香港では、雨傘運動以来、若者の反中国の独立運動は学生たちの連帯に分断をもたらし、大陸の友人たちと手を携えて中国の民主を築くという長期計画からの撤退が起こりました。私の元同僚のP.K Hui とK.-C Lau がこの推移を詳細に分析して指摘しています。香港の人びとの生活を圧迫する経済競争と階級政治は国境を跨いでおり、新たな上層階級は、その境界のどちら側でも利益を手にしているのです。オーストラリアでは、アメリカのトランプやイギリスのＥＵ離脱を支持したのと同様の活動が再び現れています。「再び」と言ったのは、一九九六年に「アジア人に侵略されている」と公言して悪名が高まった極右政治家ポピュリストのポーリン・ハンソンが、私たちの問題は今やムスリムによってもたされていると公言しているからです。

情熱や情動が社会的に循環することが行動と結びつくという、ハイモアの美学的な理解を思い出してください。一方では、冷酷な顔の白人国家主義者ポーリン・ハンソンのワン・ネイション（訳注：ポーリン・ハンソンが党首を務める極右政党）が一世紀前の人種差別主義的政策を復活させようとしており、もう一方では、香港でストリートシックな中国人の若者が、政治的収奪と闘っている。その両者の明らかな違いを、私たちは「感じる」ことができます。前者を嫌悪し軽蔑し、同時に後者に共感し理解を示すのは難しくないことに、私は気づきました。

その二つが同じだとは思いません。ただ、どちらも外国人嫌いの排他的な哲学や地域社会の慣行を支持しており、どちらもLo Kwai-Cheung（2017）が「憎悪を愛する」ナショナリズムと呼ぶ、今日アジア全域で生じている新奇な連続体に属しています。この連続体には、私たちの地域以外ではアメリカの「オルト・ライト」やイギリスのEU離派の一部（例えばイギリス独立党）、さらにはプーチンが支援するヨーロッパ中の反移民政党やフランスのマリーヌ・ル・ペン（Marine Le Pen）が率いる国民戦線などが含まれています。

こうした運動はすべて、それぞれの場所で、独自のルーツと先例を持っていますが、「ナショナリズム」という点では、少なくとも二つの共通した特徴があります。Loがエッセイの中で重要な著作だと述べている "*Precarious Belongings: Affect and Nationalism in Asia* (Edited by Chih-Ming Wang and Daniel PS Goh, Rowman & Littlefield, 2017）の結論で、ダニエル・ゴー（Daniel Goh 2017: 220）は、その特徴の一つを「内部参照」と呼びました。それは、陳光興（Chen Kuan-Hsing 2012）が竹内好の一九六〇年の講義「方法としてのアジア」に導かれて始めたインターアジア方法論からの、風刺的でもあり正当でもある引用でした（Takeuchi 2005: 149–166）。

憎悪を愛する指導者たちは、互いの国々との戦争の脅威を避け、互いに尊重してでもいるかのように、異常な目的のために象徴的な同盟関係を結んでいます。それぞれの国における難民や移民やマイノリティーへの攻撃、そしてEUのような多国間機構への攻撃などがそうです（Slawson 2017）。彼らはGoh（2017: 220）が強調したインターネットへの参入によって、それを効果的に行うことができるのです。加えて、彼らの主張する「国民」は曖昧で不安定なカテゴリーで、社会のすべての人々、さらには近代的な国家を構成している領土を基盤とする文化機構や国籍に属さない浮遊民を包括していません。あるのはデジタルを通じて広がる感覚的で情緒的で〝情動的〟なナショナリズムで、それは物理的な空間においても暴力的なものでしかありません。

その後、ゴー（Goh）は、この「国際的なサイバー・バイオ政治の現実」がアジアの文脈において、これまでと異なる形で現れていることを明らかにしました。三〇年前アジアで文化研究が始まったころを振り返り、その時の地域の重要性に関する議論を通じて、国家は「安定しているが茫漠とした領域」とみなされ、それが今日の議論の枠組みとなり、今も続いている、とゴーは言います。例えば、会議を開くたびに、研究者は生まれた国や長く居住した国を報告しています（Goh 2017: 223）。

しかし、この枠組はもはや当たり前のものではあり得ません。「もしナショナリズムが、日本海から東シナ海、南シナ海をへて東南アジアの島々に至る、憎悪を愛するサイレントマジョリティーの矛盾だらけの共同体を作り出したとしたらどうだろう？」ゴーはそう言います。思い起こせば、そこは冷戦時代のアメリカ帝国主義の前線でした。それが「経済、移住、情報、文化流通のハイウェイ」になりつつあるのです。このハイウェイは今や「不安と不安定に満ちた接触の場所」で、どこを向いても中国という勃興しつつある覇者の幽霊に付きまとわれると、ゴーは指摘しています（Goh 2017: 222）。香港とオーストラリアは他にも共通点があって、それが私自身の研究者・市民としての越境的なサイバー美的な立ち位置を形作っているのかもしれません。ただ、いずれも中国の国家プロジェクト「一帯一路」の海の道にあり、魅力のない地位に置かれています。香港は面倒な行政区として。オーストラリアは、道の終点にある採石場、高級海浜不動産付き農場、そして教育工場として。[10]

この論文で、私は研究のトピックや質問の概括を試みるのではなく、現在のオーストラリアの文化研究の文脈について述べてきました。私がそのような方法で研究してきたのは、文化研究というプロジェクトは、文化単体ではなく、文化の文脈を研究するものだという、ローレンス・グロスバーグ（Lawrence Grossberg 1997）の理解に従うからです。多くの分野（人類学、社会学、芸術、文学）で「文化」が研究されていますが、文化研究では理論的な問題と政治的問題を念頭に置きながら、文化、社会、経済の歴史的な関係を探求します。おそらく今、私たちの地平にある最大の問題は、文化研究の内側にいて、ますます不安定で対立を深める国境を越えて、互いに声を掛け合って取り組むときに、文脈の本質をどう理解するか、ということでしょう。そこで、最後に、若い研究者たちが文化研究の名の下に現在着手していることについて、私の意見を手短に述べたいと思います。

オーストラリアの文化研究が、一九八〇年代にイギリスのバーミンガム学派（レイモンド・ウィリアムズとス

[10] インフラプロジェクトを装った、中国による世界的な覇権を目指す宣言と広く考えられている「一帯一路」に慎重に対応するため、これまでオーストラリア政府は他の西側諸国や機関に歩調を合わせてきました。しかし、一四世紀に鄭和の艦隊がオーストラリアに到着し、中国の文化を持ち込んだとする、二〇〇三年の胡錦濤国家主席の発言は水面下で影響を与えました。そこから何を学んだかについては、Fitzgerald（2017）を参照のこと。これは当時、純粋に儀礼的な声明として受け取られていましたが、南シナ海での拡張を正当化するために北京が展開した「楕円的歴史思考」に照らしてみると、鄭和の神話はより不安なニュアンスを帯びてきます。

チュアート・ホールの仕事）の影響を受けた研究と、私のような外国語（主にヨーロッパの言語）の訓練を受け、ポスト構造主義に刺激を受けたフリーランスの作家、運動家の相互交流から生まれたことは、もちろんどこかで語られねばなりません（Frow and Morris 1993）。アメリカでは、双方のグループは英文科に移り、「文化理論」を一種の文学ジャンルとして発展させ、行動主義は周縁に追いやられるか、修辞学的なものとされました。それ以外の人びとはコミュニケーション学の分野で、よりメディア志向の研究に進んでいきました。オーストラリアでは、全体としてそのような道を辿りませんでしたが、重要なのはその理由です。一九八〇年代後半から、高等教育を国の利益になる産業に貢献させようという新自由主義的な再編によって（Marginson and Considine 2000）、私たちみんなに専門化し、テクストの新しい解釈よりも「新しい知識」を産み出すよう圧力がかかり始めました。それは必ずしも悪いことではなくて、オーストラリアの文化研究に、社会学、人類学、地理学と結びついた、他のどの学科よりも強い経験的な基盤をもたらしました。何よりも、それは実際問題として、若い研究者たちが個々のコミュニティーを研究し、人文研究がもたらす複雑な倫理的問題に直面しなければならない、ということを意味していました。

同時に、この構造改革はエリート研究機関（例えば私のいるシドニー大学）と主に高失業率の地方の人びとに奉仕してきた二、三流の大学との格差を拡大させることにもなりました。「名門」の学位を提供することで、エリート大学は多くの外国人自費留学生、特にアジアからの留学生を引きつけました。その数はいくつかのコースでは現地の学生を越えているかもしれません。そうしたことは問題を引き起こす可能性がありますが、私の学科ではほとんど起こっていません。学生は私たちが期待していたほど社会的な交流をしているわけではありませんが、よそからやってきた学生たちと三、四年緊密に過ごすことは、予算削減で現地の学生が、外国はもちろんオーストラリア国内の旅行も難しくなっている現在、それを克服する方法になっています。私たちは、現地の学生が中国、韓国、台湾、インドネシア、インド、カンボジア、バングラデシュの学生たちとの対話を通して、二〇年前には思いも依らなかった方法で、自分たちのプロジェクトを組み立てはじめるのを目にしました。オーストラリアのエリート学生はまだ多くが白人ですが、移民の流入によって、地方大学では移民の背景を持つ現地学生の間に大きな多様性が生まれています。オーストラリア社会にとって最も創造的な新しいビジョンは、最終的にはそこで形成されると私は信じています。

この経験はアメリカから巻き起こった今日の議論に対する私の立場を明確にしてくれました。その議論とは、上に述べた新しい形の階級衝突と経済的な不公平を犠牲にして、ジェンダー、人種、性的志向、その他の差異に関する議論を求めた「文化左派」は、ドナルド・トランプ大統領の登場に何らかの責任があるか、というものです。そのことは、Hui と Lau による批判と無関係ではありません。二人は、香港の現地主義者たちは都市の独特な文化を擁護する一方で、実際に生活と生活空間の危機をもたらしている国境を超えた階級闘争を無視していると批判しました。

この二つの出来事については、考え直さなければならないことが多々あるかもしれません。しかし若い研究者たちがオーストラリアで文化に関して行っていることを考えれば、情況は少し違って見えてきます。私がいるのはジェンダー・カルチュラルスタディーズ学科ですので、多くの現地学生や留学生が、フェミニストやクィアや男らしさの問題に焦点を当てることが期待されています。しかし、彼らに自分たちが働いているコミュニティーの生態について考えるように求めたら、彼らは階級に盲目だったというのは、まったく事実と反しています。むしろ、アジアからやってきた学生は往々にして社会的公正に関する非常に強いアジェンダをもたらし、現地の学生たちに、経済と地政学の問題だけでなく、宗教や土地使用の紛糾問題などについても考えるべきだと教えてくれたのです。

先住民の権利についても、わたしたちには同様の対立がありますが、これまで一貫してカルチュラルスタディーズの前面にでてきませんでした。総じて言えば、気候変動と生活や消費に関する闘争が前景化するにつれ、これらの関心は融合してつながり合い、一つの新しい国際的な意識を醸成しつつあるように見えます。同世代の学生のグループの間で形作られた意識は、過去の社会運動によって形作られたものよりもはるかにダイナミックなのです。

過度に自分の学科をバラ色に見る傾向を避けようと、私はオードリー・ユエ（Audrey Yue）教授（現在はシンガポール国立大学）に彼女が長年教えていたメルボルン大学で何が起こっているか尋ねました。彼女はこう言いました。「私たちは今、ソーシャルメディア、トランスナショナリズム、多文化主義そして持続可能性に重点を置くために、学部の課程を再編しています。私の今の博士課程の学生たちはクィア・テレビ、ポスト・エイズ映画、国際映画祭、デジタル移民メディア、政策と文化参加、中国のテレビ番組などに取り組んでいます。彼らにとって、カルチュラルスタディーズは新自由主義、国境防衛、白人民族主義を問い直すための拠り所であると同時に、自分が従事している研究の実践の場でもあります。政策と映画、クリエイティブ産業、公共健康などに取り組んでいる学生にとってには特にそうです」。[11] 彼女が挙げたリス

[11] 個人的な許可を得て引用しました。

トは重点をメディアに、したがって産業と美学の問題に置いています。しかしそれらをまとめているのは、持続可能性、難民運動と移民（「国境防衛」はそれに対する政府の婉曲な言い方です）、そして異なるグループの文化参加の条件というような、具体的な社会問題なのです。

「美的差異」に注目することが、世界の変容という大きな問題の核心にどのように私たちを導くのか。それを示すために、この論文をどう書くか考えていた二〇一七年三月にシドニー大学で開催された「多様な経済と生計」についてのささやかなシンポジウムの例で終わりたいと思います。エルペス・プロビン（Elspeth Probyn）教授の、漁業と地域社会の持続可能性に関する文化研究を前進させたきわめて独創的な調査（Probyn 2016）を知り、私たちの学科は広義の環境研究に強い関心を寄せました。また、もう一つの世界の可能性と、多様な経済の実現について書いた二人の地理学者ロービン・St・マーティンとギブソン・グラハム（Roelvink, St. Martin, Gibson-Graham 2015）が参加することで、私たちのジェンダー文化研究学科と西部シドニー大学文化社会研究所、そしてサステイナブルフィッシュラボから資金援助を受けているシドニー環境研究所（シドニー大学）が結びつきました。[12] 学際的で機関横断的なコラボレーションの文化研究イベントでしたので、会議は、持続可能性の問題に直面している漁業と鉱業のコミュニティに関する研究を中心に、彼らが生計を立てている資源ならびに、地元の文化的慣行、伝統と経済と関連づけて行われました。人類が直面している大規模な危機に対処する方法が見つかるとしたら、それはこうした「ささやかな」イニシアチブが、世界中でかけ算的に広がっていくことができたときなのかもしれません。今のところ、「食料

[12] この論文を書いている時点では、https://wordvine.sydney.edu.au/files/1900/15495/でまだプログラムが参照可能です。http://www.sustainablefishlab.org/も参照してください。

生産の領域で、地域社会がどのように理解され、どのような暮らしがなされているか」を探る、この新しい種類の文化研究は私に未来への希望を与えてくれています。それは政治の可能性の美的基盤となると、私は信じています。

参考文献

Bawden, Tom (2015). “Global warming: Thousands flee Pacific islands on front line of climate change”. *Independent* 2 December. http://www.independent.co.uk/environment/climate-change/global-warming-thousands-flee-pacific-islands-on-front-line-of-climate-change-a6757796.html

Benjamin, Walter (1969). “The Work of Art in the Age of Mechanical Reproduction” in *Illuminations* ed. Hannah Arendt and trans. Harry Zohn. New York: Schocken Books.

Bloomberg News (2017). “The $100 Billion City Next to Singapore Has a Big China Problem”. *Bloomberg Businessweek* 22 June. https://www.bloomberg.com/news/features/2017-06-22/the-100-billion-city-next-to-singapore-has-a-big-china-problem

Bourdieu, Pierre (1997). “The Forms of Capital” in A. H. Haller, H. Lauder, P. Brown and A. S. Wells, eds, *Education: Culture, Economy and Society*. Oxford: Oxford University Press. Pp. 46–58.

Chan, Stephen Ching-kiu (2015). “Delay No More: Struggles to Re-imagine Hong Kong (for the next thirty years). *Inter-Asia Cultural Studies*, 16/3: 327–347.

Chen, Kuan-Hsing (2012). “Takeuchi Yoshimi’s 1960 ‘Asia as method’ lecture”. *Inter-Asia Cultural Studies* 13/2: 317–324.

Debord, Guy (2004). *The Society of the Spectacle* ed. and trans. Ken Knabb. London: Rebel Press.

Demographia (2017). *13th Annual Demographia International Housing Affordability Survey: 2017*. http://www.demographia.com/dhi.pdf

Fitzgerald, John (2017). “Handing the Initiative to China”. *China Australia Consult* January 19. http://www.china-consult.com.au/2017/01/24/handing-the-initiative-to-china/

Foucault, Michel (1986). “Of Other Spaces”, *Diacritics* 16: 22–27.

Frow, John and Morris, Meaghan Morris (1993), eds. *Australian Cultural Studies: A Reader*. Sydney and Chicago: Allen & Unwin and The University of Illinois Press.

Gessen, Masha (2017). “The Styrofoam Presidency”. *The New York Review of Books* 24 January, http://www.nybooks.com/daily/2017/01/24/styrofoam-presidency-trump-aesthetics/

Goh, Daniel PS (2017) "Conclusion: The Geopolitical Unconscious of Inter-Asia". In Wang and Goh. Pp. 219–224.

Gourevitch, Alex (2017). "Beyond Resistance", *Jacobin* 13 February. www.jacobinmag.com/2017/02/trump-gop-democrats-protests-marches-social-movement

Grossberg, Lawrence (1997) "Cultural Studies: What's In A Name? (One More Time) " in *Bringing It All Back Home: Essays on Cultural Studies*. Durham and London: Duke University Press. Pp. 254–71.

Hall, Stuart and Jefferson, Tony (eds) (1993) *Resistance Through Rituals: Youth Subcultures in Post-War Britain*. London: Routledge.

Harvey, David (2005). *A Brief History of Neoliberalism*. Oxford: Oxford University Press.

Hebdige, Dick (1979) *Subculture: The Meaning of Style*. London: Routledge.

Highmore, Ben (2011). *Ordinary Lives: Studies in the Everyday*. London and New York: Routledge.

Holland, Tom (2017). "Hong Kong's housing squeeze: the easy fix for next Chief Executive is ...". *South China Morning Post* 26 March. http://www.scmp.com/week-asia/opinion/article/2081896/hong-kongs-housing-squeeze-easy-fix-next-chief-executive

Horne, Donald (1994). *The Public Culture: An Argument with the Future*. Boulder, Colorado: Pluto Press.

Hui, Po-keung and Lau, Kin-chi (2015). '"Living in Truth" versus *realpolitik*: Limitations and Potentials of the Umbrella Movement'. *Inter-Asia Cultural Studies* 16/3: 348–366.

Lo, Kwai-Cheung (2017). "Hate-Loving Nation-State: Theorizing Asian Nationalist Affects". In Wang and Goh. Pp. 19–38.

MacDiarmid, Campbell (2017). "Mr. Erbil: Kurdish Dandies Start Iraq's First Fashion Club". *Vocativ*, January 17. http://www.vocativ.com/393220/mr-erbil-kurdish-dandies-start-iraqs-first-fashion-club/

McGuigan, Jim (2014), ed. *Raymond Williams on Culture and Society: Essential Writings*. London, Thousand Oaks and New Delhi: Sage Publications.

Marginson, Simon and Considine, Mark (2000). *The Enterprise University: Power, Governance and Reinvention in Australia*. Cambridge: Cambridge University Press.

Massanari, Adrienne L. (2015). *Participatory Culture, Community, and Play: Learning from Reddit*. Pieterien and Bern: Peter Lang.

Morris, Meaghan (1992) "Ecstasy and Economics: A Portrait of Paul Keating". *Discourse* 14/3: 3–58. Also in Morris, Meaghan (1998), *Too Soon Too Late: History in Popular Culture*. Bloomington: Indiana University Press.

Morris, Meaghan (1993). "Future Fear", in "Future Fear", in J. Bird, B. Curtis, T. Putnam, G. Robertson and L. Tickner, eds, *Mapping the Futures: Local Cultures, Global Change*. London and New York: Routledge. Pp. 30–46.

Morris, Meaghan (2016) "'Doing' Cultural Studies: Chua Beng Huat on Popular Culture". *Inter-Asia*

Cultural Studies, 17/2: 272–287.

Pell, Nick (2017). "The alt-right movement: everything you need to know". IrishTimes, January 4. www.irishtimes.com/opinion/the-alt-right-movement-everything-you-need-to-know-1.2924658

Probyn, Elspeth (2016). *Eating the Ocean*. Durham: Duke University Press.

Roberts, Sophie B. (2010). "A Case for Dissidence in Occupied Paris: the Zazous, Youth Dissidence and the Yellow Star Campaign in Occupied Paris (1942)". *French History* 24/1: 82–103.

Robertson, Joshua (2017). "'Eye-watering prices': Australia's housing affordabilitycrisis laid bare". *Guardian* 3 May. https://www.theguardian.com/australia-news/2017/may/03/eye-watering-prices-australias-housing-affordability-crisis-laid-bare

Roelvink, Gerda, St. Martin, Kevin and Gibson-Graham, J. K. (2015) *Making OtherWorlds Possible: Performing Diverse Economies*. Minneapolis: University of Minnesota Press.

Ross, Kristin (2015). *Communal Luxury: The Political Imaginary of the Paris Commune*. London: Verso.

Seward, Kate G. (2007). *Zazou, Zazou Zazou-hé: a youth subculture in Vichy France, 1940–44*. Masters Research thesis, School of Historical Studies, University of Melbourne.

Slawson, Nicola (2017). "Marine Le Pen leads gathering of EU far-right leaders in Koblenz". *Guardian* 22 June. https://www.theguardian.com/world/2017/jan/21/marine-le-pen-leads-gathering-of-eu-far-right-leaders-in-koblenz

Takeuchi, Yoshimi (2005). "Asia as Method". In *What Is Modernity? Writings of Takeuchi Yoshimi*, ed. and trans. Richard F. Calichman. New York: Columbia University Press, 149–166.

VanderMeer, Jeff with Chambers, S.J. (2011) *The Steampunk Bible: An Illustrated Guide to the World of Imaginary Airships, Corsets and Goggles, Mad Scientists, and Strange Literature*. New York: Abrams Image.

Waite, Geoff. (1996). *Nietzsche's Corps/e: Aesthetics, Politics, Prophecy, or, the Spectacular Technoculture of Everyday Life*. Durham: Duke University Press.

Wang, Chih-ming (2017). "'The future that belongs to us': Affective politics, neoliberalism and the Sunflower Movement'. *International Journal of Cultural Studies* 20/2: 177–192.

Wang Chih-ming and Daniel PS Goh (2017). *Precarious Belongings: Affect and Nationalism in Asia*. London and New York: Rowman & Littlefield International.

Yeomans, Catherine (2016). "Social housing: Mike Baird has set the standard for the rest of Australia". *ABC News* 27 January. http://www.abc.net.au/news/2016-01-27/yeomans-commonwealth-should-take-lead-on-social-housing-policy/7118172

ポストメディア時代の文化研究

二〇一〇年代の日本のメディア文化と政治

毛利嘉孝

一　はじめに

本日はお招きいただきありがとうございます。とりわけ、企画運営にあたられた早稲田大学の千野拓政先生をはじめとする事務局は、年度末の忙しい時期に大変だったと思います。またミーガン・モリス先生、王暁明先生をはじめ多くの古い友人に会う機会でもあり、本当に嬉しく思っています。最初にあらためて感謝とお礼を申し上げたいと存じます。

今日は日本におけるカルチュラル・スタディーズの現状ということを話してほしいということでお誘いを受けました。率直に言って、私が文化研究を代表しているのかどうかはかなり怪しいような気がします。おそらく吉見俊哉先生や岩渕功一先生をはじめ、私以外にも国内はもちろん、国際的にも活躍されている先生が数多くいらっしゃいます。その中で私がお話することは、あくまでも私の関心から見たカルチュラル・スタディーズということになるでしょう。

最近、私は英語の cultural studies ではなく、日本語で「文化研究」という言葉の方を使うようにしています。カタカナでカルチュラル・スタディーズというメリットはもちろんあります。それが英語圏、特にイギリスで一九七〇年代に始まった理論的伝統を受け継いでいるということ、特にバーミンガム大学で始まったＣＣＣＳ（現代文化研究センター Centre for Contemporary Cultural Studies）やスチュアート・ホールの批判的マルクス主義の議論にその一つの源流があることを、カタカナの「カルチュラル・スタディーズ」は示しています。けれども、その一方で、それは、たとえ複数形の「Ｓ」でその間の矛盾や葛藤、複数性が強調されるとしても、やはり英語圏の中の英語を話す人の間の多様性に制限されているようにもみえます。

日本語で「文化研究」という時、この用語は「カルチュラル・スタディーズ」と比較すると、平易で中立的で理論的文脈を感じさせません。それは、高級文化から大衆文化まであらゆる「文化」を研究することであり、そこには批判理論（critical theory）の伝統のニュアンスも失われています。けれども、こうしたデメリットを踏まえてもあえて「文化研究」を用いるのは、カルチュラル・スタディーズが単なる輸入学問の領域を越え、日本や日本以外の非西洋の理論的発展を踏まえて、独自の土着化（indigenization）やローカル化（localization）をしているように思えるからです。このことは、日本のカルチュラル・スタディーズが日本独自の発展をしていることを意味しているわけではありません。そうではなく、文化研究という枠組みの中で国境を越えてさまざまな理論や実践が交錯しているということです。今日も日本語の発表では「文化研究」という語を使って発表をしています。私は文化研究と発話し、それが cultural studies と英語で翻訳されて伝わるとき、すでにそこには文脈のズレが生じています。そしてこの翻訳の不可能性は、文化研究の可能性の一つなのです。このシンポジウムもそうした実践の一つとして捉えられるかもしれません。

二　日本における文化研究の導入

日本における文化研究を考える際に重要な転回点は、一九九六年です。この年に東京大学の社会情報研究所 Institute of Socio-information and Communication Studies（現在の情報学環 Graduate School of Interdisciplinary Information Studies）は、国際会議「カルチュラル・スタディーズとの対話」をブリティッシュ・カウンシルと一緒に組織し、スチュアート・ホール、デヴィッド・モーリー、アリ・ラタンシ、アンジェラ・マクロビー、シャーロット・ブランズトン、そして、コリン・スパークスをイギリスから招待しました。この様子は、同名の書物に収められています。またこれにあわせて『思想』と『現代思想』という日本を代表する二誌が「カルチュラル・スタディーズ」の特集を組みました。

今から振り返れば、この時期は、日本の大学が大学院重点化を始めとして大きく転換する時期です。特に文学部（人文学 humanities）は、バブル経済崩壊後長期にわたる経済や社会の変容、少子化、グローバル化などの影響を受けて、大きく変容しようとしていました。おそらくですが、東京大学社会情報研究所のシンポジウムの背景には、文化研究の導入を一つの起爆剤として、批判的な人文学を再編するという目論みがあったように思われます。実際、シンポジウムのパネルのテーマは、狭義の文化研究であるメディア文化だけではなく、広く歴史学や哲学、文学、教育まで多岐にわたるものでした。文化研究は、哲学、文化、歴史学という文字文化を中心とする人文学を転換しようとする新自由主義的大学政策によくも悪くも対応したものだったのです。

文化研究は、七〇年代から八〇年代にかけて日本の「論壇」と呼ばれる人文学的ジャーナリズム（これ自体日本独自の領域で、日本の知識人、論壇を形づくるアカデミズムとジャーナリズムとの間の中間的領域です）では、ポストモダン思想を受け継ぐ〈最新〉の理論として紹介されました。特に日本では一九七〇年代から八〇年代にかけて、フーコーやラカン、デリダやドゥルーズなどフランスのポスト構造主義、ポストモダン理論が「ニューアカデミズム」として流行しますが、文化研究はその英語圏における流用appropriation、あるいは応用applicationとして導入されたのです。それは、しばしば抽象的な形而上学的議論に陥りがちだったフランスポストモダン理論を、現実の社会を理解するための道具として活用したものとして受け取られましたが、伝統的な社会学からは過度に文学的、哲学的で実証を欠くと批判され、既存の思想哲学の専門家（特にその多くはフランス語やドイツ語など言語を専門としていた）からは理論的厳密性を欠くと批判されました。

その一方で、文化研究は、日本における文化左翼、「ニューレフト」的な政治文化運動を再編しようというものとしても捉えられました。それは、大学組織においてはディシプリンによって分断されていたさまざまな批判理論、マルクス主義、フェミニズムを、あいまいな傘の下ではあれゆるやかに結びつけようという試みでもあったのです。それは現代文化の分析だけではなく、それまで自明のものとされていた「国民国家」というカテゴリーの脱構築、帝国主義的、植民地主義的歴史に対する批判的解読、ナショナリズム批判などの歴史的なプロジェクトから、一九九〇年代前半以降に急速に悪化する日本経済の格差問題、フリーターなどの階級問題、ジェンダーや人種、エスニシティ間の不均衡までも含む政治的なプロジェクトだったのです。この政治的な傾向は、これまで積極的に政治に関わってきたアクティヴィストからは、しばしば政治的介入としては不十分なものとして批判される一方で、学問の中立性を信じて疑わない既存のアカデミズムからは、政治的すぎると批判されました。

日本における文化研究は、グローバリゼーションの一つの産物でもあります。イギリスの高等教育という観点から見れば、この時期はイギリスの高等教育を新しい輸出産業として位置づけ直す時期であり、カルチュラル・スタディーズはそのための新しい商品として新たに位置づけられた時期でもありました。私自身、一九九四年にイギリスに留学し、ロンドン大学ゴールドスミスカレッジでMAとPhDを取得しましたが、その意味で、まんまとこの流れに乗せられた例かもしれません。

もう一つ指摘しておくべき流れは、台湾の陳光興(Chen Kuang Hsin)やシンガポールのベンファ・チュア(Beng Hua Chua)が始めたインターアジア・カルチュラル・スタディーズです。これは、これまでアメリカや英語圏を中心に組織化されてきた地域研究/アジア研究の研究者を、アメリカを媒介せずに直接結びつけて新しい知識の生産の様式をしようという試みでした。このプロジェクトは、ラウトレッジRoutledgeの学術雑誌や隔年のシンポジウムとして結実します。またいくぶん焦点はちがいましたが、酒井直樹たちの翻訳という概念を核としたTracies も同じようにトランスナショナルな知の生産の試みとして位置づけられるでしょう。

ここで一九九〇年代文化研究の導入の成果すべてを評価することは困難です。私自身も入門書を出版するなど導入時に関わりましたが、この際に必ずしも肯定的な評価ではなく、むしろ多くの否定的な評価がなされていたことは認めるべきでしょう。文化研究は、日本ではしばしば「カルスタ」と揶揄の対象になりました。それは過度に抽象的で難解であり、実証性に欠け、政治的にすぎるとされる一方で、その逆に、時に理論的にも政治的にも不十分とされたのです。その中には、批判の対象を特定することなく、自らのディシプリンの正統性を主張するために、それぞれの立場から文化研究の虚像を作り上げて、それを批判するような議論も多く見られました。

ここでその批判すべてに応えるのは私の能力を越えていますが、こうした矛盾し錯綜した批判が、文化研究の受容の多様性、多面性を示していることは指摘したいと思います。そして、その批判の多くが日本の批評言語の独自性と、同時に日本語の環境の閉鎖性を示していました。批判される際に参照される文献は、入門書的なものか一九七〇年代に書かれたホールやヘブディッジなど、その当時二〇年近く前の、今では五〇年近く前の文献の翻訳で、ほとんどアップデートされることがなかったのです。

三　変容する文化研究：カルチュラル・タイフーン

日本における知的流行としての文化研究は二〇〇〇年代初頭には終わったように思えます。二〇〇〇年代に入ってゆっくりではありますが、文化研究は、その一方で、導入時とは少し違った形で発展していきます。特にその中心を担ったのは、カルチュラル・タイフーン（文化台風）という年に一度のイベントです。二〇〇三年に早稲田大学で始まったカルチュラル・タイフーンは、二〇一七年に第一五回目が早稲田大学で開催されます。その準備会となった東京大学の国際会議に台風が重なり、多くの出席者がキャンセルを余儀なくされたことをきっかけに、むしろそのエネルギーと混乱を肯定的に捉えるために、「台風」と名付けられた、カルチュラル・タイフーンは、毎回テーマを決めた大学持ち回りのボトムアップ型の国際会議として毎回五百から千人の参加者を集めてきました。この会議の特徴としては以下の点が挙げられます。

・さまざまな立場にある人々が個別のイシューを持ち寄り対話することを通じて、それぞれのシーンで直面している課題や問題に取り組むための新たな協働の可能性を開いてきた。
・研究者のみならず、ミュージシャンやDJ、アクティヴィストやパフォーマー、脚本家や編集者、建築家や作家、映画監督や映像作家などが数多く参加してきた。
・毎年、参加者が五百から千人と、非常に大きな規模である。
・海外（特にアジア圏）からの参加者や、国内に暮らす移民や留学生たちとの、対話・協働の場になっている。
・日本語での発表だけでなく、英語・朝鮮語・中国語などによるパネル発表が多く行われる。
・研究発表やシンポジウムと並行して、映画祭やワークショップ、ブース展示やパフォーマンス、自由ラジオや自由テレビ、カフェの運営やクラブでのパーティなどを行ってきた。
・大会ごとに個別のイシューをスローガンとして掲げ、文化と政治にまつわる固有の問題に取り組んできた。
・教員と、院生や学部生との間にある権威的階層関係の打破を目指し、若手研究者や院生・学部生が自由に意見を表明する空間を作り出してきた。

・ネオリベラリズムに支配された大学が、もはや言論の自由や批判的文化活動をはぐくむ拠点として機能しなくなってきた二〇〇〇年代に、大学と都市をつなぐための回路を作り出してきた。

（カルチュラル・タイフーン HP: http://cultural-typhoon.com/act/jp/about/より。）

二〇〇〇年の日本の文化研究の変容については特にこれに付け加えることはないようにも感じられます。特に私自身の関心としては、カルチュラル・タイフーンが、二〇〇〇年以降の若いアクティヴィストの交流の場として機能してきたことは重要でした。それは、私の著書でいえば『文化＝政治』（月曜社、二〇〇三年）や『ストリートの思想』（NHKブックス、二〇〇九年）といった仕事の中で形になっています。それは、今日の社会運動をどのようにして文化と政治の交錯点として捉えるのか、というある種のパフォーマティヴな試みだったと思います。またアジア全域に広がった研究者のネットワークの知識の生産の実践として、カルチュラル・タイフーンやインターアジア文化研究が存在しました。とりわけポピュラー音楽のトランスナショナルな生産、消費、流通についてさまざまな研究が進んだ時期でもありました。それは、それまでナショナルな枠組みの中で捉えられてきたポピュラー文化を、トランスナショナルな文化交流の文脈の中で位置づけ直そうという試みでした。

こうした過程は、英国の批判理論の影響を受けた文化研究が、具体的にアジアや日本の中で定着していく過程で生じた一つの変容だったように思います。そして、今回のシンポジウムもまたこの文脈の中で可能になっていると思います。

四　二〇一〇年以降の政治と文化を分析するために

さて、こうした動向を受けて二〇一〇年代以降、日本の政治や文化、あるいはそれを理解する文化研究はどのような変化をみせるのでしょうか。

この十年を考えた時に日本の社会や経済、そしてそれに関わる批判理論に決定的な影響を与えたのは二〇一一年の東日本大震災とそれに続く福島原発事故でした。もちろん、変化の兆しはすでに一九九〇年代からゆっくりと進んでいたのでしょうが、震災と原発事故によって、よりその変化があらわになりました。

二〇〇九年七月の総選挙によって民主党政権が発足し、このことによって一九五五年以来続いていた自民党を中心とする五五年体制が終焉しました。民主党政権誕生までの自民党政権は安定せず、総理大臣が毎年のように交代し、五五年体制の限界がはっきりとした状況にすでに入っていました。東日本大震災は不幸な出来事ですが、戦後民主主義の構造的なほころびはすでに震災の前から顕在化していました。

二〇一一年の東日本大震災は、初めての政権奪取後、まだ基盤がしっかりとしていなかった民主党政権に決定的なダメージを与えました。国民の不満の矛先は民主党野田内閣へと向けられ、二〇一二年の総選挙で民主党は自民党に敗北し、自民党が政権に復帰します。安倍晋三は再び総理大臣へと返り咲き、徹底的な規制緩和による経済政策を基盤としながら、強権的、国家主義的な傾向の強い政権運営に取り組みますが、現在も高い支持率を保持しています。その一方で民主党は民進党へと名前を変えましたが、支持率を回復することができませんでした。その代わりに共産党が、野党としての存在感を示して、支持率をわずかずつですが伸ばしました。

この二〇一〇年以降の政治と文化を考えるにあたって、メディア環境の変容を考えることは重要です。特に二〇一一年の震災は、当時普及しつつあったソーシャルメディアが重要な役割を果たすことを示した重要な契機でした。震災初期において既存のマスメディアが一種の機能不全に陥る中で、インターネットと携帯端末を中心としたソーシャルメディアが、さまざまな情報を発信、流通させました。それは、既存のマスメディアを相対化するとともに、メディアと人々との関係を大きく変容させました。原発事故の後に起こった広範な反原発運動（二〇一二年～）やそれに続く秘密保護法反対運動（二〇一三年）、安全保障関連法反対運動（二〇一五年）を考える際に、ソーシャルメディアがさまざまな情報を流通し、人々を動かす際に重要な役割を果たしました。

しかし、ソーシャルメディアは市民運動や社会運動の活性化に繋がっているだけではありません。むしろ、ソーシャルメディアの登場によって排外主義的ナショナリズムや人種差別的な動きは強まっています。たとえば、二〇〇〇年代にはＦＩＦＡワールドカップや韓流によって改善されていた日韓関係は、従軍慰安婦問題の再燃によって冷え込みます。また経済的な躍進を遂げた中国の脅威が領土問題とともにあからさまに語られるようになります。現在の自民党政権は、こうした排外主義的な感情を巧みに喚起しながら、それを自らの政権基盤として利用しています。ＥＵ離脱（Brexit）に代表されるヨーロッパで見られる自国中心主義の流れやトランプ大統領の誕生は、現在の日本の政治文化を補強することになるでしょう。二〇一六年は「ポスト真実（post-truth）」という語が流行語になりましたが、日本においても反知性主義や「ポスト真実」的な傾向が政治やメディアの中に色濃く生まれています。

この新しい政治文化の時代をどのように捉えたらいいのでしょうか。英国で文化研究が始まって四〇年。さらに日本に二〇年前に文化研究が導入された時代とは異なった新しい政治的経済的な状況に私たちは置かれているようです。ここで最後に理論的な枠組みの大きな移行を示したいと思います。まずは次の図をみてください。

（マス）メディア	ポストメディア
アナログ	デジタル
新聞・テレビ	ネット・携帯端末
ジャーナリズム	ソーシャルメディア
文化産業	創造産業
大量生産・大量商品	少量生産・少量消費
フォーディズム	ポストフォーディズム
規律＝訓練社会	管理＝制御社会
国民国家	多国籍企業・〈帝国〉
福祉国家	ポスト福祉国家
国際化	グローバル化
イデオロギー	情動 affect
言説 discourse	身体 body
産業資本	ネットワーク資本
スペクタクル	参加
マルチメディア	メタメディウム
人間／機械	ハイブリディティ
エコノミー	エコロジー

マスメディアからポストメディアへ。文化産業から創造産業へ。フォーディズム的生産体制からポスト

フォーディズム的生産体制へ。そして、規律＝訓練社会Disciplinary Societyから管理＝制御社会Society of Controlへ。

全てを説明するのには時間が限られているので、ここでは、「ポスト真実」を議論するための一つの理論的転回の例としてイデオロギーという概念についてのみ触れたいと思います。イデオロギーは、文化研究はもちろん、マルクス主義的批判理論において常に重要な概念でした。伝統的なマルクス主義においては、イデオロギーは既存の生産関係を反映し、不平等な階級関係を隠蔽するとともに既存の生産関係を再生産する支配的な階級意識と考えられていました。支配的な階級意識は、メディア文化産業の生産関係を支配しているために、支配的なイデオロギーを再生産するとされたのです。

ルイ・アルチュセールは、伝統的なイデオロギーのこの虚偽意識論を批判しつつ、警察や軍隊、司法組織など強制力を持って人々を支配する国家の抑圧装置に対して、メディアを重要な国家のイデオロギー諸装置の諸装置として位置づけ、国家のイデオロギー諸装置は生産関係から相対的に自律していると主張しました。アルチュセール理論を導入した文化研究は、それを発展させ、この相対的自律性という概念が支配的イデオロギーに対抗的な文化実践を持ち込む可能性の中心だと考えました。文化研究におけるサブカルチャーによる主流文化の流用、対抗的な消費、能動的な読みの実践といった文化的抵抗は、相対的自律性の限界点として位置づけられたのです。

もちろん、批判理論においてもイデオロギー分析の限界はしばしば議論されてきました。たとえば、フーコーは、イデオロギーの代わりに言説という用語を使います。ここでは詳しく議論することはできませんが、規律＝訓練の権力が駆動するのも身体の領域であってイデオロギーの領域ではありません。しかし、少なくともメディアの研究においてはイデオロギーという用語は依然として一定の有効性を持っています。テレビや新聞は、強力な国家のイデオロギー装置であり続けています。今でもそれゆえにイデオロギー批判は一定の有効性を保っていたことは言うまでもありません。

このイデオロギー批判は、基本的に「真実の暴露」という形式をもっていました。それは、真実を明らかにすることを通じて人々に力を与えてきた（empower）のです。

しかし、デジタルメディアがネットワークによって生活の隅々にまで入り込む一方で、携帯端末が身体性を獲得する過程において、私たちの身体や環境はますますメディアに浸食されつつあります。この新しいメディア環境の中では、メディアのメッセージやコンテンツのはっきりとした輪郭を描くことは不可能です。ここで駆動しているのは、イデオロギーではなく、「情動」と呼ばれる身体的で非言語的な領域です。グーグルやフェイスブック、ツイッターなど多国籍企業によって運営されているソーシャルメディアは、人々の断片化された情動を収集、分類しつつ、それを巧みに捕獲し、マーケティングデータへと変換しています。「いいね」ボタンや「リツイート」といったクリッキングの仕組みは情動のデータ化のためのインタフェースなのです。

デジタルメディアにおいては、メディアはもはやメッセージではなく、レフ・マノヴィッチが指摘するようにソフトウェアになります。ソフトウェアは、単に技術的な産物ではありません。ソフトウェアは、政治的、経済的、文化的な生産物であって、同時に社会を制御する主要なテクノロジーなのです。マノヴィッチやマシュー・フラー、ノア・ワードリップ゠フリンらは、こうしたソフトウェアの分析こそが今日のポストメディア的な環境とそれを構成する政治や経済を明らかにするために重要だとし、「ソフトウェアスタディーズ」を提唱しています。

ポストメディアの時代においては、メッセージやコンテンツのイデオロギーを批判するだけでは十分ではありません。むしろ私たちの身体から生活まで分ちがたく浸透しているメディア環境を構成するソフトウェアの成り立ちを批判的に見て行く必要があると思います。今日文化研究を考えるということは、こうした身体的な領域やソフトウェアの権力をイデオロギーとともに考えることにほかなりません。

北米における文化研究の導入者として知られるローレンス・グロスバーグは、このパラダイムシフトを踏まえつつ、スチュアート・ホールが所長を務め文化研究の拠点となった一九七〇年代のバーミンガムの現代文化研究センター（CCCS＝Centre for Contemporary Cultural Studies）を振り返りながら、文化研究の遺産と今日文化研究が果たす役割として次の六点を挙げています。

（1）世界の権力関係／抑圧されている人々に対する知識人としての責任を果たすこと
（2）現在世界で起っていることに対して最善の説明をすること
（3）関係性と分節化、そして偶有性 contingency の中で思考すること
（4）文脈を通じて考えること。理論的な実践でありつつ、理論に対して批判すること
（5）重層的状況、複雑性を考えること
（6）安易な還元主義に陥らないこと

さきほど、私は文化研究のこの二〇年間のパラダイムシフトについて概観しました。しかし、あわてて補足しなければならないのですが、私たちが住んでいる世界は決して過去から未来へとリニアに時間が流れているわけではありません。私たちは空間的にも時間的にも不均衡に分布し、変容する世界に生きているのです。世界は理論のように体系付けられていません。

マスメディアからネットワークメディアへの移行も一方的に進むわけではなく、歴史的に積み上げられた既存の基層を保持しながら複数の時間軸をはらみながら徐々に変容しています。したがって、過去の理論が時代に合わなくなったからといってすべてを捨て去ることはできないし、すべきではないのです。むしろそれが現実世界を説明するのに有効な限りは、理論的体系性を犠牲にしてもそれを使い続けるべきだというのが文化研究の教訓でした。

文化研究の重要な概念である「分節化《アーティキュレーション》」とは、本来相容れないものを無理矢理接続することを意味しています。ホールは、実際「分節化」という概念の説明をする際に、連結トラックの運転部分と荷台部分とを連結する際に「分節化」という用語を使うことを例えとして挙げています。それは、本来矛盾するかもしれない理論的な体系を強引に繋ぎ合わせて文脈化することなのです。

たとえば、イデオロギーや階級という伝統的なマルクス主義的概念が、フーコーの言説概念や近年の情動理論と異なる理論体系にあるとしても、依然として近代的資本主義やマスメディアなどの制度、そして私的所有等の概念が社会の重要な構成要素である限り、オーバーホールして使い続けるべきでしょう。さきほど挙げた図は左から右へとすべての項目が一気に不可逆的に移行することを意味しているのではありません。しかし、同時に私たちが、全く新しい社会や権力、メディアや文化の網の目の中に入りつつあることも確認しなければなりません。

今日私たちは危機の時代に生きています。それは民主主義の危機であり、高等教育における人文学の危機であり、啓蒙と理性の近代的なプロジェクトの危機です。この危機に、今日の政治とメディア文化の環境は確実に深く関わっています。文化研究の理論化が必要だとすれば、こうした現実に対して適切で批判的な分析を行うためです。今回の報告は、具体的な分析に入らず、とりあえず今見えている枠組みを素描したものに留めておきます。個別具体的な事象を分析することをこれからの課題としつつ、私の報告を終わりたいと思います。

パネルディスカッション

（司会：千野拓政）

千野　今日は私のつたない問題提起から始まって、王暁明先生、ミーガン・モリス先生、毛利嘉孝先生にそれぞれの文化研究 culture studies を巡ってお話をいただきました。先生方のお話を聞いて、簡単に私が感じたことをまとめてみたいと思います。まずそれぞれの先生方の発言に、特徴があったと思います。王暁明先生のお話でいいますと、中国の問題を取り上げられて、中国の問題をある種倫理的な側面から捉えられていたと思います。ミーガン・モリス先生のご発言は、やはり混迷した状況の中である種文化政治的というんでしょうか、あなたはどうするのか、私たちはどうするのかというような、一人一人がどうすべきなのかということに、焦点が合っていたような気がいたします。一方、毛利先生のお話は、文化研究の来し方行く末ということで、日本の文化研究についてまとめていただいたわけですけれども、その文化研究がある種の批判だったり、研究だったり、実践だったりするというようなるつぼになっているという状況をご紹介いただいたような気がします。

その中で私が注目したことが幾つかあります。まずそれぞれの先生方がお考えになっている文化研究の場ですが、それぞれの方が暮らしておられる祖国であったり、自分の暮らしについての研究になっています。王先生の場合には、先生が暮らしておられる上海が舞台になっています。そしてミーガン・モリス先生の場合には、一五年間香港におられました。香港そのものが文化が交錯する場所なのですけれども、その文化が交錯する場所にいて、いろんな人が集まって暮らしている中で生じる問題についてお考えになっている。また毛利先生は当初は西洋から入ってきた文化研究が、日本においてどのような形で展開していくのか、お考えになっている。今度は日本が舞台になっていると言えると思います。そういう点では、実は私だけちょっと継子のようなもので、私は日本人なんですが、日本にいながら中国のことを考えています。そして日本と中国のことを語ることになります。その辺で少し視点の違いというか、多様性があるのかなというような気も致しました。

それからもう一つは、文化研究を語るときには、実践、実際のアクティビティというものと切り離せないということです。王先生の場合には、実際に何をすべきか、私たちは何をしなければならないのか、どうあらねばならないのかという形で語られたと思います。そしてミーガン・モリス先生の場合にも、実際の場であなたは何ができるのか、私たちそれぞれが何をしていくべきなのかというような問題意識があったように思います。そして毛利先生の場合には、私たちが物事を実践するときにどのような視点から考えるべきなのか、お話ししていただいたような気がしています。

それぞれこのような特徴がある。言い換えれば、それぞれが自分の場で抱えていることがあって、それに取り組みながら考えておられるという姿が見えてきたんではないかと思います。そんなところを皮切りにして、皆さんのお話をもう少し聞いてみたいと思います。

議論の皮切りとして、今回まだご発表になっていない先生方に、今日のお話を聞いてどんなことを考えられたか、お話をいただきたいと思います。それでは賀照田先生いかがでしょう。

まず説明しなければならないのは、私は文化研究に大きな啓発を受けたけれども、文化研究の外部の人間だということです。ですから今日の発言は、中国の大陸の文化研究の状況を外部から見るようなものになります。

私の発言はタイトルの言葉と関連しています。「撥亂反正（混乱を治め過ちを正す）」から「撥正反亂（正しさを見直し、混乱を正す）」そして「病薬双発（病と薬の相互作用）」へ、といった流れと関係しているのです。

王先生は、中国大陸の文化研究が特に現実に密着していることを話されました。ただ、みなさんもご存じのように、ある種の現実は歴史認識、特に近年の歴史認識と不可分です。

七〇年代末から現在にいたる中国大陸の歴史は新時期と呼ばれています。その新時期という呼称には前提があります。七〇年代末から八〇年代初めにかけて、毛沢東時代の成果や錯誤について真摯な振り返りと把握がなされました。そこには正しいものを引き受け、誤ったものを排除しようという意味がこもっていました。

もう少し説明すると、この時期は一九四九年から一九五六年までの中国共産党の施策は基本的に正しかったと考えられていました。一九五七年以降多くの問題が起こりだしたので、新時期の中国は一九五六年以前の中国に戻って、それに基づいて改革開放をしようとしていたのです。それが新時期の核心です。

ですから新時期の核心にある歴史観は、中国の歴史の「混乱を治め、過ちを正す」ことを出発点にしていたのです。そのような歴史観は大陸ではこの二〇年以上強い影響がありました。

それに異論のない状況が二〇年以上続きましたが、異論が出るようになってからも相変わらずそれが本流だという認識があったのです。それが知識の面でも実践の面でも非常に複雑な結果を残すことになりました。

この七、八年の間に出てきた異論はおもに左派からのものでした。彼らは大陸では歴史研究の面で大きな貢献をしてきました。しかし、文化大革命後期から八〇年代初めの歴史については、大きな問題を抱えています。彼らは毛沢東時代には基本的に大きな問題はなかったと考えているのです。したがって、文革から新時期への移行は、彼らにとっては「混乱を治め、過ちを正す」のではなく、「正しさを見直し、混乱を正す」ことでした。大きな問題がなかったという歴史観から始まったわけですが、それが新自由主義へと変わっていったのです。

こうした「正しさを見直し、乱れを正す」という歴史観は、「混乱を治め、過ちを正す」への挑戦となり、多くの修正や複雑化をもたらすことになりました。しかし実際には、それは複雑な歴史とほど遠いもので、真に歴史に踏み込むうえでの障碍でさえありました。

私は七〇年代から八〇年代にかけての一〇年間の研究を通じて、新時期の重要な問題に気づきました。それは毛沢東時代のいくつかの事業や問題意識を継承しなかったことに由来するのです。しかし、それは毛沢東時代に大きな問題はなかったということではありません。

　そうした角度から見れば、文革後、大陸では確かに大きな変化が起こりました。しかし、現実に目にしたのは、「混乱を治め、過ちを正す」と自認しているけれど、じっさいには「病薬双発（病と薬の相互作用）」の過程でした。「病と薬の相互作用」とは何かというと、清末の重要な思想家魏源の言葉です。病人がいても、病の見立てが間違っていて、処方する薬も適切でなければ、その病が治っても新たな病を引き起こす、というのです。

　そうした視点から見れば、この三〇年間流行してきた「混乱を治め、過ちを正す」という歴史観も、左派が新たに打ち立てた「正しさを見直し、混乱を正す」という歴史観も、わたしたちが歴史を認識するには不十分で、「病と薬の相互作用」という新たな歴史観を打ち立てる必要があるのです。

　そうした点からいうと、中国大陸の文化研究には大きな問題があります。というのは、中国の文化研究者は基本的に左派の歴史観に基づいているからです。

　しかし、いったん左派の「正しさを見直し、混乱を正す」という歴史認識を受け入れてしまうと、文化研究の現実を捉える精度や深度に影響するでしょうし、再考の深度にも影響すると思うのです。

フロアA　左派というのは毛沢東が正しかったと言っている左派ですか？　……

千野　私が代わってお答えしましょう。左派というのは、どちらかというと社会主義に価値を見いだしている、そういう思想の持ち主のことです。ですから、彼らはある面では毛沢東を支持します。社会主義の混乱を批判をするけれども、ある面では社会主義には価値があったと。そういう人たちから見ると、文化大革命の時期はいいものがたくさんあった、社会的にはいいものがたくさんあった、それが改革開放になってから、逆に現実は乱れたのだという考えになる。逆に右派のほうから見ると、乱れた文革から中国はいい方向に向かったというふうになります。それで、文化大革命を再考すると、変化というのは実はいいところも悪いところもあったんじゃないかという考えが出てきます。そこで起こったことは、ちゃんと薬が効いていなかったところもあるだろうけれども、薬の間違いでまた病を深くしてしまったところもあるんじゃないかと。これが今の話の総括になるのではないかと思います。

フロアA　ありがとうございます。

賀　ですからわたしは、中国大陸の文化研究がよい発展をしようとするなら、中国の文化研究者は、王暁明先生のように現実を分析するとともに真摯に歴史の分析を行うべきだと思います。

千野　ありがとうございました。賀照田先生は思想、理論をやっておられる方ですので、その立場から中国の文化研究についてご発言いただきました。それでは、李南周先生、お願いいたします。

李　私は実は賀照田先生よりも、さらに文化研究と遠い人間でして、今の専門は政治学です。

今回のシンポジウムでは、私が韓国の文化研究の状況を紹介することになっていますが、私にはそのような能力はありません。

なので、最近韓国で起った文化に関する現象について、紹介するにとどめたいと思います。

千野　わたしが明日お話しするのは、二〇一六年一〇月から二〇一七年の三月まで大貴門で行われたデモについてです。

市民や学生がろうそくを持って集まった朴槿恵（パク・クネ）政権をめぐるキャンドル闘争ですね。

李　その中に二つ、文化に関連していることがあります。

一つはデモの過程で文化が大きな影響を及ぼしたということです。

実は文化的なある種の道具、スマホとかいろんな道具が運動に大きな役割を果たしました。今までのデモというと、隊列を組んでスローガンを叫ぶだけでしたが、今回はそれを使って、何か遊びながら、例えばゲームやダンスをしながら、みんなが集まってデモをするみたいなことになっていて、随分今までのデモとは様相が違っています。そうした文化的活動を通して、みんなの団結力を高めていたのです。

もう一つは、このデモが大きくなっていく中で、文化に関するある新たな情況が生まれたということです。

朴槿恵大統領が、文化活動を抑圧していたこと、歴史の修正によって、文化界の活動を規制していたことが暴露されたのです。

千野　ブラックリストがネットで公開されたことによってですね。

李　それは朴大統領を弾劾する一つの大きな証拠となっています。

この二つの出来事は、私たちに文化と政治の関係についての再考を迫りました。

韓国では一九七〇年代から八〇年代にかけて、抵抗あるいは批判的な運動は、学生や一般の人々の間で大きな正当性を持っていました。

例えば、政府が小説や学術的著作を禁書にすると、かえってよく売れました。政府の禁書という決定が、本の権威や人気を高めていたのです。

当時は、政府が規制して、勝手に出版しちゃいけない、歌ってはいけないということが、学生や一般の人々の間でその作品の権威を高めることになりました。

そうした状況が一九八七年以降に変化していきました。

政治的な統制が厳しい中、新たに大きな正当的、合法的権威を獲得してきたこのような抵抗と批判の文化活動は、民主化が進行する過程で、新たな問題に遭遇しました。

特に九〇年代に入ってから、抵抗の文化運動は文学でも音楽でも、商業化という問題に直面したのです。

これは社会全体の脱政治化という流れと関係しています。

例えば当時の文学界でよく議論されていたのは、文学の距離感、いかに政治と距離を保つか、ということでした。政治離れについての議論が多くなされたのです。

一方では、二一世紀以降はＳＮＳやニューメディアの発展が韓国の批判的な活動の進歩に大きな役割を果たしました。

したがって、韓国の文化の発展は、ある種の矛盾した状況に直面していると思います。一つは商業化が脱政治化の流れを強めています。しかし、その一方でＳＮＳとニューメディアの発展が批判的な文化活動の進歩に大きな貢献をしているのです。

こうした発展と変化の中で、李明博政権や朴政権は文化界における批判が進化していくことに、自分たちへの脅威を感じたのだと思います。それで、文化界を規制するために、私に言わせれば愚かなことをしたのです。

このような背景を紹介したのは、韓国の文化事情も複雑だからです。さらなる批判の進歩にも前向きの影響があるでしょう。こうした問題は、韓国の文化界の変化だけでなく、あらゆる批判と抵抗の運動に消極的な影響がある一方、多くの積極的な影響ももたらすはずです。

千野　ありがとうございました。それではもうお一方、台湾からお見えになっている陳栢青（チェン・ボーチン）さんにお話を伺いたいと思います。作家ですので、少し違った角度からお話しいただけるかと思います。

陳　もう夜なのでこんばんは。私は台湾から来た陳栢青と申します。私は作家なので、文化研究を語れというのは、恐ろしい限りです。でも、台湾における状況を皆さんとシェアすることはできます。

また、個々の問題にお答えすることはできます。例えば、王先生の「小器化の時代」という言葉を目にしたとき、私はすごく興奮しました。というのも、台湾の多くの店や食堂の看板でよく「小器」という言葉が使われるからです。「小器食堂」「小器陶磁」というような形で使います。それで、よかった、国民党と共産党の対立は一〇〇年にもなろうとしていますが、台湾がやっと大陸に勝った、と思いました。

でも、よく聞いたら、王先生のいう「小器」は、私が考えていたのと全く違うものでした。私が言いたいのは、なぜ台湾では「小器」が悪い言葉ではないのかということです。以前、新潮社から出た三谷龍二さんの『「生活工芸」の時代』（二〇一四年）を読みました。この本が台湾で出た時には「コーヒーカップ、ホウキときにはハエ叩き、私たちの日常感の美的な時代」と訳されました。台湾では「小器」という言葉には生活工芸に向かう、物質化を生活化に変える、という美しい響きがあるのです。つまり、この言葉に対する感覚が違うのですが、王先生のお話を聞いて、やはり最後はその物質性や社会的な意味に帰着するのだと知りました。王先生はそれをはっきりと語っておられます。

なので王先生のお話を聞き終えて、台湾が中国大陸に勝った負けたということではなく、私たちみんなが負けたんだと思いました。

今の時代に育った私たちに、小器とはどういうことだという感覚はありません。これは小器だというふうに思ったことがないし、聞いたこともないのです。でも王先生のお話を聞いて、初めて大小とは相対的なものだと知りました。ある時代の発展の様子を見たのち、次の時代になって危機を覚えたとき、初めてその変化を感じ、そのような気持ちが芽生えるということです。ですから、王先生の研究は私にとっては大きな驚きで、新しい感覚をもたらしてくれました。

毛利先生、モリス先生のご発表は、いずれもこのような大きな時代の変化の後ろに、全部中国という要素、しかも政治的なことが避けられずあることを語っておられました。台湾人の一人として、その一言ひとことに拍手を送りたい気持ちになりました。

この五年間は、台湾の若者が最も政治に近づいた時期でもありました。例えば二〇一四年に三・一八学生運動が起こり、若者が台湾の立法府を占拠しました。

近年では大小さまざまな若者による街頭デモなどの抗議活動が行われています。昔は大人たちに「君たち若者は政治に無関心過ぎる」と言われましたが、最近は「君たちは政治に熱中し過ぎている、逮捕されないように」と言われます。

なぜこのような状況が生まれ、台湾の若者たちが、熱狂的に政治にコミットするようになったのか。その大きな要因の一つは李先生が挙げられたニューメディアの利用と変化だと思います。

三・一八学生運動の時、彼らは立法院を占拠しましたが、立法院の周りは警察によって取り囲まれていました。でも、学生たちはフェイスブックを通して、その中の様子を外に伝え、より多くの若者を立法院に向かわせることになりました。

学生たちはSNSを使って、警察の動きをLINEやフェイスブックを通して相互に知らせ合い、警察が来たらすぐに撤退するというようなことを行っていました。彼らはネットや掲示板でコミュニティを作り、その下にたくさんのグループができました。例えば国際メディアグループがそうで、海外のメディアに現在何が起こっているか伝えました。国内のメディアの報道もやり、国民に宣伝をしていました。

これは二〇一四年の出来事です。二〇一六年に台湾大統領選挙がありましたが、その時、三・一八を通過した若い人たちはみんな、もう国民党の政権は終わって交代するのだということが分かっていました。

この数年、若い人たちによる大小さまざまの政治活動は、うまく今のメディアを利用しています。例えば、ＬＩＮＥを使って宣伝したり、小さなグループを作って、フェイスブックや掲示板で人々を動員したりしています。

政権が交代した後、新政府もこのようなニューメディアを使って人々を動員したいと考えるようになりました。

一つ例を挙げると、去年、初めて台湾で性転換した政務委員が誕生しました。男から女性に性別を変えたのですが、今や行政院の政務委員です。同時にその人はハッカーでもありました。軍人や公務員たちが自分たちの年金が削減されたことに抗議したとき、彼らはＬＩＮＥのコミュニティで、ソフトウェアを使わないように、この性転換した委員はハッカーなので、私たちのソフトをハッキングしてくるかもしれないと注意を呼びかけました。

その軍人や公務員は、元は政府を代弁する人たちでしたが、今では政府のニューテクノロジーによる攻撃を恐れるようになっています。世代的な対立がテクノロジーの恐怖に姿を変えて、体現しているわけです。

私が言いたいのは、現在の抗議運動がどのように人々とつながっているのかということです。どこが新しいのかと聞かれれば、それは、ニューメディア、電子掲示板、ＬＩＮＥのコミュニティを利用して情報を交換していることです。ニューメディアを通して、私たちの心をつなぐ形をとっているのです。

さらに言いたいのは、私はみなさんの研究の中に生きているということです。みなさんの研究によって、すべての人がまだいろんなことができるんだなということが分かりました。ありがとうございました。

李　簡単に補足させてください。最近韓国でも同様の状況が現れています。新自由主義の被害者として見るという見方が出てきたのです。つまり彼らの主体性をあまり重視しないということです。今日の発表にも同じような問題が現れていることを感じます。しかし、私は二〇一六年一〇月からの大規模なデモの中で、多くの若者が積極的に参加し、組織し、自分の主張を述べるのを目にしました。

若い人たちを新自由主義の被害者、無力な存在とみる見方は、そのような若い人たちの主体性を説明できません。もちろん今現れている若い人たちの主体性にも限界はあります。

陳　その点は文化研究を通じて、いかに若い人たちの主体性を発掘するのかということをもっと考えなければならないと思います。

千野　ありがとうございます。異なるところからいろいろな意見が出てきました。特に王先生、毛利先生の発言に対するある種の質問や回答になっているかと思います。

そこで、ご発表いただいた先生方から今の発言を聞いてどうであったか、少しお話しいただければありがたいのですが、いかがでしょう。

モリス　私は長年 Inter-Asia Culture Studies Society の委員長をやって来ました。多分その関係で、皆さんのおっしゃっている韓国や台湾のそういった話をたくさん聞いていましたが、中国の歴史的な背景に関しては、たいへん興味を引かれました。明日もっと皆さんのお話を伺うのを楽しみにしています。

ただ、一つ申し上げておきたいのは、ニューメディアや社会運動や若者について語るとき、それがいつもポジティブなものとは限らないということです。例えばアメリカのオルト・ライトはまさにそうした、狭い、閉ざされた中での、最先端のテクノロジーを使った過激な運動です。ですから、現在の混乱は、これからの運動をどう評価するかということにあるのではないかと思います。

千野　ありがとうございます。毛利先生、ニューメディアと若者の運動の話が出ましたがいかがでしょうか。

毛利　今の点についてはミーガンに賛成です。

まず、非常に面白い話を聞けたことに感謝したいと思います。台湾とか韓国の話を考えることとは、今の日本を考えることと関係していて、すごく面白いと思います。

ただ、ニューメディアについては、なんといってもトランプが最大のインターネットヒーローです。ニューメディアというのは必ずしもそれ自体がいいものとか悪いものではなくて、誰が使うのか、どういうふうに使うのかが問題の、非常に社会的、文化的、政治的なもので、メディア自体が何かを動かすわけではないと思います。その上で李先生が言われた、主体を、特に若い人の主体をどのように描くのかが重要になるのだと思います。我々は研究者ですので、どうしても新自由主義の犠牲者という形で描きがちですが、そこは反省しなければいけないなと思いました。

千野　その上で、千野先生の最初の質問ともかかわると思いますが、日本のもう一つの文化研究の形カルチュラル・タイフーンの重要な点は、留学生を中心としようとしていて、非常に多くの留学生が参加してくれていることだと思うんです。「日本の」文化研究という言い方をしましたが、研究の主体は誰なのかというときに、ともすると留学生はやや周縁化されています。要するに日本の研究者たちが中心であって、留学生たちはたまたま留学している、という考えが根強くあります。そこを反転させようという思いがあります。実際、参加者も非常に多いのです。もちろん多くの留学生たちは、場合によっては国に帰るかもしれない。でも同時に日本に残って続けていく人もたくさんいるし、これからは多分そうした形で移動をずっと続けるような研究者が増えていくと思っています。そうした中で、文化研究の中心となるのは誰なのか。やっぱりそれは歴史的に見ても、イギリスでもそう、要するに移動する人、たまたまここに住んでいる人。だから千野先生の話で、もちろんどうしても日本から語りがちですけれども、同時に移動する人たちがどういう役割を果たせるのかな、機能できるのかなと思っています。ありがとうございます。今日のお話を聞いて思うんですけど、私にはキング牧師じゃありませんけど「I have a dream」、一つ夢があります。日本のシールズの運動を見たり、台湾や中国、あるいは韓国の運動を見たりして思うのは、若い人たちが中心になって民間で声を上げている。今、日本も中国も韓国も関係はよくないわけですが、私たちが声を上げ、みんな声を上げると、その声がもし国を越えてつながれば、これはなかなか動かないと思われている世の中を、動かすことができる力になるんではないかと期待しているのです。その意味で若者文化をやることも、SNSをやることも、非常に重要なことだと思っています。私たちが声を上げ、その声がつながれば、安倍さんは今は引くに引けないでしょうけれども、引くことができるかもしれませんし、習近平さんも今は引くに引けないでしょうけれども、そうなったら引けるかもしれません。韓国も今は引くに引けないでしょうけれど、いずれ引いてくれるようになるかもしれない。それが私たちの一つの希望になるかもしれない、ということを考えています。

もう一つは、いま毛利先生がおっしゃったことですけれども、文化研究の会を主催しているにもかかわらず、実は私は中国文学の教師なのです。しかも、今の私の学生は全部中国からの学生です。それを考えると、毛利先生がおっしゃっている移動する研究者というようなことは、もう始まっているのかな、とも思うのです。現実に私たちの大学、大学院を受けてくるのは、毎年大体二〇名ぐらい受けるんですけれど、一七、八名ぐらいまで中国の学生になっています。それはそれで問題がないわけではないのですが、歓迎すべきことだろうと思っています。それが領域を超えてつながって行けば、大変いいことだなと思います。

それでは発表された先生方から何か付け加えることはございますか。ないようでしたら、フロアの皆さんとも交流をしたいと思います。何かご質問やご意見がございましたら、ぜひお出しいただければと思います。いかがでしょうか。

このところ日本での状況があまりにも悪いというか、まず中国に対する関心がそうだと思います。大手のメディアを通じて今の政府から与えられる情報だけでも、中国と韓国は日本を悪者にしているとしか言いません。例えば沖縄の基地移転の問題がどうなっているかというと、中国と北朝鮮が日本に攻撃してくるので、どうしても沖縄に米軍基地が必要だというのです。本当であれば沖縄が攻撃されるのですけれども、そういうことには全く無関心で、とにかく中国と北朝鮮、このごろでは韓国まで仮想敵視して、不安をあおって平気でヘイトスピーチがどんどん増えてくるという状況が恐ろしくて、どういうふうにしていったらいいのかなと思っています。

ただ、さっき言われた新自由主義の被害者として若者を見ているという点ですけども、新自由主義は、格差を作っていくことに関して全然反省がないという点で、確かに被害をこうむっている点が特に若い人にはあると思います。でも別にそのことをそういうふうに見ることと、彼らに主体性がないというのは別のことではないでしょうか。それに対して立ち向かう若い人たちがいるのは、私たちもちゃんと見ています。ですから、そういう問題ではないのではないかと思います。むしろ新自由主義がもたらしている格差のほうが問題なのであって、文化研究の人たちが、若い人たちの主体性を認める、認めないという問題ではないと思うんです。その点の混線があったのではないかなと思います。王暁明先生のお話は非常によく分かりました。「小器（シャオチー）」の「器」は「大器晩成」の「器」で、それが大きい、小さいという問題だと思います。ですから、より大局的な見方ができるか、あるいは自分のことしか考えないとか、そういうことに近い言い方なので、そこのところがうまく伝わっていないのではないかと思いました。

千野 ありがとうございます。いま沖縄の話が出ましたが、おっしゃったようなことはあると思います。ただ、基地移転の反対運動をしている私の沖縄の友人などに言わせると、敵はむしろ日本だと言います。つまりヤマトンチュウが敵なんです。要するに本土に住んでいる人間は、沖縄のことを何も分かってないということだと思います。ほかにいかがでしょうか。

モリス 同盟を結ぶということと、混乱するということについて少しお話しさせていただきたいと思います。

何年か前に、オーストラリアはシンガポールと軍事提携を結びました。シンガポールはとても小さな国ですけれども、軍事的にはすごく大きい国です。逆にオーストラリアはとても大きい国ですが、軍事力はすごく小さいんです。それで同盟を結んだのです。面白いのは、その後にトランプが政権を握ると、急に安倍晋三さんがオーストラリア、ベトナム、シンガポール、インドネシアを歴訪しました。それは何を意味しているかというと、現実には何も意味していないと思うのです。アメリカは世界を何千回も破壊できる攻撃力があるでしょうし、中国もそうかもしれない。そういう思いがみんなの混乱を招いたのではないかと思います。でもその混乱というのは逆にちょっと興味深いところがあります。捉え方によって感じ方は異なってくるということだと思います。

また、沖縄はそうした混乱を招く考え方の対極にあるのだと思います。各国を歴訪した安倍さんは、沖縄に対してだけはアメリカを後押ししようとするわけです。沖縄は、本当にどこからもターゲットにされて、沖縄の人たちは常にこういったことにさらされているわけです。私は常に戦いを放棄しない沖縄の友人にすごく心を動かされたというか、敬意を払いたいと思いました。

フロアC 被害者としての若者と、若者の主体性は別のことではないでしょうか。被害者にも主体性はあり得ます。

李 若い人たちの主体性について、新自由主義の問題と若い人たちの主体性は別の問題だという意見がありました。そのとおりで、新自由主義の被害者としての若い人たちにも、主体性はあります。ただ、その二つは別に矛盾していません。問題は、そのような状況をどのように説明するか、ということにあります。

韓国の状況を考えると、二つの問題があると思います。一つは、誰が若い人たちの状況を語るのかという問題です。新自由主義の被害者としての若者については、学者、それも世代が少し上の学者によって語られることが多いと思います。こうした言説の中では、若い人たちの実際の状況は埋もれてしまいます。ですから、若い人たちに自分たちの状況について語ってもらい、どうしてこんな状況になったのか、いかにしてこの状況から脱するのか、彼ら自身が力を発揮する余地を作ることが非常に大事だと思います。

もう一つは、新自由主義の被害者としての角度だけから若者の状況を説明することが、確かに非常に多いと思います。若者の主体性が往々にして見過ごされているわけで、私はそうした事態についてお話ししたのです。

千野　ありがとうございます。ほかにご質問ございませんか。

フロアD　皆さんこんにちは。今回この会に参加させていただいて、とても光栄です。今日の先生方のお話に、若者という言葉がたくさん出てきましたが、若者の定義、つまり何歳までが若者なのかということについて、どうお考えなのかお伺いしたいと思います。というのも、最近中国で議論になっていることがあるのです。金正男（キムジョンナム）氏が暗殺された事件がありましたが、話題になっているのは、暗殺事件自体ではなくて、この事件を報道するメディアの言葉遣いなんです。その容疑者に八九年生まれの女性がいたと思いますが、中国のメディアはその女性を中年女性と報道したのです。偶然私も八九年生まれで、もう中年なのかと考え込んでしまいました。それで、若者は何歳までなのかについてお伺いしたいと思います。

もう一つは、日本に「女子会」という言葉がありますが、それは大学生までで、大学を卒業したら「女子会」という言葉はあまり使わなくなると聞きました。また、年齢の問題だけでなく、男性にはそのような使い方は見られません。これは女性蔑視とか、ジェンダーに関わる問題かもしれませんが、どういうふうにお考えなのかお伺いしたいと思います。

陳　私も若者と一括りにして言いましたが、去年、私も「世代」という問題にぶつかりました。ただ、世代の違いというのは実際の年齢による区別ではなく、その人たちが一つの共同体として共通して持っている記憶や、共通した体験がもたらすもので、現実の年齢によって構成されるというより、文化的な事象ではないかと思います。今日、先生方が使っている「若者」という言葉も、その意味で共通して何かを経験している人たちというふうなことだと思います。世代とは何かと聞かれると、とても難しくて、世代というものを正確に捉えようとすれば、統計を使ったりしないといけないでしょうが、今日は前の時代を経験していない者たち、というような意味で使っていると思います。

いま思い出したんですが、僕も困惑したことがあります。去年、台湾では「ポケモンＧＯ」がとても流行っていました。僕は「ポケモンＧＯ」は若い人たちが遊ぶものだと思っていましたが、ある高校へ講演に行った時に、高校生たちに「ポケモンＧＯ」で遊んでいるという話をしたら、みんな不思議な顔をするんです。聞いてみると、誰も遊んでいないということが分かりました。じゃあ君たちは何を遊んでいるのかといったら、「陰陽師」というゲーム、兵隊で遊ぶソーシャルゲームで、中国ですごく流行っているものなんですけれど、それを遊んでいると言うんです。またみんなが共有する別の新しいものが出てきたと実感しました。

王　思い出したのですが、私たちが上海で若い人たちの住居問題について調査したとき、若者の年齢の定義を二五歳から四二歳としました。私の友人にナポリ東方大学の講師をしている四二歳の人がいます。一昨年、その友人と話した時に、彼はずっと「我々、若者は」というふうに話すのです。どうして自分を若者と呼ぶのかと聞いたら、四二歳にもなって講師をしている人間は、イタリアでは家を買うことができない人間だからだ、ということでした。人によって見方はこんなにも違うのです。

モリス　私も王先生にすごく共感します。男性と女性のジェンダーは変えられないものがあって、女性はよく年齢の話をされるのですが、若者だとか、中年だとか、そういうふうに認定されてしまうことがすごく多いので、今おっしゃっていたようなことにすごく共感できます。ちょっと違ったことを話させていただきますと、若いといったときに、生理的に本当に若いということもあると思います。香港の雨傘運動のリーダーたちの中に、運動が始まったとき一五歳だった子がいました。また、香港の選挙のとき、有名な学生運動ジョシュア・ウォン（Joshua Wong）は若過ぎて立候補できませんでした。法的年齢に達していなかったのです。

その一方で、オーストラリアでは、王先生がおっしゃっていたように、二五歳から四二歳は若い世代として見られています。どうしてかというと、ベビーブームの時に生まれた、社会厚生がしっかりしている世代から外れてしまっているので、若いと言われるのです。

もう一つ例をあげると、一時私は国営ラジオで仕事をしていたのですが、自分の後任を誰か探したくて、ある女性を推薦したのですが、その女性は若過ぎるから駄目だという理由で却下されました。彼女の年齢は三七歳でした。

最後に二つだけ感想を述べたいと思います。王先生が発表で言及された中産階級の家庭生活、英語だと living at home という概念に関して、分かりにくいところがあるのですが、五〇歳ぐらいの、私の両親の世代の子供に対する溺愛にそれがはっきり現れているように思います。今年の春節のとき、高校の同級生のことを聞きました。私の故郷は小都市なのですが、彼は上海で仕事をしていて、彼女ができたので、両親が上海に家を買ってやったというのです。四〇〇万元ぐらいの小さなマンションですが、とても高くて両親は一度には払えないので、親戚から二〇〇万元ほど借りたと言います。子どもへの愛なのでしょうが、とても不思議で、不健康な発展の仕方だという気がしました。

もう一つは、若者の楽しみ方は政治・経済の発展と関係があるのではないかということです。例えば最近中国では、韓国の物や、台湾独立、香港独立に傾いた活動が禁止されています。そうしたことがとても気になっています。

ありがとうございます。予定していた時間が過ぎております。まだ話は尽きないかもしれませんが、本日のシンポジウムはこれで終了とさせていただきたいと思います。登壇者の先生方どうもありがとうございました。また遅くまでお付き合いいただき、ご交流いただきましたフロアの皆さま、どうもありがとうございました。

千野

第二部

混迷する思想に向けて

今日の中国の精神・倫理問題をめぐる思考についての思考

賀照田
陸賽君、千野拓政 訳

今回のシンポジウムにお招きくださった千野先生に感謝申し上げます。この第二部の「混迷する思想に向けて」というテーマが、私は非常に気に入っています。なぜなら、このテーマが示している問題意識から中国大陸（以下は中国）を考察してはじめて、中国の認識がおろそかにしてきた方向から中国に深く切り込むことができるからです。

一

ここ三〇年余りの中国の歴史をご存知の方には周知のことですが、一九七八年末から今日に至る中国の新時期の歴史について言えば、その初期には、推進する者の狙いは、物質文明と精神文明で同時に高い成果をあげることにあったと考えられてきました。数十年が過ぎた今、新時期が始まった当時の推進者の企図を振り返って見ると、物質文明の面では推進者も驚くほどの成果が順調に達成されましたが、精神文明の面では、推進者も予想しなかったほど理想とかけ離れた状況にあります。

それが、私がこの第二部のテーマを賞賛する理由です。今回私が発表のタイトルを「今日の中国の精神・倫理問題をめぐる思考についての思考」とした理由は二つあります。一つは、現在の中国では、精神・倫理・心理状況の過酷な状況や、それが象徴する極端な事件がますます多く見られ、そのため精神的・倫理的問題が常に議論されるようになっていることです。二つ目は、こうした中国の精神史の課題を真剣に研究する人が少なく、議論の価値に対する認識が限られたものになっていることです。無駄な思考や、思考のミスリードが、かなりの程度で、今日の中国における思想の混迷の原因になっています。

例えば、多くの人は、今日の大陸における精神的、倫理的な困難を、党と国が経済を重視し、精神倫理を重視しなかったからだと解釈していますが、それが歴史的事実と符合していないことには、気づいていません。中国共産党には精神・思想問題を重視する伝統がありますが、この伝統は文化大革命後も強く存在しています。例えば、一九八二年に開催された中国共産党第十二回代表大会で、当時の総書記胡耀邦は共産党中央を代表して政治報告を行い、共産党が緊急に実現しなければならない三つの任務のうちの二つは、党の作風と社会風潮の好転であると規定しました。党と国が最も重要だと考える文書の中で、三つの重要任務のうちの二つを、精神、倫理と直接緊密にかかわる課題だと言っているのに、共産党は精神・倫理問題を重視していないというのは筋が通りません。しかもそれ以来、共産党の指導者の、党風問題は党と国の存亡に関わるという言論はあとを絶ちません。したがって、中国の新時期において、共産党は精神倫理問題を重視していないというより、重視はしているがどういうふうに重視すれば有効に現状を変えられるか分かっていない、という方が歴史的事実に符合しています。

共産党の倫理・精神問題への関心が、中国における精神道徳の苦境に効果を挙げていないのは、共産党が今日の倫理・精神問題の形成について具体的な歴史的分析を行えていないことと関係があります。例えば、文化大革命（以下文革）が終わったばかりの七〇年代末から八〇年代初期に、共産党は、党風と社会風潮が理想とかけ離れている状況は、全て文革の影響だと総括しました。このような大雑把な総括によって、いつのまにか文革を批判し、除去することが社会倫理と風潮の改善に有益だと考えるようになっていったのです。また、文革から遠ざかり、新時期の状況が広がるにつれて、中国の党・国家政治・経済観念・経済計画もますます文革から離れていきましたが、党風、社会倫理、社会風潮は依然として実質的に好転しませんでした。八〇年代前半から、共産党は党風や社会風潮と理想とのギャップを、利益のみを追求する資本主義や個人主義など、当時「ブルジョア自由化」と総称された風潮や観念の影響だと決め付けました。このような具体性のない総括は、社会倫理・風潮の改善を過度にブルジョア自由化への警戒と批判へ転嫁することになりました。

一九九二年の鄧小平の南巡講話を経て中国がますます開放され、「国際社会と繋がる」ことが急速に時代の観念・感覚の中心になっていく中で、このような認識によって、さらにブルジョア自由化を批判することは人々の気持ちにそぐわず、感情とも矛盾することになっていきました。その一方で、世界を知るようになるにつれて、中国の人々はますます多くの資本主義先進国の社会の雰囲気や社会倫理が、以前考えていたようなひどいものではなく、むしろ羨ましいものであることを知るようになりました。そうした時代・観念の枠組みとともに、九〇年代の共産党と政府の多くの人間（もちろん多くの中国の知識人も含みます）が、以前にも増して党風と社会風潮の好転を中国の近代化に託し、経済の順調な発展によって、人々が自然に、物質利益よりも品行方正な行為や心身の修養に注意を向けるようになることを期待しました。このような観念・感覚の状況の中で、九〇年代の共産党の倫理に関する思考は、近代化の方向に向かうことになりました。すなわち、近代的な経済発展それ自体が倫理的効果を持っており、それらと近代化に伴う近代的教育・観念の薫陶によって、中国における倫理・精神問題は解決すると考えたのです。このような感覚・認識によって、当然ながらこの時期の中国の倫理・精神問題についての理解・思考は、いかに中国を順調に近代化させるかという問題へと、過度に早く、直接的に回収されてしまうことになりました。つまり、いつの間にか大いに近代化と近代教育を進めることが、現在の中国の倫理・精神問題と向き合うことだと感じられ、理解されるようになったのです。

しかし九〇年代以降の中国の現実は、この感覚・理解のロジックとはまったく対立するものでした。というのは、近代化の進展が見せるもう一つの顔は、倫理の改善ではなく、倫理・精神状況のいっそうの困惑だということを、近年の中国の歴史は示しているからです。こうしてますます先鋭に、そして鮮明になる困難によって、二一世紀以降、共産党は近代化以外の方法で倫理・精神問題を見直すことを迫られ、相次いで八栄八恥、社会主義的核心価値などの新たなディスコースや政策を提起して対応することを余儀なくされました。しかし、依然として現実の精神・倫理状況はますます人々を不安にさせ、困惑させています。

中国共産党の精神・倫理に関する思考と比べると、中国の知識人の思考はより開放的で、多様で、批判的なものです。しかし、その内実を突き詰めると、表面上の開放性、多様性、批判性によって、知識人の考え方がより有効だとは言えないことが分かります。

例えば、八〇年代初めに、党と国が党風と社会風潮の問題を資本主義の悪い面の影響に帰していたことと比べると、八〇年代半ばに中国の知識界の主流となった新啓蒙思想は、この問題を、中国の社会・文化・人が真の近代化と近代的観念の薫陶を受けなかったことに帰結させました。九〇年代に入って中国の市場化改革が大規模に展開されるようになると、中国共産党の多くの人は、非公式に、不明瞭な形で、八〇年代の中国知識界の新啓蒙思想がいう、近代化が倫理・精神の改善に役立つという考えを受け入れました。そのためこの時期の中国知識界は立場が割れ、同時代の中国の倫理・精神状況をめぐる問題について多様な回答をもたらすことになりました。例えば、左派知識人は主に資本主義の市場原理・消費主義・個人主義観念などの中国社会の倫理・精神問題への影響を強調しました。つまり、同時代中国の倫理・精神問題を資本主義の問題だとしたのです。自由主義の知識人はこの問題を主に権力の腐敗の影響だとしました。彼らによれば、中国の政治・権力の腐敗の原因は、党と国の体制が権力を握る者を制限できないことにあり、絶対的な権力の絶対的な腐敗だといいます。つまり、中国における倫理・精神の問題は主に政治制度の問題、特に一党独裁の問題として理解されたわけです。保守主義の知識人によれば、中国の倫理・精神の困難の原因は晩清以来の度重なる急進的な思想の、伝統に対する衝撃と破壊にあります。したがって、現在の中国における倫理・精神問題の解決に当たっては伝統の復興の問題、とりわけ儒家伝統の復興問題が注目されることになりました。民族主義の知識人は、今日の中国の倫理・精神問題の苦境は、主に民族の自信の喪失と民族アイデンティティーの失墜によると主張しました。したがって、この問題は民族の自信とプライドの回復、国家・民族のアイデンティティーの構築の問題として解釈されることになりました。

こうした自己の政治・社会的立場を直接に主張する、中国の倫理・精神問題への回答と比べると、一九九四〜一九九五年の人文精神（訳注：人としての社会への関心）に関する討論は、初期には自己の論理や立場の主張に陥ることはありませんでした。しかし、最初に人文精神の喪失を提起した論者たちは、それと同時に中国の経験に分け入って精神・心身の問題を議論する知見や思考経路を提供しなかったため、その討論はまもなく、中国には宗教がないからとか、中国人には根本的な問題についての関心が欠けているからといった言説や議論をたどり、一時的に強くまた広い共鳴を呼んだものの、得られたものは限られていました。中国の倫理・精神・心身状況が理想とかけ離れていることに焦点を当てるこのような思潮は、二〇〇〇年以降の中国の知識界で再び盛んになりました。これら知識人の中国におけるニヒリズムへの関心は、レオ・シュトラウスのニヒリズムの克服の思想の影響を受けており、現在の中国のニヒリズムの問題は、中国の文化・教育・生活が中国の文明の根源から離れたことにあると考えていました。したがって、その解決には、中国の文化・教育・生活が、中国を中国たらしめた根源的なものによって、徹底的に洗われなければならないことになります。しかし、このような処方箋は、明らかに早期の中国において重要だったと彼らが考えるものへの回帰であり、その中で新たなものに繋ぎ、新たなものを作り、新たな道を開くことにほかなりません。

二

以上の簡単な整理から、次のようなことが分かります。文革以降、中国では、国であれ党であれ知識人であれ、彼らの精神・倫理問題に対する回答は多種多様で、しかもつねに調整・変化が見られますが、共通の致命的な欠点を持っていました。それは歴史に対して真摯な、深い考察と分析を行わずに、中国の精神・倫理状況をめぐる問題を解釈し、それに答えようとしたことです。

文革が終結した七〇年代末から今日まで、三十数年にわたって、中国の社会風潮や精神・倫理が理想とかけ離れている状況についての議論・思考は、なぜこのような隔靴掻痒の状況に陥ったのでしょうか？　それは、文革後数年間の思想の流れと関係があります。

文革後数年間の思想の焦点は、文革の反省と検討であり、その中で圧倒的な位置を占めるようになった見方は、文革が反近代的な運動だったというものでした。そうした判断は次のような問題を生むことになりました。すでに社会主義段階に入ったと考えられていた中国で、なぜ一〇年にも及ぶこのような反近代的運動が起こったのか？　その答えとして、決定的な地位を占めたのが、八〇年代に中国の知識界で主流となった、新啓蒙主義思想の歴史観・現実感・社会観でした。そして、それが中国の党と国の歴史観・現実感・社会観を決定したのです。

文革後のこの問題に対する中心的な答えはこうでした。一九五六年以降、中国は社会主義社会に入ったと見られてきました。しかし、中国には長期にわたって封建主義が存在しており、その体質を改造する近代的な社会生産や経済が発達していなかったため、封建主義の問題は真の解決を見ませんでした。社会の実態としては、当時中国社会の主体だった農民であれ、労働者であれ、幹部であれ、解放軍であれ、それぞれ異なっているように見えても、その多くが近代の薫陶を受けておらず、本質的には前近代的な生産者だったのです。そうした表面は革命的で、内面は前近代的な生産者という社会状況は、対立と共存の二面性を持っていました。普段は閉鎖的で、保守的で、視野も狭く、民主意識も欠けていますが、熱狂になると平均主義を特徴とする反近代的な「農業社会主義」ユートピアに向かうのです。〔1〕

このような理解と認識を通じて、新啓蒙思想の推進者たちは、すでに社会主義段階に入ったと見られていた中国で、なぜ彼らが見ても、政治経済面でも思想文化面でも反近代的な、それでいて全国的な運動が一〇年も続いたのかという、深く困惑させられる問題に、歴史・社会・文化・心理的な解釈を与えました。つまり、こういうことです。中国は一方ではこのような歴史・社会・文化・心理的体質でありながら、もう一方では、当時の国家主導者がブルジョアや資本主義の問題に過度に注目し、封建主義の問題をおろそかにしました。そのため、本質的には前近代的な「農業社会主義」ユートピアなのだけれども、表面的には急進的反資本主義・急進的社会主義を旗印とする、反近代的な文革につけいる隙を提供した、というのです。

こうした文革への理解と認識は、当然ながら、彼ら自身の、次の時代の核心となる切迫した任務は何かという理解と認識について、影響を与えたに違いありません。つまり、中国において封建主義の問題がまだ真の解決を見ていない以上、封建主義が危害をもたらす危険は存在していることになります。だとすると、この時代の核心となる切迫した任務は、反封建であって、毛沢東時代の資本主義批判ではないはずな

〔1〕 この時代に普遍的に広がった思潮の核心的な論理構造を把握する上で最も簡便なのは、黎澍の『消滅封建残余影響是中国現代化的重要条件』（最初、一九七八年一二月四日の『未定稿』試刊第一期に掲載され、後に『歴史研究』一九七九年一期に掲載された）と、王小強の『農業社会主義批判』（最初に一九七九年一二月『未定稿』第四九期に掲載され、後に『農業経済問題』一九八〇年二期に掲載された）を読むことです。この二つの論文は歴史・理論的な企図があり、雄弁でもあります。現在は忘れられた重要なテキストと言えます。

のです。

反封建を効果的に進めるために、推進者としては、商品経済（後には市場経済）の地位と効果を大きく高めなければなりませんでした（彼らは、それによって最も有効に、前近代的な生産者に依拠している社会経済状況を打破できる、と考えていたはずです）。思想文化面では、封建主義を批判する以上に、新文化運動がまだ達成していない啓蒙を受け継ぎ、中国社会に対して近代的啓蒙を全面的に徹底して行うことが重要でした。経済・思想文化面では態度も見方もはっきりしていたことに比べると、政治面では、新啓蒙思想の民主の強調は強烈でしたが、ある種の曖昧さを持っていました。なぜなら、新啓蒙思想は民主を強調しましたが、中国社会が主に前近代的な生産者によって構成されていることから生じる、広範な社会階層に対する不信がありました。そのため、どのような人間が民主にふさわしいかについて、強い制限が加わることになったからです。つまり、八〇年代の新啓蒙思想の推進者と享受者の意識の奥には、啓蒙の洗礼を受けた「近代人」としての民主を作りあげることこそが、真の理想的な信頼できる民主の在り方だという考えがあったのです。

そのような理解と認識のせいで、八〇年代中国の多くの知識人は国が推進した改革はなんであれ、真摯な分析もなく熱狂的に擁護しました。中でも、彼らが前近代的な生産者の社会経済形態を打破し、改造するのに最も有効だと考えたのは、中国において近代的な経済形態とされる商品経済（のちには市場経済）の地位と効果を高める改革でした。なぜなら、彼らの感覚では、こういった経済改革は経済だけでなく、中国の現実・未来の運命と本質的に繋がる根本的な改革と関連しているからです。

このような理解と認識のため、八〇年代中国の思想・文化・文芸界では、封建主義への批判に力が尽くされただけでなく、封建主義の影響から逃れなければ、「近代」の本当の一員になれないという焦りが広がりました。特に過激な若者たちの間では、封建主義の影響から完全に脱して本当の「近代」人になってこそ、封建主義への批判、社会に対する啓蒙、そして国民性の改造は正確で徹底的なものになる、また、多くの人が行動してこそ、中国は封建主義の体質や悪夢から解き放たれ、完全な近代になる、という考えが強くなっていきました。

同様に、このような理解と認識のため、八〇年代に「近代」を牽引した知識人は、まったく政治に参加した経験がなくても、中国が持つべき政治的感覚、歩むべき政治の方向を知っているという自信がありました。そして自信があったがために、普段から彼らは自分の理解に基づいて、改革の呼びかけ・宣伝・支持に没頭したのでした。また、彼らは中国の改革が妨害され、想定した軌道から外れたら、自分が責任を持って、中国という船を再び彼らが選んだ軌道に戻さなければならないと考えたのでした。

もちろん、そうした感覚と理解の下では、中国社会の主要な構成者が本質的に前近代的な生産者であることが、中国で封建主義が存続し続ける原因になっていると見なされてきました。さらに、新啓蒙思想の推進者・擁護者たちは、前近代的な生産者とされた者は、理想も日常の性格も、すべて非近代的もしくは反近代的で、その社会実践、とりわけ文化生活・精神生活の実践には、役立つ資源を見つけられる可能性がないと考えていました。［2］その二つが合わさって、中国社会は、近代的な視野と意識を持っていると考える急進者たちから、徹底的な啓蒙と改造を受けなければならない対象だとみなされてきました。八〇

［2］当然ながら、封建主義の害毒から逃れた選りすぐりの人たち、特に生命の原初的な衝動や本能の文化的表現・生活表現・芸術表現を保持している人たちは、その中から文化芸術的なインスピレーションを汲み取ることができると考えられていました。

年代後半に新啓蒙主義思想が主流となって以降、この思想に取り込まれた急進的な中年・青年知識人たちの中国社会をめぐる感覚・理解は、（社会的事実の分析・把握とは関連しない）次のようなものでした。中国社会は十分に「近代」的な社会経済を枠組みとし、それによって深く改造されない限り、そして「近代」がもたらす「啓蒙」の洗礼を十分に受けない限り、根を張った封建主義の病原菌は真に除去されないし、その観察や監督が不要にならない限り、尊重され、対等にみなされることはない。

したがって、文革後とりわけ八〇年代のこのような感覚・理解の下、近代的な知識・観念を持つと自認する知識分子の現実への関与と自信は非常に大きくなり、中国における観念の急速な変化、そして歴史の新たな段階への変化を促すことになりました。その一方で、歴史に対する彼らの雄弁で総括的な回答によって、知識人や国の歴史に対する真摯で精緻な研究は妨げられ、社会に生まれ始めた精神・倫理・心身の意味をめぐる問題をしっかり把握し、有効な思考をすることに影響を及ぼしたのです。

こうして、知識人や国の、現在の中国における精神・倫理・心身の意味をめぐる問題についての思考は、隔靴掻痒の有効性のないものになっただけでなく、人の思考に対しても干渉やミスリードが見られるようになりました。そのことが、中国における精神・倫理・心身の意味をめぐる問題の困難を低減するどころか、混乱を強めることになっているのです。

民主大闘争(一九八七年)からキャンドル闘争(二〇一六年–二〇一七年)に至る思想状況の変化

――革命のディスコースを中心に

李南周
張宇博、千野拓政 訳

一 二〇一六年–二〇一七年「キャンドル闘争」から

二〇一七年に一九八七年六月の民主大闘争から三〇周年を迎えます。東洋の時間観念では、「三〇年」は往々にして時代を画する意味があります。例えば、中国では「三〇年は川の東に、三〇年は川の西に」ということわざで無常な時代の移り変わりを形容します。この三〇年にわたり、中国と韓国の変化も普通ではありませんでした。最近、韓国で三〇年前の民主大闘争とよく似た大規模な民衆運動が起こりました。[1] 一九八七年の民主大闘争と今回の民衆運動はともに市民の民主的権利を抑圧する政治権力に対するものでした。しかし、この三〇年間に韓国で起きた変化を考慮すれば、それは単純な歴史の繰り返しではありません。では、政治社会構造や心理状態がすでに大きく変化している韓国で、なぜ三〇年前の民主闘争

[1] キャンドル闘争に関する情報は以下を参照してください。https://en.wikipedia.org/wiki/2016%E2%80%932017_South_Korean_protests

とよく似た大規模な民衆運動が起こったのでしょうか。実は、少し具体的な様相に注意して今回の民衆運動を観察すれば、両者の間に多くの異なる部分があることに気づくはずです。そこで、私たちはこう問わなければなりません。類似性を持つ両者の間に存在する差異は何を意味しているのか。この三〇年の間に、そのような違いをもたらした韓国の民衆の時代認識や時代を感じる方法に、どのように変化があったのか。

私は「革命」という忘れられたディスコースに注目することによって、それらの問題に有効な回答を提供する道を模索できると考えています。今回の民衆運動（私たちは普通キャンドル闘争と呼びます）をめぐる議論の中で、私たちは「革命」というディスコースの復活を目にしました。すでに少なからぬ人たちが、「革命」という忘れられた概念でキャンドル闘争の性質を概括し、「キャンドル革命」という言葉もよく見られます。［2］二〇一七年五月に大統領選挙で当選した文在寅（ムン・ジェイン）はさまざまな場で、今回の闘争の成功をキャンドル革命のおかげだと述べています。［3］こうした変化は突如やってきました。というのも、この二、三〇年、他の国や地域と同様、韓国においても「革命」というディスコースはずっと周縁化され続け、とりわけその言葉に含まれる政治的な含意は消えてしまっていたからです。変化の結果、「革命」などは商業活動など政治と無関係な文脈の中で使われるようになりました。例えば、物流革命、設計革命などです。

［2］筆者も二〇一六年一二月一一日付け週刊『中央Sunday』に、「革命」という概念から今回のキャンドル闘争を読み解く文章を書いています。

［3］文在寅は光州民主化運動三七周年記念の講話、六月民主化闘争三〇周年記念の講話、さらにはアメリカにおけるアメリカ国会議員との談話の中でも、「キャンドル革命」という言葉を使っています。

韓国では、一九八〇年代後期に革命というディスコースは頂点に達しましたが、一九九〇年代以降、突然影響力を失ってしまいました。ですから、今回の「革命」というディスコースの復活に注目が集まったのです。復活した「革命」ディスコースは、もちろん今回のキャンドル闘争が促した政治的な変化に注目したものです。まず、民衆が下からの抗議活動で、民意に沿って朴槿恵《パク・クネ》大統領の弾劾議案を通過させるよう国会に迫りました。そして二〇一七年三月九日、韓国憲法裁判所は満票で弾劾の成立を宣言し、朴槿恵大統領が罷免されたのです。一九八七年六月の民主闘争以降、秩序ある民主化の発展、とりわけ議会代表制の進歩に伴い、人々にとって制度外の力がこのような巨大な政治的変化をもたらすことになるのはほとんど想像外のことでした。こうした状況の中、制度内政治はますます悪化するさまざまな社会問題に無力になり、民衆の政治に対する不満が募っていきましたが、そうした局面を打開する方法は見つかりませんでした。しかし、キャンドル闘争の実践で、消滅した可能性が再び私たちの眼前に現れたとき、人々は自分の力で社会を変える可能性を目の当たりにしました。だからこそ、人々は自然に「革命」という言葉で闘争を形容したのです。

しかし、今回の「革命」ディスコースと過去の「革命」ディスコースの間には大きな違いがあります。今回の「革命」ディスコースは、常に名誉、無血あるいは市民などの言葉で修飾され、マルクス・レーニン主義のイデオロギーで覆われていた一九八〇年代の「革命」ディスコースと鮮明な対比を見せています。ここで私が述べたいのは、どちらのディスコースがよいかという問題ではなく、この三〇年間の「革命」ディスコースの変化の中で、忘れられていた可能性がどのような形で再び姿を現し、どのような限界があるのかという問題です。

二　遅れてきた革命の時代

一九八〇年代は韓国にとってきわめて特殊な時代でした。突如として、韓国の社会運動は革命化の道を歩み、「革命」ディスコースが韓国の社会を覆っていったのです。朝鮮戦争から一九七〇年代に至るまで、韓国の社会運動は一貫していわゆる民主化運動が中心でした。一九八〇年代に入り、韓国の社会運動は民主化運動では自分たちの目標が達成できないと考えられるようになりました。そのため、民衆運動、変革運動などの概念が民主化運動に取って代わる傾向が生まれてきました。[4]とりわけ、マルクス・レーニン主義が学生運動、労働運動、農民運動などの社会運動の勢力に広く受け入れられました。極度の分断体制であった韓国社会にとって、これはきわめて重大な変化だと言えます。

朝鮮戦争を経て固定化された分断体制により、社会運動と社会構造の解離がもたらされました。他の地域では、マルクス・レーニン主義を基礎とした各種の思想が近代化の過程で次第に伝播し、急進的な社会運動の発展を促しましたが、韓国も例外ではありません。植民地統治期や解放初期の一時期も、急進思想は社会運動の中で重要な位置を占めていました。しかし、分断と朝鮮戦争が局面を一変させました。三八

[4] 当時、社会運動は過激化の道を歩んでいましたが、自分の主張や具体的目標を表明する際には、比較的慎重な姿勢を取っていました。例えば、革命運動を変革運動と言い換えたりするのです。それは主に反共反社会主義的イデオロギーが公共領域ではまだ強い影響力を持っていたことを考慮した結果です。一般的に、当時の変革は革命を意味しています。ただ、筆者は、変革という概念は社会進歩の想像を産み出すうえで、積極的な意味を持っていると思っています。例えば、変革は革命より弾力性に富んだ概念で、社会の進歩を想像するとき、より容易に人びとを伝統的な革命モデルの束縛から解き放つことができます。

度線停戦ライン以南の地域で、こうした急進的な社会運動は李承晩政権とアメリカ軍から厳しい弾圧を受けました。その後、こうした「窒息」は朴正熙時代の反共反北朝鮮イデオロギーを基礎とした国家構造や社会構造の下でいっそう強固になりました。その結果、急進思想とそれに基づく社会運動は徹底的に非合法化されたのです。

では、一九八〇年代に入ると、どうしてマルクス・レーニン主義の影響を受けた「革命」ディスコースが突然伝播していったのでしょうか。表面的にはそれは劇的なものでした。というのも、世界の他の地域が変化し、特に西欧国家ではすでに広く伝統的なマルクス・レーニン主義が周縁化する傾向が見られていたからです。急進社会運動も次第に伝統的なマルクス・レーニン主義から離れていき、新たな方向を探りはじめていました。しかし、一九八〇年代の韓国では、これら時代遅れとみなされていた思想理論が社会運動の中で主導的地位を占めていました。ですから、これを「遅れてきた革命のディスコース」と称してもよいでしょう。

ただ、一九八〇年代以前に、急進思想が完全に消えていたわけではなく、地下活動の形で進められていました。しかし、これらの活動は当時の社会運動とほとんど連動していませんでした。学生運動、労働運動などの社会運動はむしろ意識的に急進思想との距離を保ち、「民主的権利を復権し保護する」というディスコースによって自分たちの要求や活動を正当化させました。朴正熙の独裁政府によって排除された政治勢力がその中で重要な役割を果たしていました。しかし、一九八〇年五月の光州民衆闘争以降、社会運動は積極的に各種の「革命」ディスコースを受け入れるようになりました。というのも、一九七九年一〇月の朴正熙暗殺事件後、韓国の民衆は新しい時代の到来を楽観するようになっていたからです。しかし、全斗煥（チョン・ドゥハン）を主とする軍人集団は、軍人統治の停止と民主化の実現を要求した民衆を武力で鎮圧しました。それだけではありません。光州では、民衆を鎮圧した軍隊が撤退し、一時都市の自治が行われていましたが、最後は、隊を整備した軍隊が再び光州に入り、武力によって市政府で闘争する人々を排除したのです。こうして、社会運動は、政治的圧力に頼る方法では社会の変化を推進できず、群衆の力に依拠して社会構造の根本的改革を進めなければならないと、考えられるようになりました。光州で出現した解放空間は短時間しか持ちませんでしたが、この事件に対する思考、とりわけ革命空間への想像は大きな啓発となりました。［5］

こうした転換において、学生運動は先導的な役割を果たし、各種の急進思想を受け入れました。［6］マルクス・レーニン主義、従属理論、さらには主体（チュチェ）思想に至るまで、過去数十年間韓国ではずっと市場のなかった各種の急進思想が、一気に韓国社会へと流入してきました。このような背景の下で、一九八五年からＮＬ（民族解放）とＰＤ（人民民主）の論争が始まりました。この論争は一九八〇年代における「革命」ディスコースが頂点に達したことを象徴していました。［7］当時、両者の「変革」理論は、いずれも民族解放、人民民主を目前の革命の政治的な目標としていましたが、重点が異なっていました。ＮＬ

［5］George Katsiaficas は光州民主化闘争とパリコミューンを比較して、アンガージュと民主主義のモデルだと見なしました。George Katsiafica, “Chapter 6: Gwangju People's Uprising”, *Asia's Unknown Uprising Vol. 1: South Korea, Movements in the 20th Century*, PM Press, 2012 を参照のこと。

［6］学生運動などの韓国の社会運動がレーニン主義の革命理論を受け入れた過程については、김동춘、〝레닌주의와 80년대 한국의 변혁운동〟、『역사비평』、1990 년 가을호［(翰文) 金东春、列宁主义与一九八〇年代韩国变革运动、《历史批评》一九九〇年　冬季看］を参照。

［7］この論争については、尹建次『現代韓國の思想』、岩波書店、二〇〇〇年、p. 25〜27 を参照。

は民族解放、すなわち反米を、PDは人民民主、すなわち反資本を第一目標としていたのです。この小さな違いが社会運動全体の分裂をもたらしました。当時論争を引き起こした人さえそれは予想していなかったでしょう。この論争の最大の対立点は二つでした。一つは、当時金泳三（キム・ヨンサム）と金大中（キム・テジュン）が率いていた野党勢力にいかに対応するか、ということです。NL派は、これらの勢力を反帝闘争を強める力だとみなし、団結の対象とすべきだと考えました。それに対して、PD派は逆に資本家の利益を代表する保守的勢力で、社会の進歩の中で淘汰されねばならない対象だとみなしていました。この分岐は、一九八七年の大統領選挙の際、さらに明瞭になりました。二つ目は、社会の進歩を進めるうえで統一運動をどのように位置付けるか、ということです。NL派は一貫して反米・統一を韓国変革運動の突破口とみなしていましたが、PD派はそうしたやり方は変革運動に必要のない混乱をもたらすと考えていました。当時の論争では、とりわけ学生の間でNL派が優位を占め、一九八七年六月の民主大闘争に大きな役割を果たしました。闘争は基本的に野党勢力と社会運動との連合の下で展開されました。この大闘争を民主革命と見なす人もいますが、積極的に運動に参加した急進的勢力は、大統領の直接選挙制実現で終わった大闘争を革命とみなしませんでした。一九八七年六月以後、引き続き労働者大闘争を含む各種の社会運動が起きました。韓国の社会運動は興隆期に入ったように見え、人々はさらなる根本的な変化を期待しました。しかし、当時の人々には思いもよらなかったことに、この興隆期は長続きせず、「革命」ディスコースもまもなく消滅してしまいました。それは時代の流れから離れた、遅れてきた革命の避けられない運命だったのでしょう。

三 「革命」ディスコースの消滅

確かに、「革命」ディスコースが辿った短い運命は当時の世界の変化と深く関わっていました。一九七〇年代後半から、世界はいわゆる資本主義の新自由主義発展段階に入りました。[8] それだけではありません。西洋の急進思想においては、一九六〇年代から既存の革命モデルについて深刻な反省が進められました。例えば、「六八革命」は旧ソ連の革命と社会モデルに対する直接的な挑戦でした。[9] つまり、新自由主義が到来する前から、すでに革命内部に大きな揺らぎが生じていたのです。加えて、一九九〇年代初めの旧ソ連崩壊が伝統的な革命モデルへの致命的な打撃となりました。そうした変化は、過去二、三〇年にわたって、次々にその他の地域の政治経済情勢に影響を与えてきました。しかし韓国では、世界の他の地域に準じることなく、急進的な社会運動は一九八〇年代に突如活発になり、一九九〇年代初めにようやくそうした変化の衝撃を受けたのです。

そうした状況の下、革命的な変革の実現を目指した韓国の急進的な社会運動は思想的混乱の状態に陥りました。自分が命をかけて追求してきた理想への信念を失った人もいました。一九八〇年代に構築された伝統的な革命モデルがすでに韓国の社会運動に有効的な道を提供できないことは、当時誰も否定できませんでした。しかし、それは社会変革の必要性と可能性が失われたことを意味するわけではありません。そ

[8] David Harvey, *A Brief History of Neoliberalism*, Oxford University Press, 2005, pp. 11〜13.
[9] Giovanni Arrighi, Terence K. Hopkins, and Immanuel Wallerstein, *Anti-Systematic Movement*, Verso, 1989, pp. 101〜103

こで、内外の過去の経験を基礎に、新たな変革の理論を打ち立てることが、韓国社会運動の重要な任務となりました。しかし、その面で、韓国の社会運動は成功しませんでした。一九八〇年代の韓国の変革運動を主導したＮＬとＰＤも、この問題への対応では大きな限界を見せました。

しかし、韓国の社会運動がそれ以前に取って代わる新たな社会モデルを見つけられなかったからと言って、消極的な評価を下すのは間違っています。こうした限界は韓国だけでなく、世界的な問題でした。世界の社会運動も、いまだに資本主義の世界システムを克服する道や、それに取って代わる社会モデルを見つけられずに、模索を続けている段階です。韓国の一九九〇年代以降の社会運動を評価する際、新たな社会変革のモデルが見つかったかどうかではなく、社会運動の活動空間の拡大と新たな可能性に向けて一歩を踏み出せたかどうかを基準にすべきです。しかし、そうした角度から評価しても、韓国の社会運動の主要な勢力の新たな状況への対応には、少なからず限界が見られました。

まず、ＮＬは統一運動と韓国社会改革の間の関係を処理できませんでした。のちに述べるように、敵対していた南北を協力へと転換することは最重要任務の一つです。しかし、ＮＬは常に統一運動を南北内部の社会改革より優先し、統一問題と南北社会改革問題を分裂させたのです。一九九〇年代半ばから北朝鮮内部の窮状が明るみに出て、そのような方針はますます韓国民衆の同意を得られなくなりました。こうした考え方は、分断体制が南北の社会の発展を制約していることを正確に認識し、解決していくうえで、きわめて消極的な結果をもたらしました。次に旧ソ連の解体以降、ＰＤは総体的に見れば西洋の社会民主主義モデルを受け入れ、議会政治で新たな出口を探る試みに出ました。政党政治の発展は必要です。特に韓国では国会によりよく社会の利益構造の改革が反映されることが重要な課題です。しかし、その発展を阻害する社会構造を変えずに、西洋の政治をモデルに社会変革を目指すのは妥当ではありません。例えば、韓国では、いわゆる反共反北朝鮮イデオロギーと、それを基礎とする社会構造が一貫して労働者組織その他の社会組織の正常な発展を妨げてきました。こうした状況を打破しなければ、社会民主主義モデルがいかに優れた点を持っていようと実現は困難です。こうして、二つの変革方法は一九九〇年代になって社会変革の適切な方向からずれていきました。その結果、急進的な社会運動の韓国社会に対する影響力は急速に低下し、革命ディスコースもそれに伴って消えていったのです。思うに、ＮＬとＰＤの限界は、ともに分断体制に対する正確な認識が欠けていたことと密接な関係があります。

朝鮮半島の分断体制は、冷戦時代においては、世界システムにおける資本主義と社会主義の間の固定化された分離でした。注意しなければならないのは、理念や、経済構造、軍事などの面でも、すべて明確に分離されていたことです。南北の分裂は韓国と北朝鮮の分裂だけを意味するのではなく、両者の間で、緊密な関連性を持つある独特な体制が発展していることも意味していました。分断体制は二つの異なる体制に分裂したという表面的な特徴だけでなく、分裂した南北が独特な相互作用を通じてそれぞれの体制の再生産や強固を進めて来たシステムだとも言えるのです。したがって、分断体制が続く限り、南北の内部の問題も、それぞれの努力で解決するのは難しいと考えられます。真の変革は分断体制を克服する中でこそ、実現の可能性があると言えるでしょう。

したがって、社会改革の有効な道筋を見つけるうえで、韓国を唯一の変革単位とする考えを超えて、韓国社会の変革と分断体制の克服を並行して進める道を模索すべきなのです。さらに言えば、資本主義の世界システムの地域や国家に対する制約も考慮すべきです。世界の変革運動の歴史において、一時的にある国家の範囲で成功した例は少なくありません。しかし、現在はほとんどが新自由主義の波によって一掃されてしまいました。それも、一国内で単発的に急進的な変革を進めることの限界を大幅に増加させています。

ここで触れておく価値があるのは、一九九〇年代の急進的社会運動において、金大中（キム・デジュン）・盧武鉉（ノ・テウ）政権をいかに評価するかをめぐって行われた論争です。当時、急進的社会運動の勢力にいた人たちの多くは、彼らに否定的な態度を取りました。二つの政権が新自由主義を受け入れたからです。それだけではありません。彼らは民主大闘争の成果もこれら新自由主義の政治勢力によって奪われたと考えました。それと同時に、彼らは韓国社会の一九八七年以降の変化を負の視点から解釈しました。確かに、一九九七年の金融危機以後に政権についた金大中政権とそれを継いだ盧武鉉政権は、市場化改革を推進する中で、新自由主義的な経済社会政策を数多く取り入れました。その政策が招いた結果は一九八七年当時に期待されたものとかけ離れていました。ただ、そうした限界を指摘するとき、資本主義の世界システムや分断体制の制約などの要因で引き起こされたものと、二つの政権の誤った政策がもたらした限界は分けて考えなければなりません。すべての問題を金大中・盧武鉉政権のせいにすることはできません。それだけではありません。この二つの政権が推し進めた社会改革と南北関係の改善は、市民の自発的な力を強めるうえでおおきな効果を発揮しました。李明博（イ・ミョンバク）政権が登場した後の社会運動の発展と変化はその成果の恩恵を受けているのです。[10] つまり、批判はしなければなりませんが、一九八七年以降の変化をすべて暗黒とみなすべきではありません。建設的な効果を生むためにも、批判は先に述べたような積極的な効果を強めるべきで、批判のための批判であってはならないということです。

世界システムや分断体制の制約を認めることは、一国内の問題が世界体制や改革後の分断体制の変革後でないと解決の論理が見つからない、と決めつけることではありません。一国内の改革の意味を否定して、世界システムの改革を目指す方法でも、問題を解決することはできません。世界システムや分断体制は単一の支配原理ではなく、各種の要因の間に生じた分離や摩擦が噴出した矛盾の複合体なのです。こうした矛盾の複合体は変革運動が多様多彩に変化するきっかけとなりました。資本主義世界システムは表面上安定していますが、実際には相当不安定な要素を含んでいます。一つの地域や国から見れば、革命的な事件が起こらなくても、資本主義の世界システムに大きな影響が生じます。同様に、韓国内部で進行していることから見れば、穏健な改革も分断体制に大きな影響を及ぼします。こうした変化は、必然的に分断体制に依拠する既得権益勢力からの「反撃」を招きました。彼らは韓国社会の改革と分断体制の相互関係をねじれさせようとしたのです。当時、韓国の社会運動勢力は盧武鉉政権を批判することに重点を置いたため、それらの反撃に十分対応できませんでした。

［10］しかし、新興勢力が市民を通して自分の主体性を主張し始めたことは、一九八〇年代の社会運動と異なっています。今日まで、民衆と市民のディスコースにはある種の緊張関係が存在します。少なからぬ人が民衆のディスコースの周縁化に危惧を表明しています。彼らにすれば、民衆のディスコースに代わる市民のディスコースは新自由主義に代わる社会の未来を提示することが難しいのです。Namhee Lee, "From minjung to simin", Gi-Wook Shin and Paul Y. Chang (eds.), *South Korean Social Movements*, Routledge, 2011, pp. 55～56。この問題は、討論を続ける価値があります。ただ、一九八七年以降に現れた積極的な変化を無視すると、二〇〇八年以降に起きた群衆運動の性質を理解することは難しくなります。現在、韓国の市民の主体性には以前考えていたよりずっと大きな潜在力があります。この文章の中でも、市民という言葉で二一世紀以降の社会運動の主体性を表しています。

そうした状況に対応するために「変革中道主義」が提起されました。[11] 過去の進歩的理念は一貫して急進主義の理念と同等に見られていました。今もその傾向は強くあります。しかし思想における急進と実践における急進は同じものではありません。その関係を混同すれば、簡単によくない結果に陥ってしまいます。現在の状況では、資本主義の世界システムに変わる妙案を提起することは難しいでしょう。とりわけ韓国においては、分断体制の南北社会に対する制限を低減することなく、韓国社会を根本的に改革するのは現実的ではありません。しかし、先に述べたように、見た目は極めて小さな変化が朝鮮半島全体にバタフライ効果のような影響をもたらし、革命的な社会実験を思考し、実践の場所を創り出すかもしれません。例えば、経済・社会政策面で根本的な差のない極右政党と穏健改革政党との間の政権交代が政治・社会的な変化をもたらし、支配システムの分離を増大させ、変革の潮流が強まるかもしれません。そこでは、中道主義と変革の未来が結びつく可能性があります。こうした考え方は、今回のキャンドル闘争の意味を正確に理解するうえで、価値ある糸口を与えてくれます。

四　長期革命？

しかし、その構想は今のところ、現実においてはまだ実現していません。まず、社会運動内部の状況が

[11]「変革中道主義」は白楽晴（ペク・ナクチョン）が二〇〇六年の新年評論で初めて提起しました。"二章：分断体制の解体と変革的中道主義"、白楽晴、『朝鮮半島の平和と統一』、岩波書店、二〇〇八年。

ずっと根本的に変わっていません。社会運動内部の各勢力は分断体制を克服するという根本的な任務を軽視し、自分の課題を至上の目標にして、互いの分離や摩擦さえ引き起こしています。それは既得権益の勢力に反撃のチャンスを与えることになりますし、事実、彼らは大きな成功を収めているのです。二〇〇七年の大統領選挙と二〇〇八年の総選挙を通じて、再び権力を掌握した保守勢力は、一九八七年六月の大闘争の影響の下で前政権が推進した改革策を中止しました。私はそれを既得権益勢力の「roll back」戦略と名付けています。[12] しかし、当時ほとんどの社会運動勢力は二〇年にわたる民主化改革を経た韓国にこのような形勢の逆転が起こり、既得権益勢力の反撃がこれほど徹底的だとは予想していませんでした。彼らは分断体制の韓国社会に対する影響力を軽視していたからです。それが、社会運動が変化に何の対応もできなかった主な原因です。しかし、社会変化の原動力は別の方向からやって来ました。李明博大統領の就任直後、市民たちの安全をかえりみず、アメリカの不当な要求を受けて、狂牛病の恐れがある米国産牛肉の輸入を許可したことです。その決定は、大規模なキャンドルデモを引き起こしました。

注目すべきなのは、今回のデモが、形式的にも担う主体においても、以前の大衆運動と大きく異なっていることです。形式の面では、以前の大衆運動のように強烈な対立的性格を持たず、さまざまな娯楽活動の形でデモが行われました。次に主体の面では、労働者組織、学生組織、市民運動団体といった伝統的な勢力が主導せず、自発的に参加した市民が自ら運動の方向をリードしました。そこでは、ＳＮＳの発達が

[12] 이남주、〝수구의 롤백전략과 시민사회의 대전환 기획〟、『창작과비평』2016 년봄호［李南周、〝守旧的 'roll back' 戦略と市民社会の '大転換' 構想〟、《創作と批評》二〇一六年春季号］。

重要な役割を果たしています。こうした社会変化に適応した創造的な抗議方式は人々に好感を持たれました。しかし、同時にこれらの運動と伝統的な社会運動との断絶が人々を不快にもしました。この運動に対する最大の疑問は、こうした抗議活動が社会変革を促進したのかどうかです。

当時、この疑問に肯定的な反応はありませんでした。積極的にデモに参加している人でも、抗議活動が持つ潜在力には懐疑的でした。多くの人が、運動について十分整理されない中で生まれた一過性の社会運動、あるいは小市民的な性格の強い社会運動だと見ていました。つまり、こうした新しい社会運動には社会全体の改革を促すことはできないと思われていたのです。一部の人は、こうした社会運動は社会改革に積極的な成果をもたらさない、政党政治が発展しなければ社会改革は推進できない、とさえ言っていました[13]。

二〇一六年一〇月に始まったキャンドル闘争は、形式面でも、担う主体の面でも二〇〇八年のデモと明らかに連続していました。しかし、意外だったのは、「革命」ディスコースが復活したことです。闘争の初期に、中高校生が「革命政府をうちたてよう」という横断幕を掲げてデモをした時には、子供っぽい行為だと見られていました。しかし、程なく、人々は「革命」という言葉でキャンドル闘争を形容しはじめ、多くの人もそれを望みました。

まず、先に見たように、躊躇していた国会（闘争初期、第一野党もこの要求について消極的な態度を取っていました）が朴槿恵大統領の弾劾議案を通過させました。市民たちは平和な手段によって数ヶ月前には思いもよらな

[13] 二〇〇八年のキャンドルデモについては、異なる評価があります。次の文献を参照のこと。권지희 외、『촛불이 민주주의다』、해피스토리、二〇〇八年。

かった政治的変化を実現したのです。

ふつう、これだけではキャンドル闘争を革命と性格づけるには不足です。革命は旧体制を打倒して新体制を打ち立てる過程でなければなりません。それとは逆に、今回のキャンドル闘争は明らかに現行の憲法秩序によって問題を解決しました。表面的に見れば、これは革命ではなく、「現行体制の維持」を目指す運動に近いものです。しかし、韓国の憲法秩序の矛盾と衝突を考えれば、憲法を守ることは既存の秩序を維持することにはなりません。

まず、市民は積極的に憲法第一条の擁護を訴えました。「大韓民国は民主共和国である。大韓民国の主権は国民に属し、すべての権利は国民に由来する」。それ自体が革命的性格を帯びています。次に、韓国の憲法は分断体制によって大きく汚染されています。例えば、既得権益勢力は「国家保安法」で憲法上の各種権利を規制しています。だから白楽晴はそれを「内なる憲法」と呼んでいます。[14] したがって、韓国で積極的に憲法を擁護することは、ときにこうした制度やイデオロギーを打破する意味を持つのです。下野する以前の朴槿恵政権も、北朝鮮の脅威を利用して自分の権利を固めようとしました。それは北朝鮮に自らの行為を正当化する口実を与えることにもなります。こうした悪性の連環の中で、南北の既得権益勢力は利を得ているのです。今回のキャンドル闘争はある意味でそうした状況を打破しました。その意味で「革命」と性格づけることが可能なのです。

次に、「革命」ディスコースの復活は、今回の闘争における人々の革命と同様の社会の大転換に対する

［14］　白楽晴「「キャンドル」の新社会づくりと南北関係」、『世界』二〇一七年五月号、p. 226。

期待を反映しています。最近、多くの人が韓国社会の状況に深い危機感を抱いています。貧富の差はますます拡大し、既得権益の固定化や南北関係の悪化といった問題が民衆の生活や生存に影響を与えています。こうした問題によって積み重なった不満が、朴槿恵大統領の「側近」スキャンダルによって爆発したのです。人々は、問題を解決するためには、部分的調整ではまったく不十分で、根本的な変化が必要だと考えたのです。

それだけではありません。与党と野党の間の権力交代では社会の大転換は実現できないと人々は考えています。なぜなら、李明博政権と朴槿恵政権が韓国社会にもたらしたさまざまな負の結果が、人々に権力の交代を渇望させたからです。同時に、人々は韓国社会の大転換が自然にもたらされないこともはっきりと認識しました。したがって、今回の「革命」ディスコースは矛盾した性格を持っていると言えます。人々は根本的に韓国社会を変えるために「革命」ディスコースを積極的に受け入れる一方で、その変化が短期的には実現できないこともわかっているのです。そうした特徴から見れば、今回の「革命」ディスコースの流布は、過去の「革命」ディスコースの単純な復活ではありません。「革命」の持つ意味はすでに大きく変化しているのです。今の人々は過去の社会革命モデルにはあまり共感していませんが、非常手段によって権力を握って上から社会改造を行うのも、社会の大転換を実現する適切な方法だとは思っていません。

では、先に見たような革命という手段をとらなければ、どのような手段で社会の根本的な改革を保証するのでしょうか。「革命」ディスコースの復活は、空前の大規模デモに対する単なるシンプルな反応で、社会の大転換や根本的な変化に現実的な意味のある前途を提供することはできないのでしょうか。闘争のピークが過ぎれば、人々は以前のように日常生活に戻るのでしょうか。こうした一連の問題に答えるには、過去三〇年にわたる人々の社会変化の感じ方の変化を理解することが重要です。

今回の「革命」ディスコースは、過去のように社会の急速な変化への期待は強くありません。むしろ社会変化を長い過程のものだとみなしているのです。例えば、二〇〇八年のキャンドルデモでは、集まった群衆が、警察のバス車両によって設置された制御線（群衆のデモを青瓦台へ進行させないため、防衛線が作られました）を突破するかどうか、長時間の討論が行われました。最後は、少数の者以外、ほとんどの群衆が制御線の中で討論などの活動を行ないました。しかし、一部の人はこうした状況に満足せず、強い怒りを漏らしていました。政府の態度を変えるには、こうした方法では無力なことが彼らにははっきりとわかっていたのです。制御線を越えても積極的な成果はついて来ず、暴力的衝突になるだけです。それが広場にいた多くの人々が制御線を越えるのをやめた主な理由でした。こうして、集結した群衆は困惑した状況に陥ってしまったのです。線を突破するのは良い方法ではありませんが、線の中で抗議活動を行っていても状況は何も変わりません。その困惑を解決する道が見つからないうちに、二〇〇八年のキャンドルデモは終了しました。

しかし、今回の闘争の雰囲気は二〇〇八年とは大きく異なっています。群衆は警察が設置する制御線にはあまり関心を持たず、自分で確保した空間で自由に意見を表すことを重視しました。こうして、広場は単なる闘争空間ではなく、民主空間になりました。このような変化はどこから来たのでしょうか。まず、二〇〇八年に比べて、今回集まった群衆は自分の主体性を表現することを重視しています。それこそが社会の改革を推し進める根本的な原動力なのです。その動力を活性化できれば、とりあえずはっきりした改革の最終モデルがなくても、社会を大多数の人の利益に沿った方向に発展させることができます。したがって、今回の「革命」ディスコースは、市民の主体性や直接民主主義に重心があるのです。過去の社会変革路線では、何がしかの代表によって人々の望んでいる社会改革の目標実現を推進しました。今日から見ると、その「代表」はいつも頼り甲斐がありませんでした。最も重要なのは、下から上への原動力がなければ、社会改革の成功は難しいということです。[15] そうした状況の下で、民衆の政治に対する影響力を増すには、寡頭政治を克服し、民衆利益を保障する有効な道を探ることが不可欠です。

したがって、現在の政治生活において、市民の主権者としての役割をいかに高めるのかが、今回の「革命」ディスコースの中で最も熱く議論された話題となりました。そうした点から見れば、革命とは長期的な過程なのです。私はそれを「長期革命」と概括しています。矛盾した概念のようにに見えるかもしれませんが、革命は必ずしも短期間にその使命を完成するとは限りません。むしろ長期的な歴史過程であることもしばしばです。したがって、上部権力構造の変動だけで革命を想像するのではなく、下からの原動力を強化することから革命を想像しなければなりません。[16] その過程が革命と言えるかどうかは引き続き討論すべき話題でしょう。しかし、新自由主義が民主的空間を縮小していく中で、キャンドル闘争が民主空間を保存し、拡大し続けたことは注目に値します。外部のメディアが積極的に今回のキャンドル闘争を

[15] キャンドル闘争が進んでいたとき、一部の人たちは直接民主主義方式を強化した市民会議の設置を提案しましたが、群衆の反対で挫折しました。その時、広場の群衆の多くは、それはただの変形した代表機構に過ぎないと考えました。そうした市民会議の運命がどうであれ、主権者である市民の地位を強めることが、キャンドル革命完成の重要な後ろ盾となったのです。以下の雑誌を参照のこと。『녹색평론［緑色評論］』年五・六月号的座谈、〃시민의회를 생각한다［市民会議をふりかえる］〃 この問題の討論は継続されています。

報道したことは、その意味が韓国一国を超えていることを示しています。

当然ながら、今回の「革命」ディスコースは大きな課題に直面しています。一つは、闘争の原動力をいかに維持するかということです。ピークを過ぎると、人々は彼らの生活空間に戻りますが、その空間と広場はまったく異なるものです。個人的な生活空間でも、広場で表現したような情熱が保てるかどうかは疑問です。二つ目は、民主空間の拡大と社会経済構造の改革をいかに結合するか、ということです。今回の闘争において不平等問題の解決を要求する声が高く上がりましたが、どのようにしてより平等な社会を実現するか、共通認識はいまだに形成されていません。広場においても異なる意見が出ていました。三つ目は、南北関係の悪化をいかに抑制するかということです。この趨勢を抑制できなければ、少なくとも短期的には韓国の変革運動は大きな困難に直面し、再び後退する可能性があります。こうした問題への回答は理論だけでなく、実践の中で続けて探求していくしかありません。ただ、今回のキャンドル闘争を経験した韓国は、その前と大きく異なっていると私は信じています。また、そうであることを望んでいます。

[16] ハンナ・アーレント（Hannah Arendt）は市民が公共の領域に参与することと自由を革命の核心的問題だと考えていました。ハンナ・アーレント『革命について』ちくま学芸文庫、一九九五年（Hannah Arendt, *On Revolution*, Penguin Books, 1990, pp. 32–33）。それは現代のさまざまな革命をふりかえるうえで、大きな糸口を与えてくれます。ただ、彼女の革命を検討するうえで、経済・社会問題を排除するやり方は議論の余地があります。経済・社会構造の改造が政治的な解放や自由の確立を保証しないことは、私たちにはっきり分かっています。しかし、経済・社会問題を切り離してしまうことも妥当ではありません。取り分け、新自由主義あるいは市場万能主義が政治空間を大幅に縮小しているときは、なおさらです。

第三部

文学とサブカルチャーのはざまで

妖怪が生まれた

二〇一〇年以降の台湾マンガ・アニメ・サブカルチャーの現状並びに新世代作家の対応

陳栢青
劉茜、千野拓政 訳

二〇一七台北国際書展はその年の二月に閉幕しました。聯経出版社から出版された『妖怪台湾――三百年島嶼奇幻誌・妖鬼神遊の巻（妖怪臺灣――三百年島嶼奇幻談・妖鬼神遊巻）』は、作家の何敬尭が台湾の妖怪の出自について書き下ろし、漫画家の張季雅の挿絵を添えたものです。ですが、この一冊、あるいは妖怪の一つひとつは、決して一人ぼっちのはぐれものではありません。すでに二〇一四年から、台湾の文壇には「妖怪」のブームが現れていました。例えば、『唯妖論――台湾神怪本事（唯妖論――臺灣神怪本事）』や『台湾妖怪研究室レポート（臺灣妖怪研究室報告）』は台湾の妖怪を紹介しています。『幻の港――塗角窟異夢録（幻之港――塗角窟異夢錄）』や『台北城内に妖魔跋扈す（臺灣城裡妖怪跋扈）』は妖怪を中心とした小説です。特に『台北城内に妖魔跋扈す』は、ライトノベルの形式で、日本の妖怪が軍隊とともに台湾に来て、日本統治時代の台北城の霧の中で、台湾の神様と一大対決を繰り広げるという話を描いており、西川満などの作家も作中で重要なキャラクターとなっています。この本はとても人気を博して、のちに続編の『帝国大学赤雨騒乱（帝國大學赤雨騷亂）』が刊行されました。妖怪が夜ならぬページの中に往来するという現象が、ここ数年台湾の

（図：左から右へそれぞれ『妖怪台湾』『唯妖論』『幻の港』『台北城内に妖魔跋扈す』『台湾妖怪研究室レポート』『台湾妖怪図鑑』）

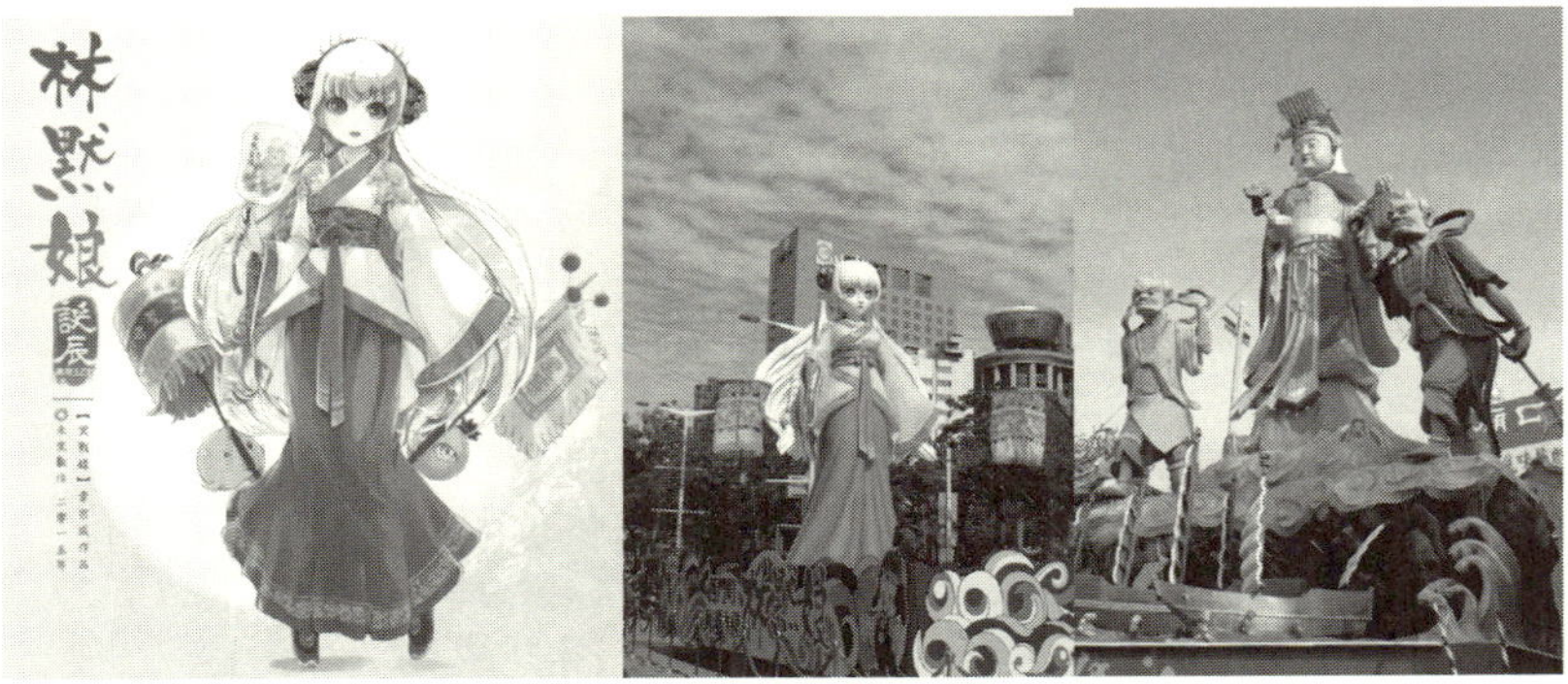

（図：『冥戦録』媽祖林默娘、西門町花提灯、民間信仰の媽祖）

出版界に見られます。

面白いことに、二〇一七台北国際書展が台北城、のちには東地区で開催されている時に、都市の西地区の西門町では、伝統節句の元宵節の到来に応じて、カーニバルの大行列を行っていました。中でも目立ったのが、西門町の街中に巨大な「萌え娘」の花提灯が飾られたことでした。その姿は白髪に童顔で、少女漫画のような顔立ちをしているにもかかわらず、台湾信仰における重要な神祇の一人、媽祖林黙娘だというのです。この提灯は、台湾の漫画家・韋宗成の作品『冥戦録』のキャラクターに基づいて立てられたものですが、媽祖のお婆様が看板娘となったのです。二〇一七年の台湾では、神様と妖怪がそれぞれ台北の東と西に聳えたちました。台北は神や妖怪が跋扈する場所というより、マンガやアニメなどのサブカルチャーが現実と重なる場所となっているというべきでしょう。

一　二〇一〇年以来の台湾サブカルチャーの現状、その断片

神様や妖怪をマンガのキャラクターとして表現することは、過去の台湾の人にとっては不可能なことでした。非常に不敬であるとみなされたからです。しかし今では、重要な民間信仰である媽祖でさえ萌え娘化でき、他のすべての本物の神像よりも高く作られて、巨霊のようにマンガ的な顔立ちで台北を見下ろしています。それは決して「マンガはこっそり読むしかない」「マンガを読んでいると将来がないと大人から言われた」八〇年代生まれには想像できることではありませんでした。

神様にさえ「萌え」たこと以外にも、次のような台湾のマンガ・アニメ・サブカルチャー受容の現状が

見られます。

二〇一六年の台湾で最も流行った携帯アプリゲームは「ポケモンＧＯ」でした。この各国で大きな話題となったゲームは台湾でも同様に大人気を博し、秩序を逸した行為も何度も見られました。台湾の新北投公園ではよく数百人が走り回る光景が見られ、民衆によって撮影されて「バトルロワイアル」「ゾンビ侵入」などと称されました。これはアメリカの『ＴＩＭＥ』雑誌にも注目され、「Pokémon Go May Have Just Shown Us What the End of the World Looks Like」（「ポケモンＧＯ」は我々に世界終焉の光景を見せた）というタイトルで報道されました。ゲームが盛り上がる場面は、まるで世界の終焉のようです。

どんなものにでも「萌え」なければならない、というので、萌え経済・オタク経済が可能となり、公的権力の注意をも引きました。擬人化、キャラ化は政府や民間組織のキャンペーン政策の一環となりました。例えば、二〇一四年に高雄捷運（高雄地下鉄）は高捷少女（K.R.T.GIRLS）を捷運システムの宣伝キャラとして売り出しました。自治体や企業もそれぞれ相次いでゆるキャラを発表しました。意外なことに、これらのゆるキャラが台湾の民衆から話題にされたのは、多くの場合「萌え」のためではなく、むしろかっこ悪さのためでした――これらは「邪神」化したゆるキャラと言われています。これらの奇怪な顔立ちや美感の欠如はネット上で議論を引き起こし、ニュースでも報道されました。取材に応じた人たちはこれらのゆるキャラを「邪神」と称し、「超びびった」などと言っていました。

マンガ風の萌え娘になった神様もいれば、「萌え」を狙って逆に「邪神化」してしまったゆるキャラもいます。この現象は二つのことを示しています。一つは、マンガ・アニメなどのサブカルチャーが巨大な商機をもたらしており、それは大勢の人の波のうえに成り立っているということです。もう一つは、公的

(図：「ポケモンGO」『TIME』雑誌における報道のスクリーンショット)

(図：高捷少女)

(図：台湾台南北門コミュニティゆるキャラ「サバヒーくん」及び旗山ゆるキャラ「バナナマン」、ネットユーザーに邪神、最も醜いゆるキャラと称された)

権力または企業が確かにサブカルチャーの影響力を知っており、その力を借りようとしていることです。それを考えれば、「壊れたゆるキャラ」や「邪神」はなかなか真実を射ているのではないでしょうか。「誰もがその力を知っているが、簡単に使えると思っていたら、何もかも壊してしまう」という、台湾のマンガ・アニメ・サブカルチャーの顔になっています。

二　私はどのようにコスプレで純文学を広めているか

二〇一三年、イギリスの雑誌『エコノミスト』の世界書籍出版量の統計によれば、台湾の一年間の新刊書の出版量は世界二位を占めています。また二〇一三年のフェイスブックに公開された使用者データでは、台湾のフェイスブック使用率は世界一です。これらの二つのデータは次のようなことを示しています。台湾では、一人の作家にとって、ライバルは台湾人だけでなく、絶えず出版される各国の翻訳書も含まれるのです。また、もし宣伝したければ、一番便利で早い方法がフェイスブックです。そのため、フェイスブックは台湾作家の宣伝のパイプとなりました。現在の台湾文学界では、作家たちはフェイスブックの個人ページを運営し、写真をアップロードして、読者のメッセージにも返信しなくてはなりません。さらに、自分の生活をも公開して、読者をひきつける必要があります。

競争が激しい一方、作者たちは自分を売るのが不得手なので、二〇一六年、私は友だちとともに他の作家の手助けをしようと考えました。私たちはフェイスブックで「作家事」というファンページを立ち上げ、毎週ネット生放送という方法で文学類の新書の実況紹介をしています。現在台湾唯一の文学の連続生放送

（図：『幼獅文芸』、『遠見 2017 研究所指南』の「作家事」報道ページ）

（図：作家事の紀州庵での生放送）

であるためか、雑誌の報道や、商業雑誌の年度創業指南の表紙にまで載りました。初めは「全部お遊び」と考えていた私たちにとっては予想外のことでした。その後、私たちに多くの依頼が殺到しました。テレビ局のドラマ、地方政府文化局からの旅行スポット紹介の希望、果ては史跡部門からの要望もありました。「ポケモンＧＯ」がブームを引き起こした時、私たちはコイキングやピカチュウのコスプレをして、人の首を刎ねるのが好きなハートの女王と共にフランシス・ラーソンの文化研究『Severed: A History of Heads Lost and Heads Found』（『首切りの歴史』）を紹介しました。生放送中に、ハートの女王は数分ごとにカメラの前でコイキングやピカチュウに向かって「こいつらの頭を刎ねなさい」と叫んでいました。

また、史跡の「紀州庵」で生放送したとき、私たちは「志村けんのバカ殿様」のコスプレをしました。その時にとってもらった写真では、片方に村上春樹の大きな看板があり、彼の真面目な顔の前に、芸妓の姿をした私の真っ白な顔が映っています。看板には「職業としての小説家」と書いてあります。

後になって私はよくこの場面を思い出します。今の台湾では、「職業としての小説家」、作家でさえ「萌え」なければならないのでしょうか。皮肉だと感じる人もいるかもしれませんが、私は、これこそが現実だと思います。文学を広める立場に立つものとして、私は読者と通じ合えるよう、読者との「共鳴点」を求めたいと思っています。その媒体が、流行りのものだったり、ブームのゲームだったり、アニメやマンガだったり、サブカルチャーだったりするのです。

三　ライトノベル編集者の難解な謎――ある文学現象を例に

では、今の台湾の文学状況はどのようなものでしょうか。台湾の大衆文学の出版に関しては、八〇年代には恋愛小説が流行っていました。九〇年代はネット小説が制覇していました。そして現在主導権を握っているのはライトノベルです。台湾最大のネット書店であり、出版・販売の指標でもある博客来網絡書店は、毎年「台湾十大ベストセラー作家」を公開していますが、二〇一一年から七年連続で、ライトノベル作家がトップを飾っています。そして十大ベストセラー作家の大半をライトノベル作家が占めています。

ライトノベルは台湾で長年流行っていました。二〇一六年、私が台湾尖端出版社の編集者呂尚燁を訪ねた時、彼にとっての不可解な謎を話してもらいました。曰く、日本の『ゴメンナサイ』という、日高由香作のライトノベルを翻訳して出版したのですが、二〇一五年の決算時までに、なんと五万冊以上売上げたそうです。その売上げは遥かに彼らの予想を上回り、増刷も間に合わないほどでした。この作品はシンガポール、マレーシア、香港では、合わせても一万冊余りの売り上げしかありませんでした。編集者によれば、「この作品が一番売れたのは、ネット書店ではなかった。キャンパス通路の方がよく売れた」ということでした。キャンパス通路というのは、台湾の学校で定期的に開催される書籍展示販売のことで、出版社が各学校の体育館・図書館などの場所を借りて本を販売するのです。このような場所の、少しずつの累積が、大きな売上の積み重ねとなったのです。

『ゴメンナサイ』は学校のいじめ問題をテーマとしています。その特徴として、小説の一ページ目は文字化けと読めない文字で構成されています。そして第一章の最後で、読者へ「最初に読んだ無意味な文字は実は殺人の呪いだ、より多くの人に読んでもらわなければ死んでしまう」と告げています。なぜこの作品が大受けするのでしょうか。呂尚燁の推測によれば、「『幸福の手紙』効果だろう。学生層はこのような連鎖的なものに共鳴するらしい」というのです。

つまらない学校。人と繋がり「連鎖」「共鳴」したい。この連鎖が呪いであるからこそ、いっそう刺激的で、人に勧めるのはまるでいたずらをしているような気持ちなのです。確かに日本から来たライトノベルですが、この世代の台湾学生の心に命中したと私は感じています。彼らの欲しいものはまさにコレだったのです。この本の伝達は彼らにとっては、ただの行動、ただの『幸福の手紙』のいたずらではなく、心の声そのものでもあるのです。「学校は危険だ」「人は孤独だ」「だけど私は君と繋がりたい」という訴えなのです。ここで私は、かつて千野先生から聞いた理論を思い出しました。「この世代の子どもたちにとっては、人とのコミュニケーションそのものは大事だが、コミュニケーションの内容自体が何かは重要ではない」というものです。

今になって私はなぜ「妖怪」が台湾で流行ったのか理解できます。千野先生のもう一つの研究を引用すれば、「台湾の妖怪」が「キャラクター」に転化したということでしょう。この妖怪ブームでは、視覚に訴える漫画的イメージが一つの焦点となっています。彼らは昔の、怖い、台湾の民俗的な風格で表された妖怪ではなく、日本式マンガ風の顔を持ち、洗練された輪郭の、スクリーントーンと効果線を用いた漫画美の人体比率を備えています。更に、この妖怪ブームの創作のパターンは、『妖怪台湾』や『唯妖論』などの単語の箇条書きの表現を取っています。一方『台北城内に妖魔跋扈す』はライトノベルの形式をとっています。箇条書きという形式はとりわけ私の興味を引きました。妖怪が「おはなし」の中ではなく、

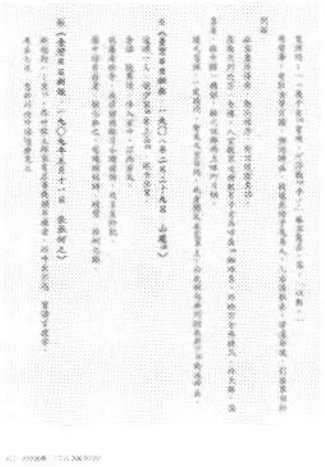

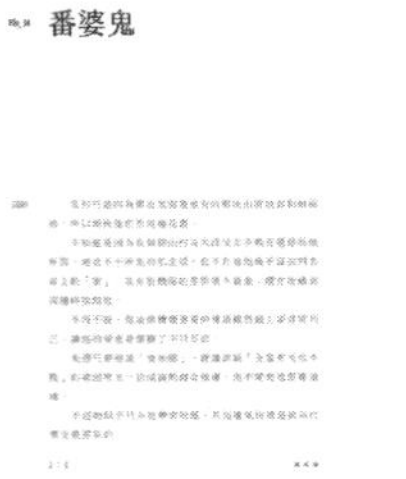

（図：『妖怪台湾』の「魔神仔」、『唯妖論』の「番婆鬼」）

「キャラクター」の中に生きるようになったからです。彼らはキャラクター設定という形で存在しています。キャラクターの特徴、キャラクターの長所、キャラクターの出自などという形式で紹介され、妖怪はどちらかというと携帯アプリゲームのキャラクターカードや、『ポケモンＧＯ』のモンスター図鑑のような存在になっています。

妖怪は妖怪らしさを失い、一方で人間は妖怪のように生きている。これが私たちの世代の風景です。ライトノベル、あるいはサブカルチャーはこの世代の学生にとっては一通の「幸福の手紙」、「あなたと繋がりたい」という一つの形です。手紙の内容はなんでもいい、呪いでも構わない、お互いに繋がりが生じればいい。そういえば、私も同じようなことをしています。生放送の中でコスプレをして、もっと多くの人に受け入れられる方法で「あなたと繋がりたい」と言っています。

ですがそれは「幸福の手紙」だけでは終わりません。いわゆるマンガ・アニメ・サブカルチャーは、ただの繋がりの媒体ではなく、私たちはその中に生きているのです。

どのようにこの風景を描けばいいのでしょうか？　コスプレやメイドカフェを描く小説、そしてマンガ・アニメの要素の影響を受けて創作される小説は、今後も絶えず現れるでしょう。ですが、ただマンガ・アニメやサブカルチャーを一つの現象として描くのも、ただ誰かと接触するための媒体として扱うのも、全然物足りないと思います。それはまるでそれらをただの「幸福の手紙」として扱ってしまうようなものです。ただの繋がりで終えてはいけないのです。私たちの世代の創作者にとって、それは通路であり、時には私たちが立つ土台そのものでもあります。それは確かに一つの現象ですが、私たちはまさにその中で生きています。時には傍観し、時にはその中で息をしています。私はその切り替えの瞬間をはっきりと認識したいと思います。

日本語を勉強したときに習得した単語に、「逢魔が時」ということばがあります。とても美しく感じました。昼と夜が交差し、空の色がゆっくりと暗く染まっていく時。

それは妖怪が一番現れやすい時でもあります。

その交差する瞬間を写し取りたい。私たちはまさに一瞬の今に生きているからです。それは私や、私と同じ時代を生きる多くの作家たちがやり遂げたいと思っていることでしょう。

呪いを、いつの日か祝福の書に。

トークセッション

上田岳弘
陳栢青
（司会：小沼純一）

小沼　陳さん、ありがとうございました。とても刺激的なお話をしていただいたと思います。「妖怪」というお話がありましたが、「ポケモン」などが今、盛んにはやっていて、ほかにも漫画などで妖怪が出てくるものがあります。考えてみれば一九世紀、「幽霊」という言葉が盛んに言われました。その後、マルクス主義なんかが出てきて二〇世紀になると、今度は「ゾンビ」などが流行りました。現在の台湾の例を挙げていただきましたけれども、アジアの周辺では「妖怪」というものがあって、それがどうしてなのか、多くの人が考えていたと思うんですけども、一つの解になったんじゃないかなと私は思いました。

それに対して上田岳弘さんにお話をしていただきたいと思います。ちょうど上田さんの作品を今ここに三冊持ってきているんですが、上田さんの作品も、幽霊とか妖怪ではないけれども、それと決して無縁ではない世界です。そういうところはすごく面白い、別に打ち合わせしてるわけじゃないのに、なぜかそういうことになっているというところが、同じパラダイムとして

上田　感じられます。では、上田さんに先ほどの陳さんへのコメント、あるいはそれを受けながらお話をいただけますか。よろしくお願いします。

陳　まず陳さんの高いプレゼンテーション能力にすごくびっくりしました。

台湾の状況を聞かせていただいたんですけども、すごく日本と共通することがありました。まず、お伺いしたいのですが、台湾っていわゆる大衆文学と純文学というのは、はっきり分かれているものなんですか？

上田　台湾から編集者が来ていらっしゃるので、後で聞けばいいと思いますが、私の子どもの頃は純文学と大衆文学ははっきりと分かれていました。しかし、現在では何が純文学で何が大衆文学なのかますます曖昧になってきています。もちろん生粋の純文学も、極端なものもあって、色とりどりですが、中間地点に寄っていこうとする作品が増えてきていると思います。

ただ、私の子どもの時代に、あなたの作品は中間小説だ、middle novel だと言われたら、純文学の作家も大衆文学の作家もとても怒ったはずです。中間というものが何なのか分からなかったのです。

日本も結構大衆文学と純文学というのは寄ってきているというか、そのはざまの小説みたいなものが非常にたくさんあって、僕も多分、一応純文学という扱いになっているんですけど、SF寄りのものを書いていたりします。

ところでプレゼンテーションの話に戻ると、「萌え」というワードが出てきたんですけど、あそこがすごく似ているというか、本当に同じ状況だなと思います。「邪神」という話も出てきましたよね。「萌え」に行こうとして失敗して、ああなってしまう。日本にも「せんとくん」というのがあって、大仏にシカの角が生えているという、なかなかパンチの利いたものがあるんですけど、これはなかなか邪神めいてるので、同じ状況だなと思いました。ぜひ後で検索してみてください。

　もう一つ特徴的だなと思ったのが、台湾の作家の方がフェイスブックで宣伝をされているという話なんですけど、日本はどちらかというとツイッターのほうが多いですね。

　サブカルチャーの話に戻ると、日本の場合、アニメとか漫画とかも強いんですけど、お笑い芸人さんというのがテレビ文化の中でかなり力というか影響力を持っているんです。テレビスターが、サブカルチャーの一つとしてどういう位置付けになるのか聞いてみたいです。

陳　台湾では大きな影響力はありません。そのようなお話を聞くと、台湾の私たちには驚きです。台湾の大衆的なニュースやメディアに文学について語るような番組は一つもありません。数ヶ月前の番組で、有名な老作家が扮装をして、感覚的に自作を語るというようなものがありましたが、若い人たちはそうした奇妙な番組は好みません。

　台湾の大衆の文学に対する想像力はとても教条的で、作家の生活はこうでなければならない、というようなものがあるんです。ですから、台湾の大衆やメディアの目からは、自分の感覚に沿った非常にステロタイプな作家のイメージが作られます。でも、若い世代の人たちにそういうイメージはもう受け入れられなくなっています。

上田　たぶん日本でも一〇年ぐらい前までは、結構似たような状況だったろうと思います。ある意味

陳 そういう閉塞感がある中で、なにがしか突破口はないかなというところで、サブカルチャーからの押し上げだったり、メディアのテレビスターとかで実は読書が好きだったりみたいなのが、結構ここ一〇年ぐらい非常に活発になってきています。実際に「私の恋人」という私の本をテレビの「アメトーク」という番組で「読書芸人」の又吉直樹さんに紹介していただいたんですが、これで重版がかかりました。それぐらい影響力があるような形になっています。

以前台湾であったことを思い出しました。台湾の「蘋果日報（りんご日報）」という新聞がタレントを呼んで、自分が読んでいる好きな本を紹介してもらっていたことがあります。それには二つの意味がありました。一つはタレントが紹介することで本がよく売れることです。もう一つは「蘋果日報」が作家に、タレントがこんなに浅薄な意見を述べているから、あなたも早く何か描いてそれを打ち消すように、というんです。そして二つの記事が同じ新聞に同時に新聞に掲載されるんです。

上田 面白いですね、それ。妖怪の話がありましたけど、妖怪ってこれまではいわゆる大衆文学みたいなもので、まじめに語られてこなかったと思うんです。つまり書く対象として妖怪を出す時点で、もう既に文学ではないと言われると思うんです。でも、文学において閉塞感が高まっていく中で、それまで取り残されていた妖怪とか、サブカルチャーを包括するものが突破口になるんじゃないかなという期待値に、この十年ぐらい日本でも本当にすごく高くなっていると思います。

僕の作品もどちらかというと、題材的に未来の世界が出てきたり、あるいは誰もの気持ちが分かってしまうようなテレパシー能力があったり、あるいは輪廻転生をしている語り手だったり、そういうことを結構書くんです。例外はもちろんありますけど、これまではそういった奇妙きてれつなものを書いている時点でもう純文学ではないと言われがちだったのが、だんだんこれもいいじゃないかというふうに言われてきているような現状がありますね。もちろん賛否両論はあるんですけど。

今でもありますけど、日本の最近の純文学の中では、書いているうちに人称が変わっていくようなものが、結構はやっていた時期があります。普通に「私」と書き始めて、いつの間にか「私」が誰か、彼、Aさん、Bさん、Cさんみたいな形で語っていたはずのものにずれていくんです。一人称の拡大みたいなもので、トリッキーなものですが、突破口を探すような運動があったんです。そういった人称を動かすことによって、なにがしか新しいものを見つけようみたいなものは、台湾ではどうですか？

陳　台湾では人称操作をするようなことはあまりありません。それは日本の小説の伝統や、言文一致という歴史的な経緯と関係していると思います。

私たちにとっては、一人の中にある一つの自己を作家が律するので、人称を転換することで別の自己を表現するということはありません。自分の特性を持った人間が別のキャラクターに変わるというのは、理解できないと思います。人称に関しては私小説の伝統と関係しているのかなという気もしています。

それよりも困惑するのは、日本のように一つの人物やキャラクターを作り上げることは、モダニズムの下で育った私たちから見ればすごく不思議なんです。私たちの古典的作品はアカデミックな体制から生まれました。一九六〇年代のモダニズムがそうです。そうした純文学の伝統からすると、人とは個々の人物というより抽象的なもので、その心理の波立ちや内面の衝突などを描いたりします。ですから、私たちにとって不思議なのは、個々の人物の出現です。どうしてそのような人物を作ることが可能なのか。人は人称の問題ではないわけですので、人物を作ることはいつも頭を悩ませるのです。大衆小説では個々のキャラクターが描かれるのに、純文学では何が描かれているのか分からない。それはキャラクターよりも、彼らにとっては心理的な衝突や叫びを描くことが中心だからです。でも、日本はキャラクターを作り出し、それを突出させ、自立化させるようなことが広く行われているわけですよね。私たちはキャラクターの方に近づこうとしていますが、小説でそれをすることは困難です。私たちはキャラクターを作るということがわかっていないからです。

千野　補足しましょう。台湾では一九六〇年代以降、純文学といったときに主流だったのは、モダニズムでした。したがって純文学の中で人物造形をするときに、日本のようなリアリズム小説的なものではなくて、ある種、抽象的な形で人物造形をするような小説が中心になってきます。台湾で純文学というと、どうもそういうものを思い浮かべてしまうのです。だからそうではない、人物を書き込むことが重要だとされている日本の文学が、彼らにとってはとても新鮮というか、変わって見えるというお話だと思います。

陳　私たちの下の世代、十歳から二十歳下の世代ですが、彼らは一生懸命にキャラクターを作るようになっています。私たちの世代は時空の隙間に放り込まれたようなもので、古典的な文学からは疎まれ、下の世代からも嫌われる、居心地の悪いところにいるんですね。

上田　多分僕も似たようなものです。とはいえ、日本の純文学の伝統というのは結構ガラパゴスというか、独自進化を遂げていて、陳さんがおっしゃるいわゆるモダニズムの純文学のほうが、グローバルスタンダードというか、普通ではないかと思っています。僕もどちらかというとそっち寄りで書いていますね。

小沼　今のお話を伺っていて思ったのですが、例えば小説を書くというのは、何もないところからは始めないわけですよね。大抵何かを読んだから始めるということがあって、そういう意味では影響とか歴史とどうしても関わってきてしまう。さらに陳さんのお話の中に翻訳の話が出てきました。例えば翻訳の小説が台湾に入ってくるとか。その時どういうものが入ってくるのかということに非常に興味があるんです。それはどうしてかというと、今、日本の場合は翻訳の小説は残念ながらあまり売れないという状況があります。かつて日本の小説は専ら翻訳された海外の小説を読んで、さらにその翻訳という作業を通して日本語が練れていくということがあったんですけども、そういうものが失われつつあるかなというところもあるので、その影響も含めて、ちょっと翻訳の状況などを教えていただけるとありがたいです。

陳　日本では翻訳小説があまり売れてないと聞いて、非常に日本の作家になりたいなという気持ちになりました。というのは、台湾では逆で、本土の作家の本の印刷数は少ないのですが、翻訳の方はとても多いのです。それも純文学と大衆文学で異なってきますが、日本やアメリカの大衆文学だと、初版はとても多くて五千、八千、一万部ぐらい、私たちのような台湾本土の作家だと四千部ぐらいが普通で、再版以降はどんどん減っていきます。出版社は非常に保守的なんです。彼らに言わせると私たちのような台湾本土の作家は、売れない倉庫在庫品なんです。

小沼 上田さん、いかがですか、その辺りは。

上田 部数に関してはあまり変わらない感じがします。

小沼 でも台湾のほうがもっとずっと狭い気がするじゃないですか？

上田 そうですね。日本のほうが上は結構行きますよね、ミリオンセラーとかも出ますし。ただ下のほうは三千部ぐらいからです。

陳 一つ例を挙げますと、先月、東野圭吾の『ナミヤ雑貨店の奇跡』のことを聞いたら十五万部売れていて、私の小説は六千部でした。それぐらいの差があるということです。

小沼 お二人ともご自分としてはどうですか。海外の作品はお読みになりますか？　あるいはどういうものに影響を受けたとか、お聞きしたいんですけど。

上田 僕はどっちかというと日本文学を読むのが三割から四割ぐらいで、あと六割から七割は海外ものが多かったんですけど、中でも古典を読みますね。ドストエフスキーとか、カート・ヴォネガット。カート・ヴォネガットは古典じゃないかもしれませんけど。あと結構すごくベタな人間なので、シェイクスピアを全部読んだりとか、そういうことをやってましたね。

陳 私の場合、割合でいうと、八〇パーセントは翻訳作品です。もともと偏食の人間で、自分の好きなものだけ選んで読みます。子どもの頃はもちろん古典的な作品を読むことが多かったのですが、年齢が上がっていくにつれ外国の変わったもの、台湾には珍しいタイプの作家を読みまくりました。例えば日本の舞城王太郎の作品がすごく好きなんですが、台湾では売れなくて、三冊翻訳されたあと、入ってこなくなりました。それで十年連続編集者に手紙を書いて、また出してくださいと頼んだのですが、ずっとそれは無理だと言われています。舞城王太郎の文体や語り口、描写の仕方などが台湾の人にはとても特殊だからだと思います。でも、私はもっと彼の作品を読みたいと思っています。台湾にないようなものを読みたいんです。

小沼　今、上田さんは古典とおっしゃいましたけど、シェイクスピアとかドストエフスキーじゃなくて、日本語で書かれた古典についてはどうですか。つまりどういう文脈でお聞きしているかというと、古典新訳というものが最近ありますよね。ドストエフスキーなんかの新しい翻訳もありますが、一方で「古事記」とか「源氏物語」とかの新訳もまた出てきています。そういう中で、何百年も前の日本語が云々というようなことに対しての意識はいかがですか。

上田　古典というレベルで考えると、日本の新訳の「古事記」とか「源氏物語」とかがそうなると思うんですけども、多分僕が読んだのは夏目漱石とかその辺ですかね。訳さないと読めないレベルの昔のものは、あまり読んでなくて、ただ「異郷の友人」を書く際に、「古事記」とかはちょっと読んだりしましたね。必要に迫られてというところで。

陳　台湾の文学青年について言うと、日本の文学は重要な養分です。三島由紀夫や夏目漱石や川端康成は必ず読まないといけなくて、それを読んだら、ようやく日本文学の入り口に入ったという感じです。でも、「枕草子」とか「古事記」などのもっと古い古典となると、一部分は読んだことがあるかもしれませんが、通しては読んでいないと思います。

上田　台湾の多くの若者にとって、そういう古典はスキップしても構わないんです。彼らが読みたいのは、宮部みゆきや、島田荘司や、東野圭吾のような、みんなが読めるポップな作家です。僕の読書歴についてちょっと補足しておくと、そういった古典を読んで、そのベースの上にいきなり、ある意味でサブカルチャー的なライトノベルとか、お笑い文化とか、マンガとかアニメとかが積まれていて、そこから出力されるものが、多分僕が今書いているものという感じだと思います。

小沼　今、映画とかマンガという話も出てきたんですけど、サブカルチャーというテーマでいうと、本当にいろんなものがありますよね。ポップミュージックであってもいいし、マンガや、映画でもいいんですが、そういうものが自分の小説を書こうということでもいいし、あるいはそのテーマでもいいんですけど、そういうものとどういう関係を持っているのかというお話をお二人にしていただきたいと思います。

上田　先ほどのパネルディスカッションで毛利先生がおっしゃっていた全共闘時代以後のサブカルチャー第一世代として、村上春樹さんとか、坂本龍一さんという名前が出たんですけど、たぶん我々はサブカルチャーとハイカルチャーというのはあまり区別せずに育った世代だと思います。サブカルチャーが多かったかもしれませんが、なんとなく流れてくるものを読んで文化として受け止めていて、大人になってくるにしたがって、これの大元は何だろうと考える中で、僕の場合は古典に行き着いて、それを吸収していったという順序になっています。やはり文化

陳

を作る方向に行きたいなと思ったそもそものきっかけは、どちらかというとサブカルチャー寄りだったかもしれません。

台湾の私たちの世代も子どもの頃からマンガやアニメの影響を受けて育ちました。私自身は三国志のゲームで三国時代の歴史を知りました。ゲームを通じて歴史を学んだので、ずっと最後は劉備が中国を統一するのだと思っていたんです。私は劉備でプレーしていましたから。

多くの台湾の作家がそうなのですが、さきほど紹介した『妖怪台湾』の作者何敬堯さんも著書の中で、子どものころから宮部みゆきや東野圭吾から影響を受けて、ものを描き始めたと書いています。『妖怪台湾』は多くの部分で日本の妖怪小説の影響を受けていると思います。例えば『塗仏の宴』の作者京極夏彦です。多くの作家が京極夏彦を通して妖怪に接し、それからいろいろ読むようになりました。どの妖怪も幽霊もそうして受け入れていったのです。台湾の妖怪の一部は日本を見ることから始まりました。多くの部分はマンガやサブカルチャーを通じて受け入れられましたが、その起源は古典ではなく日本だったのです。そうやって一つの文化が伝わり、川の流れのようにしだいに広まっていきました。でもこの源は単なる源というより一つの結節点で、私たちをさらに別の場所に連れて行ってくれるのです。

台湾で妖怪が流行った原因についてもう一つ考えていることがあります。妖怪にたくさんの台湾の歴史を見ているんじゃないかと思うんです。現在の台湾は大きな問題を抱えています。例えば今回のシンポジウムでも中国の要素が議論されていて、ますますそういう傾向になっていくと思いますが、その中で台湾は消えて見えなくなっている。そうした中で、本来存在しない妖怪を存在させて、私たちの歴史をもともと存在しない妖怪の身の上に書き記す。妖怪が私たちを存在させるという反転した構造があるんじゃないかと思います。

上田 「妖怪ウォッチ」って知ってますか？

陳 「妖怪ウォッチ」のダンスも昔踊れました。

小沼 ちょっと個人的な興味なんですけど、台湾における妖怪というのは、それこそずっと昔からいて、やっぱりそれぞれ類型化というか、名前が付いてどういう妖怪かというふうに分類できるものなんでしょうか？

陳 台湾はいろんな民族、国の統治下に置かれ、そのたびに異なる歴史が生まれてきたという経緯があります。ですから、妖怪は説明できない現象の集合体のようなものになっています。例えば映画にもなった魔神仔（モシナ）はもともと台湾の妖怪です。しかし日本がやってくると、日本の概念を取り入れなければならなくなって、日本の神と結びつきました。妖怪の形を借りて異なる文化を融合させたんです。ですから私たちが今いう魔神仔（モシナ）は以前の魔神仔（モシナ）と異なる妖怪で、同じ名前で言っているだけなのです。妖怪の身の上にも様々な歴史が刻まれているのです。

　昔からの分類のことを聞かれましたが、妖怪は私たちにとってはもともと存在しないものなので、特に分類はありません。最近になって分類が生まれたのです。それは一つの始まりで、まださささやかなものです。長い歴史はあるのですが。

小沼 今の話を聞いて、ある意味では日本の妖怪ってとても不思議だなって思うんですよね。みんな

陳　名前が付いていて、何をするか分かっているわけです。それこそキャラクター化しているんです、昔から。そして江戸時代とか明治とかに妖怪の研究家がいて、綿密にそういうフォークロアを調べるということがあった。それはある意味でとても特異な現象かなと思いました。今、台湾でも妖怪学が起こっていて、妖怪の名前を取り戻して、彼らの歴史を掘り起こそうとしています。そうすることが台湾の主体性と結びつくからだと思います。

千野　少しだけ補足しますと、恐らく中国文化圏では妖怪という概念が歴史的にないんだろうと思います。あるもので言えば、例えば『山海経』という書物に、プリニウスの博物誌のような奇妙な生き物がたくさん描かれています。それが一つでしょう。あるいは「西遊記」に出てくる動物が化けたようなものですが、そういうものはいろいろあるんですけれども、日本で言われるような、私たちが水木しげるとかで思いつく妖怪というのは多分ないんだろうと思います。したがって陳さんがおっしゃっている台湾の妖怪の概念というのは、近代になってから台湾の人が妖怪をイメージする、その時に自分たちの歴史が随分そこに入ってくる、というような経緯をたどっているんだと思います。

小沼　言葉としてどうなんですか、「妖怪」という言葉は。

千野　「妖怪」という言葉はあるんですけれども、それは今言ったように「西遊記」の中に出てくるようなものであって、たぶん私たちが思うような妖怪とちょっと違うものだろうと思います。

小沼　それが日本語からの翻訳とか借用とかそういうことはありませんか？

千野　「妖怪」という言葉そのものは、中国の中に昔からあると思います。

小沼　なるほどね。

陳　そうですね。台湾では、妖怪はそういった装置になっています。あるものは中国の古典から借用したもので、あるものは台湾の伝説の中から出てきたもので、各種各様です。これまできちんと整理されたことはなくて、どれが中国由来のもので、どれが台湾本土で創られたものなのか、そしてどういった変化をたどってきたか近年しだいに分類されてきています。それぞれの妖怪が一つの装置に組み込まれているわけです。

小沼　とても面白いと思います。ではそろそろ時間なので、お二人で何か最後に一言ずつ質問とか何かあればお願いします。

上田　じゃあ、僕から。今回は妖怪に関して結構フォーカスができた話だったんですけど、日本の場合サブカル的なはやり廃り、流行も、妖怪とか、西洋風ファンタジーとか、三国志や中国の古典から引っ張ってきたり、日本の戦国時代を引っ張ってきて、それを萌えキャラ化して女性化したり、もう訳の分からないような状態になっているんですけど、台湾はどうですか、サブカルチャーのはやりの中で、フォーカスされているものは、どんな感じなのかなというのが聞きたいです。

陳　私の知っていることで言えば、例えば今見ている妖怪のスライドは、萌え化されマンガ化された二次創作です。最近見た報道で、「唯妖論」という本、さっき最初のスライドでお見せしたと思うんですけど、その本の作者がインタビューで、妖怪をこのままキャラ化してはいけない。その内面、その真相の物語を新たに語らないといけないと言っているんです。彼はキャラ化し、萌え化することがもたらす問題をよく分かっています。そうした表象は妖怪の持つ意味を見えなくし、各要素の交換を促進するだけだということです。実は多くの作家がそのことを分かっています。台湾の妖怪に関する研究や整理は始まったばかりで、これから変わっていくだろうと、萌だけじゃなくなるだろうと思います。私たちは妖怪を大事にしないといけないと思います。

小沼 ありがとうございます。陳さん、上田さんに何かあれば。

陳 特に質問ということじゃないんですが、このような対談や一連の交流を通して、同じ言葉でも場所が変われば、異なる発展、異なる源流があるということが分かりました。

私たち作家は何か発展できそうなものを見つけると、ちゃんとものにしていこうと考えます。ただ、日本のように産業化されて、どうすれば発展するかとてもクリアに見えていて、その中でいろいろなことが結合されていくとしたら、日本はすでにそういう制度ができていると思うんですが、今後は何をしていくのだろうと思います。

上田 日本では作家や漫画家は結構こき使われていますからね。締め切りというものがあって、連載というシステムがあるんですけど、最終的にはやっぱり今の状態、やり方だと回っていかなくなるのが見えているので、多分ＩＴ関係などとの融合とか、なにがしかの別の分野とのつながりというのが、どんどん増えていくんじゃないかなと、勝手に予測しています。出版だけで閉じるのではなくて、テレビと映像化ありきの原作だったのが、なにがしか別のＩＴ関係のビジネスの創出とか、そういうふうなものが増えていくんじゃないかなというふうには思っています。

小沼　ここまでで第三部のトークセッションは終わりたいと思います。ありがとうございました。（拍手）

パネルディスカッション

（司会：千野拓政）

千野　ありがとうございました。それでは、長時間にわたって皆さんもお疲れだと思いますので、最後のまとめに入りたいと思います。

昨日から長時間にわたってシンポジウムにお付き合いいただきまして、ありがとうございます。

昨日は文化研究の来し方いく末というテーマで、八〇年代以来、世界が大きく変わる中で、私たちはどのように世界を捉えてきたのか、あるいは捉えることができるのか。そのようなことを中国、オーストラリア、日本の皆さんにお集まりいただいて、ご議論いただきました。

今日は中国と韓国のお二人から、八〇年代以来、新しいこの世界を迎えた中で、どのように私たちの心、精神状況が変化してきたのか、内在的にどんな問題を抱えていたのかということをご紹介いただきました。そこでは、私たちが実はどのような問題に直面し、そしてどのようにこれからその世界を捉え、また行動していかなければならないかということが、さまざまな角度から語られたと思います。

最後は、文学とサブカルチャーのはざまでというテーマで、お二人の作家にトークをしていただきました。妖怪が中心の話になりましたが、大変楽しい、面白い話が聞けたかと思います。それを通して、この新しい世界に向けて、創作の現場で文化と接触しておられる方たちが、実はどのような問題を抱えておられるのか、私たちにも実感できたのではないかと思います。

最後に、それぞれの皆さんに、この二日間の発表、議論を経て、どのようなことをお感じになったか、それをお話しいただいて、私たちのこの二日間の活動のまとめとしたいと思います。

王暁明先生から順にお話をいただくという形にしたいと思います。

王

この二日間の会議に対して、まずよく考えられていると思います。その一つは午前中はやらずに午後にやるという形をとったことです。午前中やらないと、ちゃんと休めて、次の日また元気に来れるという考え方がすごくいいと思います。

もう一つは異なる場所、オーストラリア、中国、韓国から、異なることに携わっている人たちが一緒に集まったのはすごくいいと思います。また、研究者と文化の最前線で創作している方が一緒に集まっていて、そういう交流がとてもいいと思います。

先ほどのお二人の作家が妖怪について話されましたが、思いもよらないことがたくさんありました。例えば「魔神仔（モシナ）」という妖怪が日本統治時代に、ある程度日本化していたことなど、これまで思いもよらないことでした。

この例から私が言いたいのは、文化的な問題、もっといえば面白おかしく見える数多くのことは、実は面白くもおかしくもない、文化のカテゴリーをはるかに超えることと深くつながっているということです。

ですから、千野先生が毎年このようなシンポジウムを開きたいとおっしゃっていることに、私はとても期待しています。なぜならこのようないろいろな人を集める、いろいろな違う人、違う体験を持つ人を集めることは非常に難しいことだからです。私も中国大陸から適した作家を呼ぶよう千野先生に依頼されたのですが、これがすごく難しい。作家のスケジュールもあるし、もう一つは政治的に作家が国を出ることができるかどうか、というようなことがあるからです。なので、このような会議が継続して開かれることを期待しています。

千野 ミーガン・モリス先生、いかがでしょうか。

モリス すみません、もう疲れてしまっているんですけど、先ほどのお話、とても面白かったです。私が思い出したのは、アメリカの低予算のアクション映画のことでした。これが私はとても好きで、詳しくて、世界でも有数の専門家じゃないかと思っています。映画館では公開されていないんですが、そういう映画だと必ず悪者は金髪で、クラシック音楽を聞いて、しかもやたらとシェイクスピアを引用するんです。この二つのことをする人物が出てきたら、こいつは悪いやつだぞと分かるようになっている。香港でもそれは同じなんです。何故でしょうかね。それはまだ分からないんですが、いつか明らかにしたいと思っています。いずれにせよ、どこの国の文化でも、古典というものの価値は、常にみんながどう扱うかということを見直さなくてはいけないことだと思うんです。それは健全だし、重要なことです。そうやって、文化は変化し、成長していくのです。

私の友人がサブカルチャーの研究をしているんですけれども、その中で、オーストラリアのトラック運転手の人たち、いわゆる「トラック野郎」みたいなすごく大きなトラックを運転して、四、五日かけて国を横断するような仕事に就いている人たちが、どのぐらい古典文学を読んでいるかということを調査したことがありました。そうするとびっくりすることに、彼らの多くが、ディケンズとか、ドストエフスキーとか一九世紀の大作を読みながら移動していることが分かりました。

また、これは英米文学の特徴なんですけれども、現在、古典とされている文学作品は、実は出版された当時はたいへん大衆的なものだったんです。もちろんその当時は識字率が高くないので、誰もが本を読めたわけではないんですけれども、こういった作品は大衆的なメディアを通して出版をされていました。これはとても重要だと思うんですけれども、千野先生が昨日のセッションで、読書についてのリサーチのお話をなさいましたが、実際人々はどのぐらい本を読んでいるのかというリサーチを行うと、読書離れが進んでいると我々はぼんやり思っているけれども、現実はそうでもないということが分かります。

最後に出版された本の部数の話をしたいと思うんですが、ジョージ・マーティンの「Game of Thrones」というファンタジー小説があります。これが何冊売れたかというと、もう既に六〇〇〇万部出ているそうです。テレビではなくて、本がこれだけ売れているという事実があるわけです。これを私は全く読書をしない従兄弟たちに紹介されました。彼らは全シリーズを読んだというので、私も読まなきゃいけないと思っています。それから「Hunger Games」というシリーズがありますが、これは日本の「バトル・ロワイアル」というだいぶ前の映画にヒントを得たものです。

昨日、多くの方が「cultural studies にはあまり詳しくないので」と謙遜しておられましたが、そんなことはなくて、本日のトピックもすべて cultural studies のいろいろな実践の形だと思います。文化研究の初期の重要な著作に、レイモンド・ウイリアムズの「Culture is Special」という本がありますが、その中で文化とは次の二つのことだ、といっていることが忘れられがちです。一つはカルチャーというのは、ありふれた普通のことで、我々の生活の中にあるということ。もう一つは、文化はとても特別なもので、どの社会にも生まれる独自の創造だということです。今日はスペシャルな、とてもクリエイティブな、個性のある部分のお話を聞かせていただいて、大変興味深かったです。ありがとうございました。

千野 ありがとうございました。李南周先生いかがでしょうか。

李 簡単に、韓国の作家が現実に先ほど述べたような問題にどのように立ち向かっているのかお話ししたいと思います。この問題は、陳先生が提起した問題とも関連しているように思います。

ここ四、五年は文学と政治の関係が、再び文学界における重要なテーマになっています。その問題の議論した時に、ある文芸批評家で詩人でもある人が、自分の内心に抱えているある種の困惑を表明しました。

彼は積極的にデモ活動など政治的な活動に参加しているんですが、それについての文学作品は書かないのです。つまり彼は、現実に切り込むような言葉を見つけられないでいるわけです。詩人として、これはすごく苦しいことです。

さきほどの発表でもお話ししたように、私も社会科学の分野で、このような現場を捉えられるような言葉を持っていません。

でも今の韓国では、これに関連するすごく面白い出来事が起こっています。

二〇一四年に船が沈没して、韓国の多くの若者が水死するという事件が起こりました。韓国の文学界では、毎週一回これに関する活動を行なっています。現在まで三年間続いてきたわけです。これは一つの活動に過ぎませんが、彼らはもう何年も毎週のように続けているんです。彼らは死んだ若い人たちに成り代わって、彼らの親御さんに手紙を書く形で詩を書いています。

多くの詩人たちはある種の義務感、責任感からその詩を書いています。一部の詩人は自分の感情を投入するので、詩の出来はあまりよくないと言っています。彼らは非常に強いプレッシャーの下で詩を書いているのです。一方では、この創作の経験を通して自分の内面に新しい要素を見つけようとしていて、満足している詩人もいます。

千野　ありがとうございます。次は上田岳弘さん、いかがでしょう。

上田　皆さん、お疲れさまでした。僕は二日目から参加させていただいたので、さほど疲れてないかと思います。
僕は日本語しか分かりませんので、もしかしたら日本語も英語も中国語も分かる方は、三回同じことを言っているみたいな会になっているんじゃないかなと予想しているんですけど、ある意味では日本語しか分からなくてよかったなという気もしなくもないです。

また、ちゃぶ台を返すような話ではあるのですが、実は僕自身はサブカルチャーといわゆるハイカルチャーというのをあまり区別していません。サブカルチャーの「サブ」というのは、要はうごめいているという意味だと思うんです。まだ価値があるものなのか何なのか分からない、でもとにかくうごめいているというようなものだと認識しています。

陳　先ほど陳さんとの対談の中で、東野圭吾さんのお話とか、京極夏彦さんのお話が出ましたけれども、海を渡って伝わっていくと、この「サブ」と呼ばれていたものがだんだん固定化されて、カルチャーになっていくという感じを受けました。

作者として、僕も時間を超えるか海を越えて伝わることによって、自分の作品がより多くの人に、これは意味のあるカルチャーだと思っていただけるような形で、創作を進めていきたいなという思いを新たにしました。

今、サブカルチャーはうごめいているという意味の「サブ」だと言いましたけれど、こういったいろんな言語が飛び交って、いろんな国から来ていらっしゃる方が一堂に会している場に参加できて非常に楽しかったですし、光栄に思っています。このような場に呼んでいただいて、千野先生、ありがとうございます。合わせて小沼先生にも、お礼を申し上げます。

千野　ありがとうございます。陳栢青さん、いかがでしょうか。

陳　この二日間隅っこに座って講演台を眺め目を細めて見ながら、ずっとある印象を受けていました。皆さんがアーチ状の大聖堂みたいな場所にいて、後ろのステンドグラスから絶えず光が差していて、前でギリシャの哲人たちが話をしているような気がしたのです。私にとっては、皆さんが集まってこうした討論をしていることが文化そのものでした。文化というのはこういうところで起こって、伝わっていく。今ここで、この瞬間にそれが実践されているんだなと思いました。皆さんが松明、知識の松明を掲げて伝えていくような感じなんです。オリンピックの聖火をイメージしていただければいいんですが。私は一方ではそれに近づきたいと思う一方、近づいたらやけどするんじゃないかという矛盾した思いを抱いていました。真相を見たくもあり、見たくもない、ここで生きていると思うとともに、恐れも感じる、といった具合です。

また、この二日間ともに過ごした先生方は、教室にいるだけではなくて、外に出ていろんなことをやっておられます。千野先生はいろんなところへ行って調査をして、たくさんの資料を集めている。王先生は都市の家庭生活の調査をなさっている。毛利先生は、各国、ヨーロッパ、香港、オーストラリアなど各国の経験を紹介してくださった。賀先生は七回連続で講演をなさっているし、李先生は革命の現場を身を以て体験されている。皆さんがそうしたフィールドに出て、自分の体でそういうものを感じ、資料を集めて研究されている。そうした行動は作家が創作するのと同じことだと思います。そこに私はすごく感動しましたし、そうしたお話を伺えたことに大きな意味を感じています。

学者の皆さんがいろいろなことを見てこられたのに、私たち小説家はのうのうとしていられないという思いがしています。皆さんがこうした方法で研究されるのでしたら、私も小説家なりのやり方で、この世界、この社会、この問題を、現在の現実を自分の目で見て、できることをしていこうという決意を新たにしました。私たちが同じ道を歩いていることを光栄に思います。そして、皆さんが私たちのために松明を掲げてくださっていることに、感謝したいと思います。本当にありがとう。

千野 ありがとうございました。賀照田先生いかがでしょうか。

賀 前の妖怪の話で、妖怪にとりつかれたようで何を話したらよいのか分からないような状態でいます。

この二日間のどのセッションも、私にとって衝撃的なものでしたが、帰ってゆっくり消化しないといけません。

私が人から評価されることがあるとすれば、それはすごくまじめにものを読むということなんですが、聞くことは、読むことで代替できません。私はいつも聞くことを通して特別なものに触れ、発見をします。なので、私をこのような場に呼んで、皆さんの発言を聞けるようにしていただいたことに、すごく感謝しています。

それともう一つ、今回このような形、このようなテーマで皆さんと集まったことは私にとってすごく刺激的で、このような形で世界を把握する、理解することができるんだなという感想を抱きました。帰ってゆっくり消化していきたいなと思っています。

千野 ありがとうございます。小沼純一先生はいかがでしょう。

小沼 私は残念ながら昨日は聞くことができなかったんですけども、本日だけでもすごく刺激がありました。

本日参加した中で考えていたのは、参加者だけではなくて、全ての人が、一人一人が文化なんだなということです。そしてその一人一人が同時に、より大きな文化圏というものの一部であるということです。

それをここで言葉で聞いて、全然知らないこととかいろいろ知ることができたんですけども、すぐそれは自分のものになります。もちろんそれは知識としてなんですけれども。明日には、私はそれを百年も前から知っているかのように、学生に話すんじゃないかと思っています。つまりこのようにして知識というようなものが、いつの間にか自分のものになり、そして伝わっていくんじゃないかなと思うことができたのが、本日の意義だったと思っています。

参加してくださった方々には、ここで改めてお礼を申し上げたいのと、たぶん私が言わなくちゃいけないと思うんですけど、コーディネーターであり、首謀者といいますか、いろいろやっていただいた千野先生にお礼を申し上げたいと思います。

千野　なんか最後にいたたまれないような気持ちになっています。どうも長時間にわたって、今回のシンポジウムに参加してくださって、どうもありがとうございます。

もう一度、忙しい中、中国から、韓国から、オーストラリアから、そして日本からこのシンポジウムに参加してくださった発言者の皆さんに、感謝申し上げます。本当にありがとうございます。実は、この皆さんは世界中で活躍されておられる、それぞれの場所で、あるいは国際的に活躍されておられる皆さんで、なかなかおいでいただくのが大変なんです。

先ほど、何人かの知人に、これだけのメンバーを呼んで、この規模の会だともったいないんじゃないかと言われました。その意味では、私の準備が足りず、皆さまにお知らせするのも遅くなりました。それは全て私の責任です。皆さまにおわびをしたいと思います。

今回のシンポジウムの成果は、今後本にして出版をしたいと考えております。そこでもう一度、今回の成果を皆さんに味わっていただければと思います。期待していただきたいと思います。

それから今回のシンポジウムにあたっては、通訳をしていただいた皆さん、それからこの会を準備していただいた皆さんの力がないととてもできませんでした。ここでもう一度通訳の皆さん、そして会議の準備をしてくださった皆さんにお礼を申し上げたいと思います。どうもありがとうございます。

そして最後に、何よりもこのつたない準備とつたない司会の中で、二日間にわたって会議に参加してくださった聴衆の皆さんに、心からお礼を申し上げたいと思います。

今まで申し上げた皆さんに、もう一度拍手をお願い申し上げます。（拍手）ではこれをもちまして、今回のシンポジウムを終了したいと思います。本当にありがとうございました。そしてお疲れさまでした。

第四部

一九八〇年代サブカルチャー再訪

——アジアを貫く若者文化の起源

シンポジウム

（ライブ収録
総合司会：藤本一勇）

はじめに

千野　それでは、本日のシンポジウムを開催させていただきます。

開催に当たり、今回のシンポジウムについて、私たちの考え方をまず最初に簡単にご紹介しておきたいと思います。私は、早稲田大学文学部の千野と申します。専攻は中国現代文学です。

このシンポジウムは、私立大学戦略的基盤形成事業の一環として行われます。この事業の総テーマは、「近代日本の人文学と東アジア文化圏――東アジアにおける人文学の危機と再生」で、近代の人文学を再検討して、新たな人文学の構築を目指すという壮大なものですが、三つのグループに分かれています。一つは、「近代日本と東アジアに成立した人文学の検証」――明治以来の日本の人文の知がどんなふうに形成されてきたのかというようなことについて考えようというテーマです。二つ目が、「ポストコロニアル時代の人文学、その再構成、二一世紀の転換に向けて」――これは、戦後の人文知について考えようというものです。三つ目は、「早稲田大学と東アジア、人文学の再生に向かって」――早稲田大学が近代以来人文知の形成にどのようにかかわってきたか、についての考察です。

私たちのこのシンポジウムは、その二つ目、「ポストコロニアル時代の人文学、その再構築、二一世紀の転換に向けて」というグループの活動の一環です。思想、文学、文化、歴史の各方面から戦後の人文学を再検討し、新たな人文学の構築を目指すということを目標にして、これから四年間かけて毎年一回ずつシンポジウムを開くことを計画しています。

私たちがこのテーマに関して議論を進めていく過程で、切り込む対象としてサブカルチャーが浮上してきました。もちろん戦前から大衆文化はあるわけですけれども、戦後は、ハイカルチャー、メインカルチャーの対抗文化、カウンターカルチャーとして前面に出てきて、私たちの想像力にメインカルチャーやハイカルチャー以上に影響を与えてきました。そのような視点からサブカルチャーに注目しようというわけです。プレスリーやビートルズ、あるいはジェームズ・ディーンやアラン・ドロン、あるいは「鉄腕アトム」や「巨人の星」、思いつくままに挙げるだけでも、私たちの精神形成に影響があった人物や作品が次から次へ浮かんできます。そうしたポップスや映画、テレビ、マンガ、アニメ、ゲームなど、近年ではそのほかにコスプレや二次創作などの同人活動、オタク文化やカワイイ文化みたいなのも含まれるかもしれませんが、それらに焦点を当てて、それぞれの時代、そして現在の文化が抱える問題に切り込んでみようというのが私たちの目標の一つです。

図1　街角の若者（博報堂アジア生活者研究プロジェクト『アジアマーケティングをここから始めよう』PHP 研究所、2002 より）

サブカルチャーを取り上げていくうえで、わたしたちのアプローチはいくつかの問題意識を含んでいます。それは例えば次のようなものです。一つ画像をごらんいただきましょう。（図1）これは、東京、ソウル、北京、上海、香港、台北、シンガポール、バンコク、クアラルンプール、ホーチミンのアジアの十都市の街角で、若者を写した写真です。どの都市の若者かお分かりになるでしょうか。背景の看板の文字がひらがな、カタカナなのか、漢字なのか（それも簡体字と繁体字に分かれていますが）、あるいはハングルなのか、あるいはタイ文字なのか、マレー語のジャウィ文字なのか、それが見えなければ、どこの若者かお分かりになるでしょうか。おそらく分からないのではないかと思います。これは近年、特に二一世紀以降、アジア諸都市の若者の生活が驚くほど共通点を持ってきているということを示しているだろうと思います。

それだけではありません。それぞれの国や地域で、文化的な、あるいは社会的な、歴史的な背景は異なりますが、彼らの文化的な活動、若者の文化も多くの共通点が見られるようになってきています。彼らが興じるアニメやマンガ、ゲームは、国境を越えて享受されていますし、多くの若者がコスプレや二次創作などの同人活動に参加するようになっています。また、インターネットやＳＮＳの登場で、彼らが依拠するメディアもすっかり様変わりして、越境が一層進んでいます。

そうした共通の現象は、単に空間的に若者文化が広がっているというだけではありません。テキストの読み方や映像の見方、音楽の聞き方などが大きく変化しています。例えば文学でしたら、作品を通して人間や社会、歴史の真実に触れる、魯迅やドストエフスキーを読むときのような読み方だけではなくて、キャラを読んで、その作品をネタにお互い仲間が交流し、楽しむというような読み方も現れてきています。それは、文学と読者の関係が変化していることを意味しているでしょう。そうした変化が起こっているのは、もちろん文学だけではありません。映像や音楽、その他の分野も同様です。ＣＤやＤＶＤの登場、さらにはYouTubeなどの登場で、ポップスの聞き方も映像との接し方も大きく変化しています。それは皆さんご存じのとおりだと思います。

その背後には、若者たちのライフスタイルの変化や価値観、人生観、世界観の変化、特に今までとは違うある種の閉塞感や孤独感の瀰漫というふうなことが横たわっているように思われます。そう考えると、若者文化の国境を越えた共通的な現象は、世界的に起こりつつある、近代文化が始まって以来の大きな文化的転換の端緒なのかもしれません。そのような若者文化の越境や文化的な転換は、その起源を探っていくと、一九八〇年代にあるのではないか。それが私たちの考え方です。

そこで、今回のシンポジウムでは、一九八〇年代から文化創造の最前線で活躍してこられた、あるいは身をもってその時代の文化を体験してこられた皆さんに結集していただきました。ポップスとマンガを中心に、文化の越境と転換が起こりつつあった時代を十分に語り尽くしていただきたいと考えています。そして、それを踏まえて討論することを通じて、今日の文化、そしてこれからの文化の姿を考えるための糸口を見出せればと考えています。大学でシンポジウムをやると堅くなりがちですが、アカデミックな話というより、現場の息吹が伝わる、臨場感あふれる場になればと願っています。ぜひお楽しみいただきたいと思います。

それでは、早速司会のほうにバトンを渡して、講演に入らせていただきます。藤本先生、よろしくお願いいたします。

藤本　千野先生、ありがとうございました。私は、早稲田大学文学学術院の藤本一勇といいます。現代思想及び哲学を専門としている人間でして、総合司会を拝命いたしました。

といっても、私は全然素人で、なおかつ一九八〇年代というのは私自身が中学生から大学生を過ごしたまさに青春ど真ん中の時期で、今日の八〇年代の話はほぼ私の自分史を再確認するような内容となり、とても客観的に距離を取って見るということはできません。そういう意味では、今日はむしろ普段のアカデミシァンの衣装を捨てて、一人の視聴者として、あるいは、そのときどきにいろいろな文化を享受させていただいた一人のファンとして、お話をお聞きしたいと思っています。

八〇年代は大きな転換点じゃないかという問題設定、問題意識の下にわれわれはこういうシンポジウムを開催しているわけですけれども、政治的なことで言っても、一九八〇年代は世界的にサッチャー、レーガン、日本では中曽根が登場し、いわゆるネオリベラリズムという政策が前景化し、それまでの戦後五五年体制が崩れていきます。それと同時に、一九八五年のプラザ合意などで日本の円高が誘導され、グローバリゼーションの中で、日本企業が外国へどんどん出ていかないと資本主義経済が成り立たなくなっていきます。そうすると、日本国内では産業の空洞化が進み、階級格差もどんどん広がっていきます。こうしたグローバル新自由主義の環境のなかから、かえって強い国家によって経済統制をというような、ある意味で新保守主義的なメンタリティーも生まれてきます。新自由主義と新保守主義のパラレルな、あるいは複合的な環境が生まれてきたわけです。そうみると、その後の二〇〇〇年代のわれわれの基本的な構造が、かなりの部分一九八〇年代に構成されていったのではないか、八〇年代は少なくともその始まりだったのではないかというふうに考えられます。

それとともに、従来のような物づくり中心経済ではなかなかうまく回らなくなって、情報産業、イメージ産業といった方向に経済の重点も移っていきます。そういうリアリティーの中で、人々の文化的な志向も、イメージの操作とか、先ほど千野先生がキャラの話をされましたけれども、元の作品のコンテクストからキャラだけを切り出して、ほかのコンテクストに接ぎ木していく、あるいはさまざまなブリコラージュの形で組み合わせていく、そういう記号論的というか、情報論的というか、そのような形で新しい文化だとか情報を作っていこうという動きが生まれてきました。

これがさらにコンピューター化されていくと、音楽を勝手に作ってくれるソフトウエアができたり、小説でも入れたい要素をプログラムで入れていくと、ある程度のストーリーを作ってくれたりするようになります。そのような、八〇年代に起きたさまざまな記号化、あるいはコンテクストからの離脱が（現代思想では脱領土化というふうに格好よく言いますけれども）、コンピューターという大量の情報を操作できるツールの登場によって、今日ますます加速化しているわけです。その源泉というか、原型となるパターンは、一九八〇年代に生まれたのではないでしょうか。

そういう中で、文化もそれぞれの地域とか土地に根差したものから、国境をどんどん越えていきます。国境を越えるということは脱領土化、つまり、キャラなどに典型的なように、それぞれの生み出された場所から切り離されて、ほかへと拡散していくことです。拡散していくことはできるんだけれども、それは反面、ある種の軽薄化ももたらすし、歴史の忘却、あるいは物質性の問題の忘却というような問題もはらんでいるでしょう。そういう両義性がすでに一九八〇年代に生まれてきていて、それがサブカルチャーにも影響を与えている、あるいは、そういう文脈の中からサブカルチャーが何か新しいポテンシャルを作り出す可能性もあるのではないかというふうに考えたりしています。

①一九八〇年代ポップスの世界

1．牧村憲一「八〇年代の七〇年代」

藤本　前振りが長くなってしまいましたが、最初の登壇者をご紹介しましょう。牧村憲一さんです。私が紹介するまでもありませんが、現役最高齢の音楽プロデューサーと言っていいでしょうか、日本のポップス界を支えてこられた第一人者です。有名なところでいうと、「神田川」の大ヒットから始まって、その後数々の名アーティストの制作や宣伝をされてこられました。シュガー・ベイブ、センチメンタル・シティ・ロマンス、竹内まりや、大瀧詠一、大貫妙子、加藤和彦、名前を挙げていけばきりがありません。本当に戦後の日本のポップスの柱を作る活動をずっとされてきて、最近では音楽学校で、次の世代へつないでいく新しい活動もされています。私は、牧村さんが送り出したミュージシャンたちの音楽を聞いて育った人間ですので、今日どんなお話になるのかとても楽しみにしています。それでは、さっそく牧村憲一さんに一九八〇年代のポップスについてお話しいただくことにしましょう。どうぞよろしくお願いいたします。（拍手）

牧村　初めまして。牧村と申します。よろしくお願いいたします。まず八〇年代がいかに七〇年代の継続であったかということをお話しします。あとで鈴木惣一朗さんを呼びます。鈴木惣一朗さんには八〇年代にあったものが九〇年代にどういうふうに移行していったかを話していただきます。よろしくお願いいたします。

僕らの世代が自作自演型の音楽を始めたのは一九六八年、まだ僕が早稲田大学にいたころです。そのころは日本のフォークソング、東京ではかなり早い時期からカレッジポップスと呼ばれましたが、きっかけとなったのは、キングストン・トリオとかピーター・ポール＆マリーなどアメリカのモダンフォークグループからの影響です。トラディショナルなフォークの伝統を守りつつ、ハイセンスな部分も加えたグループが日本でもヒット、ブームを起こします。特に二〇代前後の若者が多くいたキャンパスを中心に、かなりのスピードで広がっていきました。早稲田大学にもアメリカ民謡研究会というようなフォークソングを取り上げていたサークルがありました。

東京のカレッジポップス・シーンで人気を得たのが、森山良子さん、黒澤明監督の息子さんがやっていたブロードサイド・フォーです。森山直太朗さんがカバーしている「若者たち」という曲をヒットさせたのがブロードサイド・フォーです。それから、マイク真木さんがいたモダンフォークカルテット、ＭＦＱ。こうしたグループが、後で出てくると思いますが、芸能界トライアングル、つまり大手プロダクション、メジャーレコード会社、ＴＶに支えられていたプロの歌手と拮抗するくらいキャンパスでは人気がありました。

東京のカレッジポップスに対抗していたのが関西フォークでした。関西フォークに繋がりを持ち、独自の方法でコンサートを運営したのが音楽舎で、すぐにＵＲＣという、インディーズの先駆けとなるレコード会社を立ち上げました。ＵＲＣとはアンダーグラウンド・レコード・

クラブを意味します。なぜアンダーグラウンドかというと、オーバーグラウンドに出られない音楽を扱ったからです。当初は会員限定で配布を始めたURCですが、徐々にレコードショップに進出していきます。今日の八〇年代カルチャーの議論の中でも、そういう話がたくさん出てくると思います。

六〇年代に起こった日本のフォークソングは、七〇年代にはニューミュージックに集約されていきます。今からみれば非常に軽々しいネーミングなんですが。ニューミュージックのスターは吉田拓郎、そして荒井由実、現在の松任谷由実さんです。こういう方たちが七〇年代に頭角を現してきます。ただ、当初は一般の人が知っている存在かというと知らない、まだまだでした。当然レコードは売れてない、そういう状況でした。

昨今芸能ニュースはSMAPの解散の話になっていますが、成り行きはいわゆる芸能界を形成するトライアングルの中に封じられています。

トライアングルとは何かというと、大手芸能プロダクション、メジャーレコード会社、もう一つはテレビです。この三つをそろえることによって、芸能というビジネスが成り立ってきたんです。

それに対して、六〇年代のカレッジポップスや、アングラフォークと呼ばれたものは、この枠から外れたものだったんです。テレビ局に呼んでもらえないし、ある程度力を付けてきても、フルコーラスは歌わせてくれない、ワンコーラスぐらいでは出たくないというようなこともあり、結局テレビとはあまり仲がよくありませんでした。その上、レコード会社も最初のうちは訳が分からないものと毛嫌いしていました。それが七〇年代初頭に、吉田拓郎が五〇万枚セールスを打ち立てて、売れるということが分かってくる。するとトライアングル側からささやきが出てくるのです。今度は井上陽水のアルバムが一〇〇万枚に達します。こうなると、トライアングルはそっぽを向いているわけにいかなくなります。

歌謡曲の世界とフォークあるいはニューミュージック界が両方とも成立するようになります。その話をじっくりしていると八〇年代に行けないので、七〇年代の後半に飛びます。両方が成り立つようになると、芸能プロダクションが力を持つ時期とアンチ芸能プロダクションサイドが力を持つ時期が、何年かおきに交代します。七〇年代に生まれた音楽というのは、アンダーグラウンドの宿命を持っていましたから、一気にメジャーというところには来られない、それが七〇年代の一〇年間ほど続きました。先ほど紹介にあった竹内まりやというシンガーがレコードデビューしたのは七八年の一一月二五日です。七〇年代の後半は、六〇年代の後半から僕が関わってきた音楽、支持してきた音楽が失速しはじめていたんです。人気も下降気味で、音楽家、スタッフたちが不遇な状態になっていました。大瀧詠一、細野晴臣、山下達郎は、まだオーバーグラウンドにいなかったし、レコードセールスでも、うまくいって数万枚、時には一万枚、二万枚台で止まっていました。井上陽水が一〇〇万枚売った後に一万枚、二万枚というのは、ビジネスとしても非常につらい時期だったと思うんです。アングラを標榜したフォーク・クルセダーズというグループが一九六〇年代の後半にリリースした「帰って来たヨッパライ」は一〇〇万枚を超えているんですが、そのリーダー格で曲を書いていた加藤和彦のレコードも、一九七〇年代にはもう二万そこそこまで落ち込んでいました。

強者の芸能界、アイドルに拮抗できる、われわれの側に立つ人気シンガーが欲しいと真剣に考えました。低迷する音楽家の再生の糸口として、優れた楽曲を提供するということで、突破口を見つけようとしたんです。新人の竹内まりやで突破口が開くなんて、夢物語みたいなものですが。今は賞はそれほど大騒ぎにならないんですが、七八年一一月のデビュー当時は日本レコード大賞、日本歌謡大賞など、民放の名を冠した賞が多くありました。

直面したのが、対抗軸として出発したのに、目立つことでテレビに取り込まれていくということでした。僕はプロデューサーとして、現場の責任者として賞レースには出ないと発言したんです。するとテレビ局の制作のトップにいらっしゃる方に呼びだされて、話の途中で部屋に鍵をかけられたんです。あなたが首を縦に振らない限りあなたはこの部屋から出られないし、あなたにかかわった人、かかわっている音楽家はテレビに出ることができなくなります、というんですね。それでも僕が首を振らなかったら、今度は大きなプロダクションの社長さんからお呼び出しがかかって、そこでも強く説得されました。

芸能トライアングルの対抗軸から上ってきたものが力を持つと、トライアングルは最初は排除し、次は取り入れようとするのです。いろいろな形で。これが僕の知った芸能界の構造なんです。そんなことを抱えてしまったのが、七〇年代末期です。

竹内まりやのデビューと同じ時期にイエロー・マジック・オーケストラ（YMO）がブレークします。続いて長い間不遇だった大瀧詠一も、アルバム「ロングバケーション」でミリオンセールを記録します。その前には「ライド・オン・タイム」、マクセル・カセットテープのタイアップ曲で成功した山下達郎がオーバーグラウンドに出てきます。七〇年代に撒かれた種が、八〇年代の前半に一挙に花開くことになります。

一〇年以上かけてきた成果は、どんなに短くても八〇年代いっぱいはもつだろうと思われるでしょうが、実際はそうはいきませんでした。ＹＭＯの解散（散開と呼びますが）直後、細野晴臣が作ったレーベルに僕は参加しました。このレーベルで細野さんのレコードセールスは、ＹＭＯの売り上げに比べてかなり落ちました。七〇年代から蓄積してきてミリオンセールスまでいったのに、落ち始めるとすごい勢いで落ちてしまったのです。七八年にあった危惧が、八四年、五年に再燃しました。大瀧さんは、その後一枚作ったままレコード制作の前線からは遠のきます。激しく生じる上り下りを否応なく経験するわけです。八〇年代中ごろ、細野晴臣主宰で起こしたレーベルはノン・スタンダードといいます、これから登壇する鈴木惣一朗さんのグループがワールド・スタンダードです。惣ちゃん上がってきてくれる。（拍手）

2. 牧村憲一＋鈴木惣一朗「九〇年代の八〇年代」

鈴木　どちらで。

牧村　じゃあ、ここで。マイクはお互いに向けて使いましょう。

鈴木　一つのマイクでやるんですね（笑）。

牧村　顔を寄せ合ってね。

鈴木　昨日も牧村さんと代官山で四時間半ですか、色々と音楽の話をしましたね。

牧村　はい、そうでした。

鈴木　今日の打ち合わせと称して（笑）。

牧村　八〇年代の話にいきましょう。七〇年代の後半に起こった出来事、七〇年代初頭を起点にしていた音楽家たちに、ＹＭＯのミリオンセールス、大瀧詠一さんの『ロンバケ』のミリオンセールス、山下達郎君のシングルヒットと一時に春が訪れました。ＹＭＯが散開した後、坂本龍一さんはＭＩＤＩレコードへ、細野晴臣さんはノン・スタンダードレーベルの設立、少し遅れて高橋幸宏さんは鈴木慶一さんを誘って「Ｔ・Ｅ・Ｎ・Ｔレーベル」、ということになったんですね。

鈴木　メーカーはポニー・キャニオン（PONY CANYON）でした。

牧村　鈴木君、ワールドスタンダードが細野さんのノン・スタンダードに参加することになった経緯を話してくれる？

鈴木　公には、ほぼ初めてお話しします。前後しますが、ワールドスタンダードはまず坂本龍一さんに気に入って頂いてＭＩＤＩレコードから声が掛かり、当時の事務所とも相談して「ワールドスタンダードはＭＩＤＩレコードに行こう！」となります。それで、牧村さんも（間接的に）かかわられていましたけれど、坂本さんに『音楽図鑑』という素晴らしいアルバムがあったんです。発表は八四年ですか、八三年ですか。

牧村　八三年ですね。後に『音楽図鑑』のリイッシューに関わりますが、細野さんのノン・スタンダードからの新譜と同時期のリリースで、いわばライバル関係でした。

鈴木　ノン・スタンダード発足の、少しだけ前になります。『音楽図鑑』は七〇年代のフュージョンミュージック、ファンク、果ては現代音楽まで、雑多な音楽がテクノという方法論でひとつに結集していて、ワールドスタンダードはアルバムの完成度にびっくりしていました。個人的には、細野さんの音楽は小さいときから大好きでしたが、その時点では声がかからなかった。なので、MIDIレコードに決めるんですが、決めたら、細野さんから声がかかる。それで、今はありませんが六本木にWAVEという大きなレコード屋さんがあって、その上階のスタジオ(セディック)で細野さんと面談するんです。

牧村　そうでしたね。セディックは映像、音楽を扱っていて、WAVEではレコードだけでなく、写真集、本も売っていました。

鈴木　面白い本も沢山あって、下がカフェでしたっけ?

牧村　はい。レインツリー雨の木ですね。

鈴木　よく、ノン・スタンダードの打ち合わせをしました。それで、細野さんはノン・スタンダードの第一弾アルバムの制作中というか。

牧村　『メイキング・オブ・ノン・スタンダード』。

鈴木　そうです。ミニ・アルバム『メイキング・オブ・ノン・スタンダード』と『SFX』を制作しているときでした。会った途端、細野さんに「MIDIレコードに決まったんだね?」と聞かれ、僕は我に帰り「細野さんのところに行きます！」と言ってしまう。そのため後日、ＭＩＤＩレコードのプロデューサー・大蔵博さんの元へ謝りに行きます。「ノン・スタンダードで、細野さんのところでやりたい」と。「ノン・スタンダードが終わったら必ずドアを叩きますから」と約束しました。当時、細野さんと坂本さんは対抗していたというか、ライバル関係でした。でも僕の中では二大イコン、大事な存在だったんです。ノン・スタンダードは二年契約だったんですが、実際に二年が終わってレーベルが終わり僕は単身、ＭＩＤＩレコードに行きます。このことはあまり知られてないことですが……。

牧村　そうですね。

鈴木　ＭＩＤＩレコード内の「やのミュージック」（担当は井筒さん）に籍を置いたんですが、結局、一枚のアルバムも作らないでクラウン・レコードに移ります。紆余曲折のそんな数奇な運命なんですけれども……細野さんは僕の精神的支柱で……でも、基本的に音楽は教えてくれないんです。「鈴木君は、自分で見つけてやってきたんだから、それでいいんだから、やりたいようにやればいいんだよ」という放任主義。でも、僕はプロとして歩んでいくための権利関係や制作のことを教えてほしかったので、牧村さんにいろいろなことを聞いていくわけです。お世話になりました。

　それで戻りますが……ノン・スタンダードのデビューが決まったんですが、思い出深い話があります。一九八五年の夏に、国際青年年記念イヴェント「ALL TOGETHER……」あれ？何でしたっけ。

牧村　ALL TOGETHER NOW!

鈴木　そう、その……NOWという（笑）。先ほど、牧村さんが言っていた、はっぴいえんどに端を発した日本のフォーク&ロック・ムーヴメントのお祭りがありました。国立競技場に五万人を集めた大規模なフェスで、当時、細野さんは「ニュー・ミュージックのお葬式」と言っていましたけど、はっぴいえんどが一日だけ再結成されて、僕はノン・スタンダードのメンバーと一緒にはっぴいえんどのバック・コーラスをやりました。曲は「さよならアメリカ、さよならニッポン」です。

そこが自分のキャリアのスタート地点だと思っています。日本のニュー・ミュージックが終わって、僕はスタートしたんです。

牧村　少し補足します。ニッポン放送に亀渕昭信さん（カメさんと呼んでいました）という、制作と編成の責任者、わかりやすく言えば放送プロデューサーがおいでになりました。カメさんは、はっぴいえんど、サディスティック・ミカ・バンドをいち早く支持した方です。一九八五年の六月、国立競技場にポップス系の音楽家が一堂に会するお祭りを担当することになり、夢を実現しようと思われたんですね。一九七三年一一月以来一度も一緒にステージに立ったことがないはっぴいえんどを、もう一つミカ・バンドのミカの代わりにユーミンを入れて、サディスティック・ユーミン・バンド、サポートに坂本龍一のオールスターバンドを口説いたのです。同時に新しい音楽家の代表として、サザンオールスターズや佐野元春を若手代表として呼び込んだんですね。佐野元春のステージのバックコーラスの中に渡辺美里がいるという時代のことです。

鈴木　ほんとに？　初めて知りました。
牧村　七〇年代からやってきた音楽家にとっては、まさにニューミュージックのお葬式、これが最後のお祭りだという気持ちでした。
鈴木　九〇年代のＪポップに変化していく、まさに狭間だったと思います。
牧村　そう。そこで入れ替わることによって、七〇年代が消えていくんですね。
鈴木　そうですね。
牧村　桑田佳祐、佐野元春たちが、七〇年代の遺志を引き継いでいるとするなら、今度は彼らを祖にする人たちが起こしていったものが、今のＪポップにつながっているという、象徴的な日だったんです。
鈴木　強烈に覚えている思い出話しをします。国立競技場でコンサートがあった後に、日本青年館の宴会場で打ち上げがあったんです。それはもう盛大な打ち上げで、吉田拓郎さんからユーミンさんから皆さんいらっしゃる中で、はっぴいえんどが輪の中心でした。みなさん、伝説のはっぴいえんどと話をしたかったわけです。僕はその端っこのテーブルで、ノン・スタンダードのみんなと一緒にいました。宴もたけなわ。しばらくして、そのテーブルに大瀧さんがやって来ます。大瀧さんは「途中でドロンするから……」と言って僕の横に立ちました。「皆さん、大瀧さんと話したくて来ているんだから、戻られたらどうですか？」と言ったんですが、「いや、僕は関係ないから」と黙っていました。三〇分ぐらいいましたかね、その後、本当に「もう僕は消えるから、みんなによろしく」と立ち去ってしまった。僕は、ぼーっと後ろ姿を眺めていたんですが、衝動的に大瀧さんを追いかけました。「このままいなくなっちゃう」と思ったんです。生意気にも引き戻そうと思ったんです。だけど、そんなことは出来なかった。大瀧さんはエレベーターで消えていきました。アメリカにフィル・スペクターというプロデューサーがいますが、その瞬間、フィル・スペクターのように音楽の世界からいなくなってしまう、というふうに思いました。細野さんは（今日まで）いっぱいアルバムを作るんですけれども、その後、大瀧さんは隠遁生活に入ります。一枚もオリジナル・アルバムを作られずに、六五歳という若さでこの世を去られたんです。

　ところでノン・スタンダードは駆け足で、二年ちょっとでしたっけ？

牧村　実質二年ですね。

鈴木　レーベル終焉後もブルー・トニックとかラウンジ・リザーズなんかも出ましたね。

牧村　レーベル名を使っただけですね。レコード会社が商標権を持っているので。どこのレーベルにもあることで、七〇年代の名門ベルウッドは、今も続いてますけども、本当の意味でのベルウッドは三年ぐらいです。

鈴木　ベルウッドって三年なんですか。意外と短いですね。

牧村　あとのベルウッドは、レーベル名を冠した新人や新譜で、例外はそれまで録りためたもの、例えばホーボーズというシリーズがありますね。

鈴木　一九七四年、池袋シアター・グリーンで行われた『ホーボーズ・コンサート』というライヴ盤、何枚かありましたがよく聞いていました。

牧村　ベルウッドらしい内容なんだけど、アーティストを見るとベルウッドの所属アーティストだけじゃありませんね。レーベルの中心軸になっている音楽家やスタッフがやめた後もレーベルの名前だけは残るから、レーベル論をやっても意味がないところはありますね。

鈴木　ノン・スタンダードがあったその二年間は、僕にとっては学校みたいなもので、会長が細野さんで、校長先生は牧村さん、伊藤洋一さんが教頭先生かな。

八〇年代のど真ん中、八五、六年ごろに僕が感じていたことは……〈時代が乾いている〉ということでした。テクノ・ポップ・ブームの後、ファンカラティーナ、ニュー・ロマンティック、ジャングル・ビートなど、次々に新しいブームがありましたが、僕は白けていました。体質は七〇年代なので、どうしても音楽に温度や湿度を求めてしまうんです。僕は、牧村さんともそういう話がしたかった。ソフト・ロックではカート・ベッチャー、テリー・メルチャー、ミレニアムなんかも。サジタリアスの話もしましたね。

もちろん、細野さんとも深夜のおしゃれなカフェ・バーで土臭い音楽の話ばかりしました。それで「鈴木君みたいな男がいるよ」ということで、ピチカート・ファイブの小西康陽君を紹介されたんです。当時、代官山にボエムというカフェがあったんですけど、初めて会って小西君とジェームス・テイラーやハリー・ニルソン、ザ・バンド、この間亡くなりましたけどハース・マルティネス、ダン・ヒックスなんかのシンガー・ソング・ライターの話をしていると、細野さんもやって来て「僕と大瀧が七〇年代にやっていることを、小西君と鈴木君は話しているんだね」と言って喜んでくれました。つまり、駆け足ですけど、八〇年代に考えていたことは七〇年代のことだったんです、今、思うと……。一九八〇年代からＹＭＯ散開後、ニュー・ウェーブが元気だったのは八三年ぐらいまでの短い間だった気がします。

牧村　すごく短い時間でしたね。

鈴木　その後は雲行きが怪しくなっていき、そんな中でノン・スタンダード・レーベルは始まっていくんです。

牧村　ノン・スタンダードはニューウェーブを拒否はしてないけれども、ニューウェーブ色はそれほどありません。

鈴木　そうですね、全員ニュー・ウェーブやテクノをやってるんですけど、素養は七〇年代でした。それで、共通イコンとしてよく話をしていたのがヴァン・ダイク・パークスのことでした。乾いた八〇年代に「ヴァン・ダイク・パークスいいよね！」と話すことで、レーベルにぬくもりというか〈ひとつの和〉みたいなものができて、SHI-SHONENという……。

牧村　戸田誠司君たちですね。

鈴木　彼らがノン・スタンダードで『シンギング・サーキット』という傑作アルバムを出します。『シンギング・サーキット』というアルバム・タイトルは、ある意味でヴァン・ダイクの『ソング・サイクル』のもじりだったと思います。『ソング・サイクル』は六〇年代に作られたすごくすごく重要なアルバムで、ビーチ・ボーイズの『ペット・サウンズ』同様に、九〇年代に再評価の対象になっていきます。初めて聞いたときは「これがヴァン・ダイク・パークスなのか、負けた！」と震えました。当時、アルバム・セールスはふるわなかったとしても、そんな古いアルバムを心底「素晴らしい」と感じられたノン・スタンダードという学校に、僕は（礎となる）いろいろなことを学んだのだと思います。

そんな経験を経て、その後、九〇年代の渋谷系カルチャーの中に飛び込んでいくということになります。

牧村 少し飛び飛びになるけれども、鈴木君の中では、八〇年代ノン・スタンダードで中途半端に終わったことを、その後九〇年代にどういうふうに持ち越していったの？

鈴木 九〇年代はネオアコ・ブームを筆頭に、クラブ・シーンでもハウスとかヒップ・ホップが始まって、トータルで渋谷系になっていくわけです。当時、牧村さんはトラットリア・レーベルを作られて成功されます。僕はリスナーとしては好きでよく聞いていましたが静観してました。でも、ワールド・ミュージックのカルチャーには九〇年代初頭から――一九八八年ぐらいからあるんですけれども――積極的に向かっていきました。それで、細野さんと一緒に『東京ムラムラ』（@東京パーン）というフェスのスタッフになって、二年間、ワールド・ミュージック系のアーティストを日本に呼ぶことになります。そこにオーガナイザーとして一緒に参加した音楽家が……。

牧村 日本では清水靖晃さん。

鈴木 清水さんと細野さんがヘッド・プロデューサーで、僕がアシスタントというフォーメーションでした。それで細野さんの代わりにフランスのボルドーで行われたフェス（「M.E.R.A」）を見て、色々な音楽家をピックアップ＆交渉するんです。シェブ・ハレドなんかのアラブ音楽（当時はライミュージックと呼ばれていました）も目の前で見て、強いカルチャー・ショックを受けました。そのため帰国後は、自分自身を欧米ポップスの世界から離脱させます。もはやそれ以外、聞けなくなってしまったんです。そこから派生して、タイ王国をベースにした〈僕なりのアジアン・ポップス〉を作ろうと思いつきます。

牧村　それで、ノン・スタンダードのときはワールド・スタンダードと名乗っていたグループを、アジアン・ポップスをやるときにネーミングを変えたわけですね。

鈴木　エブリシング・プレイ、ルアム・プレイン・オーケストラなどとネーミングしました。クラウンに移ったときは牧村さんはノン・スタンダードが終わってトラットリア・レーベルを始める準備段階ですよね？

牧村　いや、呆けていたときです。

鈴木　牧村さんは僕がスタジオで作業しているとやってきて「鈴木君どういう感じ、後はよろしく」みたいな感じでした。正直、ちょっと元気なかったですね。ノン・スタンダードが終わった時点で、牧村さんとしてはどういう心境だったんですか。

牧村　細野さんとやるということは、僕にとって音楽の仕事の仕上げ、最後のつもりだったんです。六文銭というグループから始まり、キングにベルウッドレコードができて、高田渡さん、はっぴいえんど、はちみつぱいが出てくる、初めてはっぴいえんどと出会ったのがそこでした。細野さんの音楽に非常に惹かれていたところがあったので、ノン・スタンダードに参加したときに、細野さんやはっぴいえんどとの出会いで気づいたものが、細野さんで閉じるんだと思えま

鈴木　した。ドント・トラスト・オーバー三〇が当たり前のように言われていたので、四〇になったらおしまいよ、みたいなところがありました。細野さんに呼ばれたのが三八歳、三八、三九、四〇でこれでおしまいだなと思っていたら、それでやっぱりおしまい、心身ともだめになりました。個人史はどうでもいいので、先に行きましょう。
それで、九〇年代になって僕は渋谷系ではなかったんですけれども、その音楽が好きでした。九〇年代に作られていた音楽は良かった。七〇年代、八〇年代に紡がれたものが結実したと思っていました。

牧村　もう少し具体的に聞かせてください？

鈴木　いわゆる、洋楽カルチャーをふんだんに取り入れた音楽がいっぱいでした。

牧村　そうなんですね。

鈴木　その中には五〇年代のラウンジ・ミュージックも入るんですけれども、内外問わず、あらゆるカルチャーを取り入れた音楽家たち、海外でも（例えば）ベックやビヨークが出てきます。日本の渋谷系というものものも、結局「洋楽をどれだけたくさん聞いたか？」ということだったんだと思います。

牧村　そうですね。リスナーの発想から始まったブームだったから。

鈴木　そう思います。これは個人的な見方なんですけれども……今のＪポップっていうのは、洋楽を聞かない音楽家が作っているものなんじゃないかと思うんです。

牧村　元祖は松山千春ですよ。

鈴木　それ言っていいんですか？

牧村　別に構わないんじゃないですか。松山千春はどうして音楽を始めたんですかって問いに、岡林信康さんに刺激されてと答えているんです。ボブ・ディランではない。そこから違いが始まっているということです。「神田川」の話もちょっとだけすると、サウンド作りというか演奏は三人です。ジャックスというグループにいた木田高介さんが、三つか四つの楽器を、石川鷹彦さんというギターの名手がマンドリンとギターを、最後にイントロを武川さんというはちみつぱい、後のムーンライダーズのメンバーの方がやったんです。四畳半フォークと言われたんですけど、意外と洋楽なんですよ。

鈴木　そうですね。

牧村　その洋楽の血を持っていたものが、ちい様（松山千春）によってJポップになっちゃったんです。

鈴木　ちい様もいいんですか、言って？

牧村　（笑）正確に言えば、松山千春以降のフォーク、ニューミュージックの拡散ということですね。今のJポップの動きは近距離のものしか知らない。六〇年代後半に起こったものが七〇年代で豊かになって、その結実が八〇年代の前半に出た、しかし八〇年代の中ごろで崩壊してしまったんです。八五年に大瀧さん言うところの、ニューミュージックのお葬式だよっていうのは当たっています。その転換が起こったのは、僕の認識では、高野寛君が高橋幸宏さんと一緒にT・E・N・TからEMIに行って、ソロシンガーになったときです。七〇年代に僕らの蓄積したことが再開するのです。

鈴木　ちょっと進めますと、これは牧村さんから教わったことですけれども、ポップスの分母分子論っていうのがありますね。

牧村　大瀧さんが言ったことですけどね。

鈴木　確かに出典は大瀧さんなんですけれども……つまり〈分母に洋楽があってこそ日本のポップスは成り立っている〉ということです。戦後、GHQのコントロールがあったとしても服部良一さん、三木鶏郎さんの時代から、歴史的にハイカラな音楽をベースに日本のポップスを作ろうという試みだったと思うんです。今はどうなっているかというと。今度は、K-POPなどのアジアのポップスは日本が分母になってきています。日本の音楽を基に、渋谷系カルチャーであったり、細野さんたちがやられたティン・パン・アレー、YMOの基礎の上に台湾とか韓国のテイストが分子として入っているようなバランスです。

　それで、僕はずっとプロデュースしている女性アーティストのアシストで、昨年、台湾へ演奏旅行しましたが、感激したんです。台湾の音楽ファンは、まさに渋谷系でした。それは「時代に遅れている」とかではなくて、日本の（言わば）すれてしまった音楽ファンと比べて、キラキラした目と耳で音楽を聞いていたということです。実際に彼らと会って話もしましたが、音楽が好きで好きでたまらない様子でした。

牧村　台湾の話で思い出しました。日本が世界市場の中で特にアジア市場を意識したのは一九七八年です。テツ・ヤマウチという名前でフェイセズに入っていた山内テツさんが帰国して、周りの方にこれからアジアに注目したほうがいいよと言ったそうです。ロンドンから見ていたのでしょうか、アジア市場は重要だという提案をするんです。

それで、一九七八年に当時のワーナーパイオニアというレコード会社と老舗の小澤音楽事務所、その系列のJ&Kは、浅川マキとかりりぃとか桑名正博がいたところですけど、それらが一緒になってやったのが日本初めてのニューミュージック・フロム・コリア・コンサートです。

鈴木　そういうのがあったんですか。

牧村　郵便貯金ホールでやったんです。そのコンサート全体のバックミュージシャンは、テツ・ヤマウチがベース、小室哲哉がキーボード、北島健二がギター。その後の展開を予測させるようなメンバーがステージに乗っていたんです。シンガーは日本から谷村新司、韓国からソン・チャンシク、キム・テコンで、日韓だけでやったんですね。それが一九八〇年になると、アジア市場があるぞということで、直接的には谷村新司の「昴」をアジアにプロモーションするために、香港や台湾に行くんです。これがきっかけとなって、八二年からチョー・ヨンピル、サミュエル・ホイなど、日本、韓国、台湾、香港が混ざって、アジアミュージックフェスティバルというのが始まるわけです。こうやって八〇年代前後にアジアと繋がるんです。登壇者の皆さんにこうした動きは現地ではどう見られていたのですか、またどういう立ち位置にいたんですか、メジャーなんですか、オーバーグラウンドですかとお聞きしたら、アンダーグラウンドですねと明快な言葉が返ってきたんです。

鈴木　そうですね。

牧村　一九六〇年代後半に起こった、いわゆる芸能トライアングルに無縁だった音楽は、必然的にアンダーグラウンドにならざるを得ませんでした。それが今台湾で渋谷系が、時間的には遅れたけれども認識されている、それは面々とつながっている証しだと思うんです。

鈴木　いま牧村さんが話されたのは、この後、登壇されるチャ・ウジンさんとの「アンダーグラウンド、インディーズのシーンというのはどういうものか？」という話題の中で出てきたことなんですが。韓国では、音楽は今やほとんどダウンロード中心でレコード屋さんは三軒ぐらいしかないそうです。それもマニアックなインディーズやアンダーグラウンドを扱う店しかないそうです。

そういう中で、ベル・アンド・セバスチャンというグループがあるんですけれども、韓国では彼らのことが大きな存在になっているそうです。ベル・アンド・セバスチャンは、グラスゴーのネオアコ・グループで、ある意味、かつての渋谷系の代名詞的な存在と言えます。かなりマニアックな部類の音楽に入ると思います。それが今の韓国のレコード屋さん、CDショップのメイン・カルチャーになっているというのは、なかなかおもしろいことです。

牧村さん、ちょっと脱線しますけど……七〇年代のURC（アングラ・レコード・クラブ）は現在、再評価されましたが、当時は、本当に誰も知らないような、まさにアングラ音楽だったんですよね。

牧村　そうそう。規模として二〇〇〇枚ぐらいですからね。一億人近くの人がいて、五〇〇〇万人の人が意識を持っていても、支持したのはその中の二〇〇〇人ぐらいということです。

鈴木　はっぴいえんどは伝説化されて、非常に成功したグループとして語り継がれていますが、当時は……。

牧村　最初は二〇〇〇枚、かなり売れたという時点でも七〇〇〇枚ほどだったですね。

鈴木　あのはっぴいえんどが、びっくりする程、売れてないんですよね。でも、それが二〇年、三〇年たってメインなものになっていくという、日本のポップス・ストーリー。それは決して当たり前ではなくて奇跡のようなことだったと僕は今、思っています。

牧村　大瀧さんが言っていましたが、エレックから出した「ナイアガラ・ムーン」はよくて三〇〇〇枚から四〇〇〇枚だったそうです。シュガー・ベイブは二〇〇〇枚売れたかどうか。それがミリオンセラー・アーティストになっちゃうわけですからね。

鈴木　まとめますけれども、一九九〇年代というのは最もフィジカルなＣＤやレコードが売れた時代だったと思います。

牧村　ＣＤはなかったけれど。

鈴木　そうですね。

牧村　アナログレコードは売れました。

鈴木　一九九〇年代は、メガストア的なタワー・レコード、ＨＭＶなどが出来て、音楽に対する熱量がとても高まっていった時代でした。いわゆる洋楽の再発ブームというのも、リ・マスタリングというオーディオ・サイドからのアプローチが定直して「昔の音楽を、もう一回いい音で聞き直そうじゃないか」ということだったと思います。それが二〇〇〇年に入っても止まらなくて、二〇〇五年ぐらいまで音楽産業は健全だったと思います。それが、ここ一〇年でしょうか、いろいろな歯車が狂ってしまったと感じます。

牧村　僕は、逆説的に、さっき聞いたことに希望を感じました。かつて僕らが欧米に追いつけと思ったとき、二〇年から三〇年遅れていたんです。ビジネススタイルも、音楽に対する解釈力も。その当時の僕らは、遅れていると思っていた。でも、さっきの台湾の話を逆説的に捉えると、健全に遅れているわけですよ。

鈴木　そうそう、それがよかったんです。

牧村　健全さは、遅れることによって維持できているということなんです。一九九〇年前後に活躍したフリッパーズ・ギターのCDがあります。これは日本で再発した紙ジャケットのものなんですが、韓国ではそれをそのままコピーして、洋盤でよくあるように、ハングルライナーノーツが入っているという形で出たんです。さっき、これはアンダーグラウンドですかって質問したら、最初はアンダーグラウンドだったけれども、今はインディーズですとおっしゃったんです。そのとき、僕はとても健康なにおいを感じたんです。

鈴木　いつの時代でも、インディーズの音楽は最高だと思います。韓国にとってインディペンデントは〈あこがれの言葉〉なんです。

牧村　今日のテーマである八〇年代と関連づけると、この時間差を逆に東南アジアなど日本以外の国がうまく利用してくれて、僕らのやった失敗をしないでほしいという願いを僕は持っています。

鈴木　失敗だったんですかね。

牧村　失敗ですよ。

鈴木　僕たちの失敗ですか。

牧村　ええ。ということで、後の方々に回しましょう。じゃあ、最後に一言。

鈴木　先ほど一九八五年の話をさせていただきましたが、あれから三一年という時間がたっています。僕が、牧村さんと出会ってからも三一年です。その間に、音楽の形態がこれだけ変わるとは思ってもいませんでした。そして、こんな風に今、考えます。つまり、そもそも音楽は〈形のないもの〉だったはずです。古楽ではライヴで奏でたり歌われることが目的で、メディアに記録されるものではなかった（録音芸術の時代は一〇〇年ほど）。なので、その状態に戻ったんだ、それが自然なんだというふうに思ったりしています。

でも、パッケージングされたもの、書籍やレコード盤、CDを愛でたり聞いたりするのはとても豊かなことです。時代はそこには、もう戻らないんじゃないかと思ったりもしますが、個人がそれぞれの価値観で楽しむことはできます。さっきお話ししましたけど、台湾の音楽の売り上げは、日本の市場の四分の一です。マーケットは小さいかもしれないけれども、そこでCDを買って大事に聞いている音楽ファンもいるんです。

そのことを、日本にフィードバックできないものか？　と思います。一枚のアルバムを手にして聞くという行為は、映画館で一編の映画を観ることと同じです。本当に人生のいろいろなものが詰まっているということを、牧村さんが作られたアルバムや細野さんが作ったものから僕は学びました。先日、『録音術』という本を作ったのも、そういう気持ちがあります。

牧村　そうですね。

鈴木　まとめにはなりませんけど。

牧村　鈴木惣一朗さんが『細野晴臣　録音術　ぼくらはこうして音をつくってきた』（DU BOOKS、二〇一五年一二月）を出しました。ぜひお読みください。

鈴木　ありがとうございます。

牧村　音楽を作るということのスピリッツをその本から感じると思うんですね。量産するものではないんですよ。一つ一つ自分の中で確かめながら作るものだと思うんです。だからこそ、人々に通じていくので、量産したものは量産したものにすぎないんですね。そういう意味で言うと、今台湾が渋谷系的な音楽を受け入れているなら、ぜひそこから大事に育て上げてほしいと思います。

鈴木　そうですね。

牧村　ということで、持ち時間を超えたみたいなので、ここまでにしたいと思います。

鈴木　こういうことでよろしかったでしょうか。皆さん、ありがとうございました。

牧村　すいません、中途半端かもしれませんけど、次の方にお渡しします。（拍手）

藤本　牧村さん、鈴木さん、どうもありがとうございました。『細野晴臣　録音術　ぼくらはこうして音をつくってきた』は、最近出たばかりの本なんですけど、今、楽しみにこれを読んでいる最中です。今日までに読み終えることができなかったんですが、現場のさまざまな試みが書かれていて大変興味深いので、皆様ご一読いただければと思います。

いろいろな話が出てきて、私にはまとめられませんが、おもしろいなと思ったのは、私も気がつきませんでしたけど、松山千春には洋楽がないというのは、確かにそうだなと思いました。あそこからJポップがというのも、なるほどというふうに思いました。

さらにそれを受けて鈴木さんが、分母分子論というのがあって、かつては洋楽が分母で日本の音楽が分子だった、ポップスは分子だったけれど、今では分母のところに日本のポップスが来ているという話をされました。私は、日本のサブカルチャーとしては、どちらかというと映像のほうで、マンガとかアニメとかゲームとかに興味を持って、研究もやっているんですけれども、今のお話を聞くと、日本のアニメーションも確かに歴史的にそういう構造になっているなと思いました。

分かりやすいところで言えば、ディズニーに影響を受けた日本のアニメ第一世代が、宮崎駿をはじめとしてさまざまな作品を作って、日本のアニメのレベルを上げます。それが一九八〇年代後半から世界にどんどん広がって、さっきの分母分子論で言えば、日本のアニメが分母に入ってきていて、今はもう日本のアニメのクリエーターたちは、欧米発のアニメーションをほとんど見ていないですし、その影響も受けていません。日本の宮崎駿や富野由悠季が作ったアニメがベースになっていて、その中で作品を作るという形になって、だんだん内輪ネタのパロディー物ばっかりみたいになって、どんどんオタク的な方向にはまっている、という気もしなくはありません。

最近、私は日本のアニメはもう終わったというふうに思っていますけれども、それがむしろ外国で違う形で種がまかれて、最近ではアジア圏が作ってくるアニメのほうが刺激的だし、おもしろくなっています。それが発信地だった日本にもフィードバックしてきて、もうちょっと活性化していってくれればいいな、みたいなことも考えています。

3. チャ・ウジン「二〇世紀のノスタルジアはいかに二一世紀音楽市場の支配力を持ったのか——韓国の若者文化、ソーシャルメディアそしてK-POP」

藤本　次に登壇されるチャ・ウジンさんは韓国の若手の音楽評論家です。一九九九年から映画雑誌や新聞、メンズ雑誌などなどに音楽、映画、ドラマなどの評論を書かれています。ご自身でも出版社で詩集を編集したり、ネット上で雑誌を作ったりして、さまざまな情報発信にかかわっておられます。著書のほうも、韓国で『青春のサウンド』『韓国のインディーズレーベル』『韓国ポピュラー音楽の理解』あるいはアイドル論『H.O.T.から少女時代まで』などを執筆しておられて、特に音楽産業の変化とか世代の変化に興味を持たれて精力的に活動をされている、いま韓国を代表する音楽評論家です。本日は、Kポップの話なども含めて、さまざまな韓国における音楽産業の話、ポピュラー音楽の話をしてくださいます。

通訳はチェ・セギョンさんにお願いします。早稲田大学で日本文学の博士号を取られた後、韓国と日本の間の文化交流、文学研究で交流を支えられています。

チャ

それでは、チャさん、よろしくお願いいたします。

初めまして。チャ・ウジンと申します。私は韓国でポピュラー文化の評論を行っています。アイドルグループやインディーズレーベル関係の多岐にわたるエリアにわたって評論などを書いています。よろしくお願いいたします。（拍手）

本日お話しするのは、音楽の中でも音楽産業と音楽業界のことです。特に一九九〇年代の韓国のポップスに触れながら、新しい局面を迎える世代の変化などについて語りたいと思っています。

いま韓国で最も視聴率が高いバラエティー番組に「無限挑戦」があります。実は一九九〇年代にバラエティー番組でとても視聴率の高かった「土曜日は楽しい」という番組がありましたが、その名前をもじって、「土曜日は歌手だ」、「土曜日はアーティストだ」というふうにパロディー化している番組です。

いま流行っている広告のキャッチコピーに「俺はX世代だ」というのがあります。また、バラエティー番組の広告にも「一九九〇年代の冷凍人間が戻ってきた」というのがあります。いずれも一九九〇年代を念頭においたキャッチコピーです。

同じバラエティー番組の広告に、一九九〇年代に活動していたアイドルが、二〇年たった今、中年の姿になって再登場したものがあります。一九九〇年代に大きな人気を得ていた人たちで、その再登場というだけで、この番組が放送されたときは、大きな反響がありました。

一九九〇年代の広告と二〇一四年のバラエティー番組のポスターを比較することで、二〇年の隔たりがある中で、九〇年代の音楽がどのようにして二〇一四年に改めて再び登場するかが見えてきます。それは、本日のシンポジウムのテーマにつながるところがあると思います。

現在の音楽チャートをみると、韓国と日本の両国の音楽市場の最も大きな差異が分かります。先ほど登壇なさった方々のお話の中でも言及されましたけれども、韓国の音楽業界、音楽市場は、ほとんどアルバムが売れないというのが現状です。その代わりに現れているのが、音源ダウンロードサイトです。韓国の音楽市場は新たな局面を迎えており、地図がかなり大きく変わったということができます。

音源ダウンロードに影響を与えるのは、ネットの検索サイトで、どのようなワードやアーティストが検索されるか、ということです。それによってかなり大きい動きが見られます。アルバムが音楽産業で大きな位置を占めている音楽市場の場合は、一人のアーティストがアルバムをリリースしてチャートに上がると、そこから下りてくるまである程度時間がかかるのですけれども、音源ダウンロードはそれがとても短いのです。一週間後には、おそらく変わっていると思います。

したがって、韓国の音楽市場は流行がとても速い、サイクルが速いということになります。また、チャートの上位に上がっている曲の一部は、実は今現在作られた曲ではなく、二〇年前に作られた曲のカバー曲です。チャートの上位一〇位の中で五〇％ぐらいが二〇年前の曲のカバー曲、いわゆる懐メロなんです。

こうした現象を引き起こしている原因の一つは、最近韓国でとても視聴率の高いドラマ「応答せよ一九八八年」です。このドラマは、二〇一二年からスタートしたシリーズですけれども、「応答せよ一九九四年」、「応答せよ一九九二年」というふうにシリーズごとにタイトルが変わります。

シリーズ1は、「応答せよ一九九七年」でした。次のシリーズ2が「応答せよ一九九四年」で、「応答せよ一九八八年」は最終シリーズでした。このシリーズが始まってから三年間、シリーズ1、2、3は韓国社会の大きな反響を得て、シンドロームというふうにも言われました。

このドラマのシリーズのタイトルには年の数字が冠されています。例えばシリーズ1の「応答せよ一九九七年」はなぜ一九九七年かというと、一九九七年というのは韓国でアイドルが登場した年だからです。韓国のアイドルは日本のアイドルと少し違って、アメリカやイギリスのガールズグループやボーイズグループ、あるいは日本の昭和時代のアイドルなどをベンチマーケティングしたものです。さらに韓国特有のファンダムが影響を与えていて、韓国特有のアイドルとして誕生することになりました。シリーズ1ですが、「応答せよ一九九七年」の主人公は、一九九七年に登場するアイドルのファンダムの人です。それで、一九九七年当時に一〇代を過ごしていた、今は三〇そこそこの人々が共感を覚えて、結構反響があったんです。

このシリーズは年が一九九七、一九九四、一九八八年と、時代順ではなく逆流になっています。シリーズ2の「応答せよ一九九四年」は、一九九四年に大学に入学した二〇歳の大学生が主人公でした。わたしはちょうどこの一九九四年に大学に入学しました。一九九四年という年は韓国社会の中では大きな意味を持っています。皆さんもご存じかと思いますけれども、韓国には悪名高い大学入試がありますが、一九九四年度に大学入試が新しい入試に変わる、そういう節目の年でした。もう一つは、政治的な面ですけれども、それまでの軍部独裁が一応終止符を打って、この年から民主政府が政権を握ることになります。また、文化面では、この年から映画や音楽などの流行り方がそれまでとはちょっと変わりました。それまでは、韓国で大衆文化というと、欧米の影響を受けていましたけれども、一九九四年からは韓国の国内で制作した映画、国内で制作した音楽などが流行ることになります。

シリーズ3は、ちょうど昨日、最終話を迎えました。「応答せよ一九八八年」ですけれども、この一九八八という年は、皆さんご存じのとおりソウルオリンピックが開催された年です。今からほぼ三〇年前の一九八〇年代のノスタルジアを呼び起こして、いま韓国では社会的シンドロームになっています。どれぐらいの反響があるかというと、一九八八年に当時一〇代、二〇代だった主人公たちの世代は、今では三〇代後半、四〇代前半の親世代ですけれども、自分の子どもたちと親子でテレビを視聴しながら、その感想をＳＮＳで発信したり、親子で分析したりする現象が起こっています。

「応答せよ」というドラマシリーズの影響は、ただドラマを視聴している人に二〇年前、一〇年前のノスタルジアを呼び起こすだけではありません。先ほど紹介した「無限挑戦」というバラエティー番組がまさにこの「応答せよ」シリーズから影響を受けています。ノスタルジアを呼び起こせば一つのネタになるというので、それをパロディー化して作ったのが「無限挑戦」というバラエティー番組なんです。

例えば、一九九八年という年が表示されている回では、一九九〇年代に活動していた、今は中年になっている芸能人たちが踊っているシーンがあるんです。実際に一九九八年にヒットした曲がかかって、その音楽に合わせて、その曲のオリジナル振り付けをみんなでまねをしたりするんです。

このバラエティー番組なんですが、ただ二〇年前のアイドルたちが再び登場しただけにとどまらず、実際にこの人たちの二〇年前のヒット曲がカバーされて、もう一度ヒットすることになったり、コンサートをやることになったりもしました。このバラエティー番組に登場した一九九〇年代のアイドル達がみんな勢ぞろいして、スケールの大きなコンサートを開いたんです。

この事例は、ノスタルジアがただの抽象的な概念にとどまらず、マーケティングとしてビジネス的に大きな働きかけができたということが特徴です。文化産業が、ノスタルジアに支えられているとも言えるかと思いますが、一九七〇年代以降の音楽産業は、この先新しい音楽を聞かないという人々の財布からお金を出してもらって、どのようにアルバムを売るかということが問題になります。これは、一九八〇年代に大ヒットした欧米のバンド、エアサプライやらローリングストーンズも同じだと思います。

このノスタルジアマーケティングですが、韓国では二〇〇〇年以降に大きな影響を与えることになりました。韓国の文化産業の中でノスタルジアが最も頻繁に登場するのは映画です。二〇〇〇年以降、韓国では映画にノスタルジアが頻繁に登場しています。ただ、先ほど申し上げた「無限挑戦」というバラエティー番組などは、ビジネス的には映画よりもスケールが大きいと言えます。今の韓国で起きているレトロ、ノスタルジア、古きよき時代を振り返ろうという動きの中で重要なのは、一九九〇年代に青春時代を送っていた人々、今は中年になっている人々が中心だということだと思います。

一九九〇年代の韓国の文化をもう少し詳しく説明しましょう。

一九九〇年代は、政治的にも文化的にも大きな激動期でした。「X世代」というキャッチフレーズがあるんですが、一九九〇年代の若者のことです。実は韓国は一九九〇年代が経済的に最も豊かで、その豊かな経済環境の中で、「X世代」はそれ以前の世代とは違って文化などを楽しむことができたんです。X世代すなわち一九九〇年世代は、豊かな経済の下で、インターネットなどを頻繁に使って、ほかの人とコミュニケーションを取ることができた世代でした。それまでと違って、この世代は自己主張もうまくできる世代で、ファッションにもすごく敏感な世代でした。韓国の若者の中で、一九九〇年代の若者世代、X世代が、もっとも豊かな文化を楽しめて、消費の面でも活発なんです。

一九九〇年代の若者世代、X世代が楽しんでいた文化をまとめると、次のようになります。韓国では海外旅行が統制されていましたけれども、一九九〇年代初半から自由化されます。海外旅行の自由化に恵まれて、この若者世代は初めてヨーロッパやアメリカなど海外に旅行して、その文化に触れることになります。

また、それまで音楽を楽しむときは、家族みんなで大きめのオーディオを囲んでというふうでしたけれども、一九九〇年代にCDプレーヤーが登場して、一人で音楽を楽しむシーンが登場します。

韓国でコンビニエンスストアが登場するのが一九九〇年代です。それまでのスーパーマーケットと違って、明るくて広々とした空間で自由に買い物ができることになりました。

それまで日本文化が韓国に流入することは禁じられていました。それが、段階的ではあるのですが、徐々に解放されることになったのが一九九一年です。それまでは、日本文化は闇で不法に流行していて、楽しむことはできましたけれども、公に堂々と楽しむことができるようになったのはこの年代でした。

二〇〇〇年になるとX世代は三〇代になります。その二〇〇〇年代にどのような変化、どのような社会的なことがあったかというと、インターネットです。超高速インターネット網が韓国でも定着することになります。二〇〇〇年には、デジタルカメラが登場して、写真で人とコミュニケーションを取ることができるようになりました。

韓国のガールズグループに「少女時代」がいますが、韓国の中では第二次アイドルブームの時期に当たります。一九九〇年代の韓国のアイドルと二〇〇〇年代の韓国のアイドルには違いがあります。少女時代もそうですが、二〇〇〇年代のアイドルを支えているのは一九九〇年代のX世代なんです。したがって、三〇代の人々からの支持を受けてうまれたのが、少女時代などの第二次アイドルブームということになります。

二〇一〇年になると、一九九〇年代のX世代は四〇代の中年になります。二〇一〇年に韓国では外車の輸入が自由になります。現在韓国で自動車の売り上げランキング一位は外車です。一九九〇年代にX世代だった人々は、経済的にいうと、ソウルの中が満杯になって、郊外にニューベッドタウンが作られたんですけれども、そのニューベッドタウンの最も強い消費者となっています。私が言いたいのは、一九九〇年代の若者だったX世代が、一九九〇年代の最も大きな消費者だったし、二〇〇〇年代も、二〇一一年以降、現在に至っても最も大きな消費者だということです。X世代の消費力が、先ほど申し上げたノスタルジアを呼び起こすバラエティー番組やドラマが今盛んに行われている最も大きな理由です。

音楽産業でメディアが影響力を持つのは当然のことですけれども、韓国の場合は特にSNSの影響力が大きいと思います。先ほど登壇なさった方々のお話の中にもありましたが、一九六〇年代の日本ではミュージシャン、アーティストがテレビに登場することが当たり前だったと思うんですけれども、今の韓国の情況も同じです。音楽が音楽そのもので大衆に広がるのは当たり前ですが、音楽が音楽として発信されるだけではなくて、SNSの影響力に乗っかって広がるというのが韓国の現象と言えます。

韓国では、もはやアルバムが売れずに、音源ダウンロードサイトなどで音楽を発信しています。そのことに関して韓国の国内ではいろいろな議論があって、二つぐらいに分けることができます。一つは、そういうことをネガティブにばかり考えることはない、という意見です。例えば先ほどの二〇年前のヒット曲が音源ダウンロードに使われて、もう一度みんなの注目を浴びるというポジティブな面もあります。もう一つはネガティブな観点です。ノスタルジアビジネスとして二〇年前にヒットした曲が再びカバーされて、注目を浴びるのは、もはや幽霊になっている二〇年前の曲が今になって現れている、というふうに見ることもできるからです。

わたしの個人的な意見は、後者に近いのですけれども、二〇年前の曲がカバーされたり、音源ダウンロードを通じてダウンロードされたりすることが、いま音楽をやっている人々にどう役に立つのか、私は疑問を抱いています。その理由として挙げられるのが、一九九〇年代のX世代がこの二〇年ずっと主な消費者となっていることです。この人々に韓国の音楽産業やドラマが支えられているわけですが、それが次の世代につながっていかずにX世代にとどまっているというふうに、私は捉えています。いま韓国で起きているジェネレーションギャップを埋められない限り、韓国の音楽産業や文化産業の先は暗いのではないかと私は思っています。

細かいことまで触れてしまって、だいぶ時間が延びてしまいました。付け加えるべき説明は、討論の時間にまたお話しできればと思います。本日の私のお話は以上です。ありがとうございました。（拍手）

藤本 チャ・ウジンさん、どうもありがとうございました。我々がふだんあまり接することのない韓国の八〇年代、九〇年代について、たいへん興味深く伺いました。特に九〇年代世代がXジェネレーションと呼ばれていて、そこがあまりに文化的、経済的な側面を享受し過ぎて、その後の世代にゆがみが出ているというのも、日本で言うと、われわれ八〇年代世代の話なのかな、みたいなことも考えながらお聞きしました。

ノスタルジー産業の話も非常に興味深いものでした。ノスタルジーはただ単に言説で作られるというより、直接視覚や聴覚に訴えるメディアが非常に効果を発揮する領域であるということは、昔からよく指摘されています。それが産業と密接に結びついて、一九八〇年代、九〇年代以降、情報産業が中心になっていく中で、歴史的な民族や国家や社会のノスタルジーがリンクして、一つの大きなムーブメントになっていく。それが韓国でどういうふうに起きたかということも、その他の国、例えば日本と比較してみた場合、たいへん興味深い話ではなかったかと思います。

藤本

4．林ひふみ「一九八〇年代北京：ロックの萌芽と改革開放」

それでは次のお話に入っていきたいと思います。次は林ひふみさんです。林さんは、早稲田大学のご卒業で、朝日新聞社に入られたんですが、その後フリーになられて、台湾、中国、香港などの新聞、雑誌に中国語で記事やコラムを書かれ、著作活動をされています。

現在は、明治大学の理工学部の教授でいらっしゃいますが、日本語よりも中国語の著書がたくさんあって、二〇冊以上でしょうか。中国人の友人に聞いても、非常に奥の深い中国語を書かれるということです。日本語で読めるものとしては、映画関係の『中国、台湾、香港映画の中の日本』という本を二〇一四年に出版されています。これは、明治大学のリバティブックスから出ています。

また、比較的手に取りやすいのは、『中国語はおもしろい』という本です。単に中国語とい

林

う語学の問題だけでなく、中国と日本の関係を考えるうえでの、いろいろな文化や歴史の問題に触れられています。私は、尖閣諸島問題に関して触れられたところで、日本の中にいるとメディアが伝えるのは日本目線、といってもほとんど統治者の都合のよい目線での情報しかないわけですが、それが台湾、中国の側からどういうふうに見えているか、どういう歴史的な経緯があってああいう問題になっているのか、日本人に知らされていない情報が書かれていて、たいへん興味深く拝読しました。

ということで、早速ですが、林さんにお話しいただくことにしたいと思います。タイトルは「一九八〇年代北京：ロックの萌芽と改革開放」。それでは、よろしくお願いします。

ご紹介いただきました林ひふみです。よろしくお願いします。（拍手）

今かなり詳しい紹介をしていただいたので、自己紹介は飛ばしてもいいかなと思うんですけれども、かれこれ三〇年近く香港、台湾、中国の新聞、雑誌に記事を書いて、それをまとめて本にして出すということをしてきました。

今日のタイトルの一九八〇年代ですけれども、私は留学生として北京にいました。そこで、たまたま中国で初めてのロックスターになろうと活動していた人たちと友だちになって、数カ月間毎日彼らと会うというような稀有な体験があったんです。八六年に一回早稲田に帰ってきて、そのときに出した『中国中毒』という古本屋さんに行けばまだあるかもしれない本の中に、北京のロック少年たちのことを書きました。まだそのときは、彼らは今後どうなるでしょうか、ということで終わったのですが、その二〜三年後に彼らはみんなメジャーデビューして、有名な人になっていきました。

それで、最初に彼らに会ってから一〇年後の一九九四年に、私は香港でジャーナリストをしていたのですが、そのときに彼らが香港でもコンサートをし、また、日本にもコンサートに来て帰りに香港を通ったりして、あの一〇年前はどうだったのか、この一〇年間で何があったのかというような話をインタビューする機会を持つことができたんですね。それが今から約二〇年前の一九九四年一二月。当時香港に『九十年代』という雑誌があったんですけど、そこにインタビュー記事が載りました。

今回八〇年代のロックの話をということで、再び最近どうなっているか調査をしたところ、近年中国でも中国ロックはどういうふうに歩んで来たかということをまとめて書いてある文章とか、ウェブ上のものとかもいろいろあるのですが、それを見ると、私が友だちだった六、七人ぐらいの人たちは、今は全員中国ロックの神というふうに呼ばれているんです。神という表現もおそらく日本から最近入っていって、ネット上で使われている表現だと思いますけれど、神になっているということが分かったので、ここでもう一度彼らとの付き合いを振り返って話してみたいというのが今日の話の構造になります。

ご紹介いただきましたように私は早稲田の出身で、一九八一年に政経学部に入学しました。そこで中国語をはじめて習ったのが楊為夫先生、いま早稲田の中国語で大活躍されている楊達先生のお父さんに当たる方が教えてくれました。あっという間に中国語にはまって、翌八二年から中国に行くようになりました。今から三四年前ですが、そのころの北京は今とはまったく違うところだったんです。当時の東京ともまったく違うところでした。

どういうふうに違うかというと、まず、まだジーンズといったようなものはありません。中国の人は全員グリーンの人民服を着て、グリーンの人民帽をかぶって、黒い布靴の、日本でいうカンフーシューズみたいなものを履いていました。ジーンズだけでなく、自家用車というものもなかったんです。今ＰＭ二・五を生み出しているたくさんの車を見ると考えられないことですが、当時中国の人が車というと、それは自転車のことでした。自動車は、役所の車と、タクシーがあるだけという状態でした。

まったく違う北京で忘れられないシーンがあります。今となってはあれが本当だったかどうかも分からないような気がします。車がまったくなくて、街灯もほとんどついてないので、夜になると真っ暗です。天安門の前の目抜き通り、長安街という中国で一番有名な通りですけど、夜暗くなって車もいない、電気もないところで何が行われていたか。いきなりそこでサッカーを始めるんですよ。暗闇の長安街で。

何でそういうことが起きるかというと、当時中国は社会主義の国で計画経済をやっていて、あらゆる経済活動は国が決めているわけです。そうすると、学生が学校を卒業して就職するときも、国から分配されて、個人が職業を選択する自由はないわけです。社会主義の下では失業ということはあり得ない。このサッカーをしている人たちは景気が悪いから職に就いてないんです。だけど、そのときの説明としては、まだ仕事の分配に当たっていない、待っている状態の青年たちということになっていました。そういう「待業青年」と呼ばれる人がいっぱいいて、時間もエネルギーも余っていますから、サッカーをしている。そういうすごく不思議な光景をいまだに忘れることができません。

それが大学二年のときで、二年後の八四年から八六年まで二年間長期留学で行くようになりました。この二年間の変化はとても大きかったですね。最初に行ったときには国営の食堂しかなかったのに、あちらこちらにぽつりぽつりと個人経営の食堂が開いたり、たばこ屋が開いたりして、ジーパンを履いている人も少しいて、まだ静かでしたけど、何となくこの先いいことが起きるのかなというような感じの時代になっていました。

中国がどうしてそういうふうになってきたのかということを振り返って、今日のタイトルにもあるサブカルチャーとの関係でお話ししますと、一九四九年に今の中華人民共和国が毛沢東の指導の下ででき上がってから、彼が七六年に亡くなるまでのうち、最後の一〇年間は文化大革命、中国政府のある時期の説明では一〇年の動乱という、単なる思想運動でも権力闘争でもなく、ほとんど内戦に近いような、あらゆる経済が停滞した鎖国の状態が続きました。

その間、文化に何があったかというと、共産党が公式に認めたオフィシャルな文化、赤い古典、赤いクラシックと呼ばれるような文化があったんです。例えば映画にしても、テレビ番組にしても、歌にしても、京劇にしても、全部共産党の認めた文化だけが正しい文化でした。具体的に言うと、毛沢東の奥さんの江青が文化事業を牛耳っていたわけですが。

サブカルチャーという言葉を考えてみたときに、定義はいろいろあり得るでしょうけれども、サブカルチャーがサブカルチャーであるからには、何かに対するサブカルチャーということとでしかあり得ません。それがメインストリームカルチャーであれ、ハイカルチャーであれ。潜水艦がなぜサブマリンかといえば、海面があるからサブマリンなわけです。

ところが、文革の時代には、カルチャーは赤いクラシック一種類しか許されなかった。赤いクラシックに違反することを聞いたり見たりすると、スパイというふうに疑われたり、反革命の現行犯という罪状で捕まって殺される人もいたりする状態でした。とても異常な、特殊な状態がそこにあったわけです。それが、七六年に毛沢東が亡くなってわずか一カ月後に、毛沢東の奥さんの江青夫人と彼女の周りにいた三人の人を含めて四人組と呼ばれていた人たちが逮捕されちゃいます。つまり、毛沢東の路線は、毛沢東が生きている間は何とかもったけれど、彼が死んでしまったら一カ月で奥さんも逮捕されてしまうような、国民的にも支持を得ていなかったし、権力の中でも支持を得ていなかった状態だったわけです。

だけど、一〇年間にもわたってそんな厳しい状態にいましたから、江青が逮捕され、四人組が打倒されたといっても、中国の人はそう簡単に気を許すわけにはいきません。気を許すわけにはいかないけれど、ある形でお祝いが行われたそうです。それは何かというと、私は楊先生からも習ったし、ネットにも上がっていますけれど、北京で始まって、ずっと南の広州でもあったもので、カニを買ってきて食べるということが行われたというのです。カニはカニでも、オスが三杯にメスが一杯、四人組の構成と同じ男女構成のカニを買ってきて食べるということが行われて、中国人の人は言わなくてもこれは四人組に対する当てつけだということが全員分かったそうです。

何でカニなのかは、はっきりしないのですけど、日本のカニも中国のカニも横に歩くので、日本語でも横暴とかいうときに横という字を使いますけれど、横行霸道というか、やりたい放題のカニを食べてやる、場合によっては床に投げつけてやる、というようなことが行われたそうなんです。そういうのは、一つのサブカルチャー的表現だったのかなというふうに思ったりもします。

その後に出てきたのが鄧小平で、この人は毛沢東時代とそのすぐ後二回ぐらい打倒されては戻ってくるので、あだ名は不倒翁（ブータオウォン）つまり起き上がりこぼしでした。この人が一九七八年以降の改革開放の中国を率いました。『ジャパン・アズ・ナンバーワン』という本を書いたエズラ・ヴォーゲル先生が最近鄧小平の評伝を出されて、それを見ると、鄧小平は本当に共産主義者だったことはないのではないかということをはっきり言っているんですね。そんなことを言うのはさすがアメリカ人というか、なかなかわれわれ日本人にはそこまで大胆なことは言えないんじゃないかと思うんですが、実際は多分そうだったんでしょうね。というのは、「白猫でも黒猫でもネズミを捕る猫はいい猫だ」というのが鄧小平の言葉の中で一番有名な言葉ですが、経済が発展して国が強くなればいいじゃないかというわけです。それが鄧小平のやったことで、今につながってきているわけですけれども、文革の一〇年をやって、同じ共産党で舌の根も乾かぬうちにそういうことを言えるのだから、本当のプラグマティストということだろうなというふうに思います。

でも、彼の政策はとても中国の人たちに支持されて、改革開放というときに、まず経済的な改革、今まで全部国営だったものがだんだんと私営のものになるというようなことが行われました。さきほどお店が出てきたという話をしたと思いますが、それと同時に、今までまったく鎖国状態だったような文化状況を外に開いていく。これが改革開放の開放のほうに当たるんですね。

具体的に何が起きたかというと、おととし高倉健さんが亡くなったときに、中国ですごい人気だったとことが報道されましたが、高倉健、中野良子主演の「君よ憤怒の河を渉れ」という映画が一九七八年に中国で放映されて、爆発的な人気を博しました。日本で七六年に撮られた映画で、新宿の紀伊國屋の前、日曜日の歩行者天国に人がいっぱいいて、みんなが着飾っているシーンから始まります。一〇年間の文革の間はほとんど経済が停滞している状態ですから、中国の人はそのころ、貧しく、自由もなく、楽しいことも少なかったと思います。そういうときに、そのシーンを見ると、何て素敵なんだろうと思ったはずです。何しろ一〇年間の鎖国中は、外国映画で許されていたのは北朝鮮とアルバニアの映画ぐらいでした。中国は日本やアメリカだけじゃなくて、ソ連や東ヨーロッパとも切り離されていたので、何もなかったところに日本の映画が七八年に入っていきました。

健さんの映画は、その後続けて「遙かなる山の呼び声」、「幸福の黄色いハンカチ」と何本も毎年のように上映されていきます。その映画はみんな健さんがやくざな稼業から足を洗った後のいい人の健さんの映画で、しかも北海道を舞台にしたものが大変多かったんです。それで今に至るというか、近年の中国人の北海道旅行ブームというのは、そのときの健さん映画が基礎を作った部分があると思います。

私が行った八四年ごろは、中国で山口百恵の赤いシリーズが大ヒットしていました。百恵、友和だけじゃなく、大島茂という宇津井健が中で演じた役も人気で、どこに行ってもみんなが百恵ちゃんの歌う主題歌を歌っている時代でした。同時にアニメも入ってきています。「鉄腕アトム」に始まって、「一休さん」などもはやっていました。

音楽も同時に入ってきて、八〇年にゴダイゴが天津でコンサートをやり、八一年にアリスが北京でコンサートをやり、そのすぐ後にさだまさしも行ってコンサートをやったという感じで、日本のバンドがかなり大きな規模で八〇年代前半にいきなり中国に入ってきます。当時の中国はやっと改革開放が始まったところで、政府が許さないものは絶対入ってきません。入ってきているのは、鄧小平が黒猫、白猫といって呼んできたものであるわけです。だから、人々は安心してそれを楽しむことができるわけです。

それ以外に、台湾からの映画とか音楽も入ってきていました。不思議なのは、当時はまだ台湾が戒厳令の最中で、蔣経国もまだ生きていて、台湾の人は北京の街にいなかったんです。台湾の人は正式には中国に入ることができませんでしたが、八三年ごろには台湾の映画が北京でも上映され、それに伴って映画の主題曲などの形で音楽も入ってきていました。その中で一番有名だったのがテレサ・テン、中国語では鄧麗君でした。鄧小平の鄧と同じ苗字なんですね。当時、中国は昼間は年を取った鄧小平、老鄧が支配し、夜は若い鄧、小鄧が支配していると言われるぐらい圧倒的な人気を誇っていました。テレサ・テンは中国政府には黄色い歌、黄色歌曲だとされていました。黄色というのは肌色のことで、わいせつという意味です。そう言われて禁じられたこともあったんですが、だんだんと定着していきました。

八四年、八五年ごろ、中国人の娯楽というと、ダンスパーティーだったんです。どんなことをするかというと、ご飯を食べ終わった後に勤め先の食堂とか会議室とかで、真ん中を空けておじいちゃん、おばあちゃん、おじさん、おばさん、赤ちゃんは踊れないけどその上の子ぐらいまでが一緒になって社交ダンスを踊るんです。そのときのダンスミュージックは何かというと、入ってきたばかりの日本や台湾のポップミュージックで、「北国の春」とか、「春を愛する人は」という「四季の歌」とか、山口百恵の歌とか、テレサ・テンとかでした。それをどうするかというと、当時カシオのちっちゃいキーボードがそこら中にあって、誰かがカシオのキーボードを弾くと、みんながそこで踊るという楽しい風景が展開されていたのです。

文革が終わってすぐですから、本当にそれ自体が楽しいことだったと思います。だけど、それはあくまでも中国の政府が許す範囲で人々が楽しんでいたということでした。にもかかわらず、今日の話のテーマになるロック青年になりたいという人たちがいたんですね。最初どうやって知り合ったかというと、八四年の終わりから八五年の初めぐらいに、北京外国語学院の、留学生宿舎に住んでいたんですが、隣の部屋に、京都外大から来ていた松崎さんという方がいて、彼女がある日帰ってきて、バンドやってる人に会って、明日練習見に行こうかと思うんだけど、一緒に行かないっていうふうに誘ってくれたんです。バンドというものはそのときまで中国にはなかったんですが。

じゃあ何があったかというと、軍隊や各地域の政府に歌舞団とか文芸工作隊と呼ばれるものがあって、公務員のような形で芸能活動をしていたわけです。中国共産党は、毛沢東が一九四二年に延安の文芸座談会における講話（文芸講話）で「芸術は革命に奉仕する」と述べたように、政治宣伝のために娯楽というか歌や踊りが大切だということが非常によく分かっていました。だから、歌舞団という、公営の芸能プロダクションみたいなものを持っていて、そこにはオーケストラもあるし、歌手もいるし、ダンサーもいて、自分たちでいろいろなプログラムを組むことができたんです。

そんな、国営の企業や食堂はあるけれども、個人経営の店はないところから始まるわけですから、「独立したバンド？」と思いました。だけど、若者たちはアメリカなどから入ってくるカセットテープを聞いたり映画を見たりして、バンドというものがあるということに気づいたんですね。音楽の形、バンドという演奏の仕方、数人のギターとベースとドラムとボーカルがいて、しかもエレキギターという電気の楽器を使っている。歌っている歌もポップスとは違って、どうも自分たちで書いているらしく、スタイルも髪の毛を伸ばしていたり、ファッションも違っていたりすると、分かったわけです。

それで、彼らは、これになりたいというふうに決めたようなんです。北京は、東京と同じ規模か、見方によってはもっと大きい都市ですけれど、一九八五年にロックスターになろうと思っていた人は合わせて一四人しかいませんでした。何で一四人と分かるのかというと、その時代はエレキギターをお店で売っていないんです。やりたいと思った人は、まず中国製のクラシックギターを楽器屋さんに行って買って、これ僕弾けないんですけど、誰か教えてくれる人いませんかというところから始まって、そうすると、先生で「クラシックギターなら教えられるよ」という人がいるわけです。彼らはとってもまじめなんです。

私は九四年の時点で中国初のヘビーメタルバンドのリーダーになっていた丁武(ディン・ウー)に確認したんですが、彼はその先生から和声も楽理も含めて音楽の構造について学んだと言うんです。「まじめに勉強したんだ」と言ったら、当時はカセットテープが主流のメディアだったんですけれど、「そういうふうにしなければ、カセットテープだって北京には売っていないし、楽譜もない。どこかから借りたテープを何度か聞いて、自分たちで書き記さなきゃ楽譜を作ることができなかった」といっていました。真剣に勉強したんですね。

何でそういうことが可能だったかというと、彼ら一四人のうちの半分は、親がどこかの歌舞団に所属しているオーケストラの奏者だったんです。だから、そもそも音楽の素養があって、子供のころからピアノを習っていたりした人たちが半分いました。私が特に親しくなった丁武(ディン・ウー)は美術学校の出身で、たぶん中学一年のころから専門的に絵を習ってきたので、技術が、そういう基礎がとても大事だと分かっていたんだと言います。彼らはそうやって勉強したんです。

そうしているうちに、改革開放が始まって、各地の歌舞団も今までと同じプログラムだけじゃだめで、ポップスみたいなことをやらなくてはならなくなるわけです。そうすると、そこにビジネスのチャンスを見る人たちも出てきます。アメリカの楽器屋が北京に来て、展示会をやった。展示会をやると、そこにエレキギターもあった。だけど彼らはお金がない。そこでまた、深圳は経済特区だから、北京ではできないこともできるらしいと伝わってきたので、深圳の会社から来ている人をつかまえて、お金を出して楽器を買ってくれないかと、もちかけたそうなんです。自分たちは練習して弾けるようになって、どこかで演奏して会社に儲けさせるからといって、話をまとめたというのです。

それで、北京の首都劇場の上で練習していました。首都劇場は北京の銀座通りと言われる王府井をずっと北に行くと、銀座通りでいうと一丁目を過ぎて京橋のホテル西洋銀座があったあたりにあった劇場です。中国人民劇場という新劇の劇団が公演しているところですが、その上で、彼らは毎日練習していました。何を練習しているかというと、いろいろな背景の人が集まってきてバンドを形成していたので、日本語のアリスを歌っている人もいた。その年はワムというバンドの「ケアレスウィスパー」がやたらはやっていて、それを歌っている人もいた。ビートルズの「ヘイジュード」をやっている人もいた。でも、そうじゃなくて、もっとロックみたいなものがやりたいんだけど、テープか何かないですか、と言っている人もいた。そういう感じでした。

日本に帰って、また戻るたびに、「ファズジー、ファズジー」と言うんです。何って聞くと、エフェクターというエレキギターにつなげて使うもので、秋葉原に行って買ってきてくれと言うので、買って渡したりしました。当時ちょうどカセットのウォークマンが出たところで、ウォークマンを買って渡したりもしました。でも、なかなか彼らは演奏する機会が与えられなくて、一体いつになれば演奏できるんだろうというところで、私は北京を離れてしまったんです。

一四人いたうちの七人と付き合いがあったんですが、八六年に、北京の工人体育館で開かれた一〇〇人の歌手が集まるコンサートの場で、もう七人のほうの北京歌舞団でトランペットを吹いていた崔健（ツイ・チエン）という人が、突然ギターを持って上がって歌を歌ったんです。「一無所有」（何もない）というタイトルの歌で、しかもそのとき不思議な服装をしていて、ズボンの裾の長さが左右で違うとか、見かけがとても変だったらしいんです。今まで中国人が見たことのない格好で、彼が歌った歌がどうもロックらしい、あれがいいということで評判になります。

その後、崔健は赤い目隠しをして、トランペットを持って「一塊紅布」（一枚の赤布）というタイトルの歌を歌います。ロックのメロディーで、わざとつぶしたような声でシャウトするんです。私たち西側の人間から見ると、はっきり何らかのプロテスタントソングに聞こえるものを演奏するわけです。そうやって崔健は中国ロックの父というふうに呼ばれるようになっていきました。

その時期、私の友だちだった丁武のほうは、これからどうしようと思って、新疆ウイグル族自治区のほうに一人で旅行に行ったりしていました。北京に帰ってきたら、アメリカから来たチャイニーズアメリカンの人がいて、その人を捕まえて、ロックの歴史を教えてほしいって、彼らは熱心に勉強するんです。聞いているうちに、「進歩搖滾（ジンブーヤオグン）」と彼らは言っているんですけど、どうも自分はプログレッシブロックがいいらしいと思って、そのスタイルに収れんしていくんです。そして、「唐朝」(Tang Dynasty) というバンドを作って自分たちの曲をハードロック、ヘビーメタルという形で提示していきます。これが八八年ぐらいです。

就学生という形で中国から日本に来る人が出始めたのがその時期で、彼らの何人かも日本に来て、ちょっと日本語を勉強したり、秋葉原で買い物をしたりして帰るんですけれど、その一人が北京で初めてのライブハウスを開きました。彼らは「パーティー」と呼んでいましたけど、バーみたいなところでライブ演奏をする活動を始めていくんです。神級になっている人のうちの一人、二人はそうした興行面で成功して神級になっていったわけです。

八八年の夏には、万里の長城に六つのバンドが集まって、温普林 (ウェン・プーリン) という現代アートの美術家が万里の長城を布で包んで、その上にたくさんのアンプを並べて、バンドが並んでロックを演奏しました。このイベントは「大地震」と呼ばれていて、四五千人集まったといいます。八八年ぐらいには、外には知られていないものも含めて北京で結構そういうロックが育ってきていたということです。

八九年になると中国では天安門事件が起きます。同時期に、東ヨーロッパではどんどん共産党政権が倒れていきますが、そのとき、彼らに歴史に残るような動きがありました。このときの学生たちは八九年に二二歳だから六七、六八年生まれで、最初期にロックをやっていた人たちは私と同じ六一、六二、六三年あたりの生まれなんです。彼らは、天安門に集まっている子たちより自分たちはお兄さんという立場で行って、ロックデモをかけているんです。崔健は

「一無所有」を演奏しているし、Tang Dynastyの丁武は「インターナショナル」をやったんです。ロシア革命のときからの社会主義のテーマ曲です。彼らは、これをロックに編曲しています。若い学生たちが、政府の腐敗に反対し、自由がない、民主がないということに反抗して、中華人民共和国になってからはほぼ初めてのような形で立ち上がったときに、それを演奏して聞かせたんです。

それからすでに二十数年経っていますが、Tang Dynasty、唐朝の代表曲の一つは、ずっとこの「インターナショナル」です。彼らが何をやろうとしているか、そのスタンスを示しているのだと思います。彼らは音楽家で政治活動家ではありませんが、自分たちの気持ちとかセンスはすごくある人たちで、今に至るまでこれが彼らの代表曲になっています。

結局、八九年の天安門事件では学生運動が粉砕され、多くの人が死にました。ロックも一回低調になるんですけれども、九〇年以降また、改革開放から社会主義市場経済に進むに当たって、ロックがしだいに表に出てきます。しかも、おもしろいのは、この人たちはまじめで、すごくよく勉強するんです。九二年から九三年にかけて、北京に迷笛（ＭＩＤＩ）と北京現代音楽学校の二つのロックを教える学校が設立されて、今まで二五年間やっています。そこで彼らが先生になって、全国から北京に集まってくる若い学生たちにロックとはどういうものか、手取り足取り教えているんです。そういう活動をずっと続けています。

こうしたことが、今の若い人たちのオタク文化とどうつながるかというと、高倉健、ゴダイゴ、アリス、「赤い疑惑」というふうな政府が認めてきたものの中にアニメもあって、それが

藤本

大きく広がって、今のアニメとかマンガに親しんでいる中国の若い人たちを生み出したのだろうと思います。最初から鬼っ子のようにして生まれてきたロックは、本当にサブカルチャーという立場のままといえばよいのでしょうか。完全なカウンターカルチャーまではいっていないと思います。でも、常にそこにあって、みんな知っているんです。

最近、八四〜五年に、後に唐朝になった丁武たちと友だちだったというと、今の中国の若い子たちが「先生、すごい、『伯楽』（先見の明がある）じゃないですか」と言うんです。そうじゃなくて、そんなことをやっている人は当時北京には一四人しかいなくて、彼らの側からすると、留学生からいろいろなカセットテープをもらったり、いろいろなことを教えてもらったりするのが目的だったし、私たちからしてみれば、北京の新しいことをやろうとしている若者に興味があって、友だちになりたかっただけなんだって答えるのですが。そういう形でサブカルチャーとしてのロックはつぶされずに何とか今まで来て、しかも、もう五〇歳を過ぎて白髪になっているのにロッカーをやっています。インタビューで最近のテーマは何ですかと聞かれて、丁武は「これだけ空気が悪いんだから、当然環境問題だろう」と言っているので、相変わらず少し硬い感じでやっているかなと思います。

じゃあ、今日はここまでにします。どうもありがとうございました。（拍手）

どうもありがとうございました。一番最後の白髪が生えてまでロックをというのは、いい話だなと思うと同時に、最近身の回りを見ると、ロックをやっている人は年寄りしかいなくなったなということも逆に感じたりします。世代の継承じゃないですけれども、一つの文化が一過性にとどまらない可能性をどうやって構築していくかということも、非常に重要なテーマなのかなというふうに考えました。

これで第一部は一旦おしまいということにしまして、ティーブレークの後、第二部「一九八〇年代マンガの世界」に移りたいと思います。第一部ご清聴どうもありがとうございました。

②一九八〇年代マンガの世界

藤本

1．とり・みき「八〇年代の個人的マンガ家活動から見たオタクとサブカルの分化」

それでは引き続きまして、第二部「一九八〇年代マンガの世界」を始めたいと思います。とり・みきさんと、宮沢章夫さんにお話をしていただきます。まず最初はとり・みきさんです。今さらご紹介するまでもないと思いますが、私なども一九八〇年代から一ファンとしてマンガを読ませていただきました。

代表作と言うと『クルクルくりん』とか、『遠くへいきたい』などがありますが、個人的には、『クレープを二度食えば』とか、『猫田一金五郎の冒険』が好きです。忘れてはいけないのは、オジギビトの漫画というか研究です。それも私は非常に好きです。最近では、『プリニウス』という作品をヤマザキマリさんと共同で描いておられます。マンガの世界でも、思想の世界でも、二人の哲学者、思想家が一つの作品を作るのは非常に珍しいことで、哲学の世界だと、大きなものとしてはマルクス＝エンゲルスとドゥルーズ＝ガタリしかないんです。マンガの世界ではどうなのか、詳しいことは分からないんですが、一つの作品を二人のプロの漫画家の方が共同で制作するというのは、結構斬新な試みなんじゃないかなというふうに考えたりします。内容的にも非常に興味深い作品です。

それでは、とりさん、よろしくお願いいたします。（拍手）

とり・みきと申します。よろしくお願いします。

二部のタイトルが八〇年代のマンガを語るということで、そのサンプルとして選ばれたマンガ家としては、最も不適当なんじゃないかと思っています。マンガを一くくりにすれば、八〇年代に一番売れたマンガって何だろう。いろいろな数え方があるので、正確なところは分かりませんが、例えば『ドラゴンボール』は六五三万部出ています。最も売れたマンガの一つで、それがいわゆる普通の人の考える八〇年代を代表するマンガということだと思いますけれども、残念ながら僕はあまりそういう場所にはいなかったので、そういうお話はできません。あらかじめお断りを申し上げておきます。

ただ、サブカルという言葉でくくっていますけれども、今はサブカルという言葉もすごく柔らかい言葉になっていて、オタクとサブカルの区別もあまり分からない感じです。少々マニアックでメジャーじゃないものを総称してサブカルと言うような感じになっています。下手をすると、マンガカルチャー全体をサブカルと言う人もいますし、まとめてオタク趣味とみる人もいる。また、オタクをサブカルのひとつと捉えている人もいれば、この二つを対立項と捉えている人もいる。現実にはマンガ文化の中にもメジャーといいますかメインカルチャーとサブカルチャー的なマンガがずっとあり、さらには、いわゆる狭義のオタク的なマンガが八〇年代から出てきたと思っています。そういう細分化がありつつも、ときには逆転化のような現象が起きていたのが八〇年代だったと思いますので、そういう話なら自分はできると思います。

というのは、マンガの世界はわりと出版社がマンガ家を囲い込みますので、あまりほかの雑誌のマンガ家と交流がないんです。今はＳＮＳなどが発達していて、ツイッターですぐ仲よくなれますから、あまりそういうこともなくなりましたけれども、ネットのない八〇年代はちがいました。僕は最初『少年チャンピオン』で仕事を始めたんですけれども、あの人と会いたいからとか言っても、同じ『少年チャンピオン』に描いているほかのマンガ家の連絡先も教えてもらえませんでした。メジャー誌の場合は、そのくらい出版社による囲い込みが強かった。チャンピオンは、まだマンガ家と独占契約、あるいはお金を払うような契約はなかったんですけれども、そんな場所でさえそういう雰囲気がありました。

僕は『少年チャンピオン』でデビューして、その後マガジンハウスや宝島や『ＳＦマガジン』や『ガロ』で描いた後、もう一回メジャー誌に戻って『少年サンデー』、それからまた『テレビブロス』みたいなサブカル誌で描いて、その後は九〇年代に入ってしまいますけれども、パトレイバーの脚本を書いたりしました。そんなふうに、いわゆるメジャーマンガ誌から『ガロ』のようなサブカル系の雑誌、あるいはオタク系の雑誌、そしてアニメの仕事もしているようなマンガ家は八〇〜九〇年代は僕ぐらいしかいなかったと思います。そういう意味では、あちこち行ったり来たりしているので、その現場を見ている。あるいはその現場に行って僕が感じた違和感や個人的な体験を述べることが何かしらの八〇年代のマンガを語るときの材料になるのではないかと思ってやってまいりました。

僕がデビューしたのは七九年で、それから八〇年代の一〇年間を下北沢という町で過ごしました。下北沢に住み始めたのは、明治大学に行っていたので、明大の和泉校舎に通うのに都合がよかったことと、新宿にも渋谷にも吉祥寺にも一本で行けるという、単純に地の利以外のことはなかったんですけれども、住み始めてみたら、偶然でしたけれども、下北沢は八〇年代の文化の一つの中心みたいな町になっていたわけです。その町はご存じのように音楽の町でもあり、演劇の町でもありましたので、マンガ以外のサブカルチャーを享受しながら、自分は『少年チャンピオン』にマンガを描いているという、ちょっと不思議な状態のマンガ家であったわけです。

そういう影響があったからこそ、少年週刊誌でデビューしながら、全然違うところへ行ったりしたんじゃないかとも思いますけれども、最初に牧村さんがメインカルチャーとサブカルチャーの交代というか、交代の変遷みたいなお話をされていましたけれども、マンガもそうで、八〇年代が始まる前には七〇年代があって、七〇年代が始まる前にはその前のマンガの文化があるわけです。戦前から話すわけにはいかないので戦後からになりますが、八〇年代までのマンガ出版の流れを本当にかいつまんでざっと説明すると、戦後少年マンガが復活したとき、その中心にあったのはまだ、戦前からあった『少年倶楽部』という大日本雄弁会講談社が出していた雑誌の流れを引くマンガであったわけです。『少年倶楽部』は、戦後も倶楽部っていうのをカタカナにして復刊します（その前に六〇年代半ばくらいまでは少年マンガ自体が、新聞や文芸誌に描いていた「大人漫画」の人達から見るとカウンター勢力だったわけですがこれはややこしくなるので省きます）。

やがて、月刊誌をメインにマンガ雑誌ができていって、それが週刊誌の時代に移っていきますが、その前に、メインカルチャーであった講談社系の出版が東京にあったときに、大阪で赤本と呼ばれているマンガが生まれます。駄菓子屋さんで売っていたマンガで、毒々しい色、赤色を多く使っていたので赤本と呼ばれたんですけれども、そこから出てきたのが手塚治虫さんです。最初は完全にサブカルチャーというかカウンターカルチャーの人だったわけです。有名な話ですが、手塚さんが東京へ出ていったときに、戦前『少年倶楽部』で『冒険ダン吉』を描いていた島田啓三さんに「君のマンガはまあまあおもしろいけれども、こういうマンガを描くのは君だけにしてほしいものだね」と言われたという逸話が残っています。

しかし、手塚さんの影響はものすごくて、その後週刊誌時代になって、少年週刊誌のマガジンとサンデーが僕が生まれた翌年の昭和三四年に創刊されますけれども、そこでは、まさに手塚さんに影響を受けた人たちがメインの描き手となったわけです。もちろん神様的存在の手塚さんもそのまま少年誌で描き続けていたわけですけれども、手塚さんは、いつの間にかそういう自分に影響を受けた週刊誌の描き手たちに追い立てられるわけです。手塚や手塚チルドレンがメインカルチャーになったころのサブカルチャーというかカウンターカルチャーは、貸本劇画でした。週刊誌や月刊誌じゃなくて、貸本として町の貸本屋でレンタルされていたマンガを描いていた人たち。水木しげるさんとか辰巳ヨシヒロさんとかが今までのマンガより少し写実的なタッチで新しいマンガを描いていました。

そのころ、少年マンガから見たら貸本劇画はひとつ下に見られていた部分があったかもしれないんですが、ある事件があって勢力図が変わります。手塚治虫さんの『少年マガジン』に連載が決まっていた『W3』という作品で、ちょっとトラブルがあって『少年サンデー』に鞍替えすることになり、『少年マガジン』ではしばらく手塚治虫は使わないということになるんです。その変わりに、では貸本劇画出身の人たちを引っ張ってこようということになり『少年マガジン』ではさいとうたかをさんや水木しげるさん、あるいは、『巨人の星』の川崎のぼるさんをメインの舞台に引っ張り上げるわけです。

そうすると、今度はそっちのほうが人気を博して、メインカルチャーになっていくわけです。手塚さんがその当時の水木さんに非常に嫉妬したということは、作品の中からも分かるし、いろいろなエピソードも残っていますが、それを話しているとちょっと長くなるのではしょります。そういう交代があった後、八〇年代直前の七〇年代末期、僕がまさにマンガ家としてデビューしようとしていたころのマンガ界のカウンターカルチャーは何だったかというと、もちろん『ガロ』というカウンター界のメジャーみたいな雑誌がまずあって、それ以外に、当時三流劇画誌というムーブメントがありました。三流劇画というのは、中には自動販売機でないと買えないというようなものもあったからです。『漫画大快楽』『劇画アリス』『漫画エロジェニカ』というようなエロマンガ誌がありました。これはエロを入れれば何でもやってよくて、一つの制約を守ればほかには制約がないので、新しいマンガの描き手たちの修業の場みたいにもなっていました。

それから、ニューウェーブと呼ばれる作家の人達がいました。これは作家側のムーブメントではなく、読者や編集側がつけた名前ですね。ニューウェーブには今述べたような新興の雑誌から出てきた人たちと、もともとメジャー誌で描いていたけれど、メジャー誌の制約にちょっと飽き足らずというか息苦しくなって、下野する感じでそういうところで描き始めた人たちがいました。ニューウェーブと呼ばれている代表的な人は、吾妻ひでおさん、大友克洋さん、高野文子さん、宮西計三さん、いしかわじゅんさん、ひさうちみちおさん、広義にはいしいひさいちさん、諸星大二郎さん、蛭子能収さんなどを入れる向きもあります。そういった新興のマンガがメインのマンガの裏側で活況を呈していた時代が七〇年代末期だったわけです。

同時期に、そういうのとはまたちょっと距離を置いて、子供時代をアニメや特撮物で育ってきた世代が二〇歳ぐらいになりかけていて、自分たちの好きなアニメや特撮物を語り合いたい、文化の一ジャンルとして評価したいという意識が高まり、そういう人たちの集まりや、同人誌みたいなものができ始めていたのが七〇年代の末期でした。

同じころ、七八年に「スターウォーズ」の公開があってSFブームが外からやってきます。日本からではなく、しかも映画をきっかけに起きたのですが、ただ、それを支える若い作家や読者層はいま述べたように準備されていたわけです。SFはかつてはすごくマイナーな趣味だったんですが、一気にSF雑誌が四誌も並ぶような事態になりました。『SFマガジン』『奇想天外』『SF宝石』『SFアドベンチャー』です。『スターログ』という向こうのSF映画雑誌の日本版も出ました。

その中で、吾妻ひでおさんが七八年に『不条理日記』を描きます。これもメジャー誌ではなくて、先ほど言ったSF誌やエロ劇画誌に描かれたものです。これを最初に評価したのも、SFファンの人たちでした。そういう意味では、このころはあまりオタクもサブカルも区別はなかったんです。そういうものを取りあげてくれる媒体が少なかったこともありますけれども、わりと仲よく趣味を共有し合っていたわけです。

その吾妻ひでおさんが描いていた、それから手塚治虫さんも萩尾望都さんも描いていたというようなことが大きくて、七九年に僕は『少年チャンピオン』でデビューします。その直前の『少年チャンピオン』は全盛期で、『がきデカ』『マカロニほうれん荘』などのギャグマンガを中心に大ブレークしていた時期でした。ただ、僕はマンガ仲間というのは当時皆無で、東京へ出てきてからいちばん入り浸っていたのは、どちらかといえば先ほどのＳＦのファングループの集まりでした。

マンガの新しい動きが起きかけている時期に、かつてマンガ誌の王道を行っていたけれども、ジャンプが台頭してきて、ちょっと古くなりかけているチャンピオンでデビューしたために、僕は最初からものすごく葛藤を抱えてマンガを描いていたんです。自分がその当時一番感化されて、好きだと思っていたマンガは、高野文子さんとか、大友克洋さんとか、吾妻ひでおさんとかのニューウェーブの人たちでしたから。吾妻ひでおさんすら去ってしまったチャンピオンで描くことになって、自分が好きなものを描くと大概ボツにされました。これはマニア受け過ぎる、これでは読者が分からないみたいなことを言われて、描き直しを命じられるんです。編集者がこれはいいねと評価してくれた作品は、自分ではすごくつまらない。編集部の評価と自分自身の評価が反対、真逆だったので、『少年チャンピオン』で描いていたころはものすごくストレスが大きかったです。

ところが、同じころ、音楽のほうでは、僕がずっと大好きだった、しかし世間的にはマニアックと言われていた大瀧詠一さんや山下達郎さんや、ＹＭＯの作品がいきなりアルバム一位になったりというような状況が起こります。さらにマンガでもそれまでマニアックな人しか評価していなかった大友克洋さんが幾つかの単行本ヒットを経て『ヤングマガジン』で『AKIRA』を連載し始めて、のちにご自身がアニメ化され、さらにそれが世界的な大ヒット作品になっていくという、ちょっとした逆転現象が起こった時期でもありました。同様に大阪のミニコミ誌出身のいしいひさいちさんもあっというまに国民的四コママンガ家になっていった。この、自分がファンだった人達の八〇年代初頭のドラスティックな展開はとてもエキサイティングでした（つけ加えればマニアックな芸人といわれていたタモリやたけしのメジャー化もまた、自分の中ではこの流れと連動するものでした）。

自分の話に戻すと、最初のころ描いていた『るんるんカンパニー』というマンガは数字的な意味で言えば全然ヒットしませんでした。少年誌は毎回アンケートを取るわけですけれども、短いの、長いのを含めて一五本ぐらい連載されている中で、一〇位以内に入ったことはほとんどなかったです。ただファンレターの数は多かった。いわゆるマニア受けはしていたのです。でも僕はチャンピオンの新人賞でデビューしたので、編集部は編集部なりの親心で、何とかメジャーな方向に矯正しようとするわけです。

そのころは町がだんだんおしゃれ化して、バブルへ向かって走り出しているころでしたので、マンガも、とくに少年誌はそれまでは現実のファッションとか流行とか音楽とかいうものとは無縁の、少年マンガ独特の架空の世界を描いていたのですが、八〇年代の頭には江口寿史さんなどを皮切りに、現実の音楽、現実のファッション、現実のマンガ以外のサブカルチャーというのを取り入れた人たちがジャンプのようなメジャー誌でも出てきていました。

僕も編集の教育的指導と、もちろん自分自身もその時代の影響を受けて、『クルクルくりん』というマンガを描きます。大体八二年から八三年ぐらいの作品です。これは、数字的にはヒットしたんですね。アンケートもまあまあよく何度も重版されて、最終的にはフジテレビでテレビドラマ化されることにもなりました。ただ、描いているほうは相当苦しかった。つまり、かなり無理をしていた部分があったんです。どんなマンガでも自分が描いたマンガは愛おしくて大好きで、今は『クルクルくりん』も好きだと言えるんですが、当時は、前に描いていた『るんるんカンパニー』のほうが絶対おもしろいのに、どうして『クルクルくりん』のほうが売れるんだろう、みたいな気持ちがありました。それが一致する人は幸せですけど、自分の中で一致しなかったので、すごく苦しかった。ただ、絵は描いているとうまくなってしまうもので、自分で言うのもなんですが『クルクルくりん』の絵は当時のチャンピオンには珍しい、時代に呼応したおしゃれな絵にはなっていたと思います。

そして、それがテレビドラマ化されるときに、さらに違和感の追い打ちがありました。当時のジャンプやサンデーの作品はどんどんアニメ化され、映画化され、一大メディアミックスになって展開していました。一連載作品という枠を超えたマンガの産業化が、既に、そして戦略的に起こっていたわけです。それに対して秋田書店のほうは、そういうことはあまりなかったのが、たまたま僕の作品が当時いちばん勢いのあるフジテレビでドラマ化されるとなったら、もう編集部が舞い上がっているのが行くと分かるんです。誰もマンガ家のほうを見てないんです。

こちらのことはほとんどどうでもいい、このドラマ化を成功させようという雰囲気がビンビン伝わってくる。一応原作者ですから、制作の人、テレビ局の人もこちらを立てて相談には来るんです。ただ、今でもそうですけれども、マンガのテレビドラマ化は、テレビタレントのスケジュールを押さえるのが半年から下手すると一年前、みたいな話ですから、まずそのタレントを決定して、次にその人に合う原作を探すみたいな、順序が違うことになっているわけです。当時でもそうで、タレントの女の子には全然何の罪もないですけれども、その子を売り出すのにこちらのマンガが使われているという空気は、そうはっきりは言わないけれど、こちらにはガンガン伝わってくるわけです。

しかも、出版社がそれに対して僕の意向というのを守ってくれるかというと、全然そんなことはなくて、完全にハートの目でテレビ局のほうを向いている。最終的に僕は予定していたよりも早くそのマンガの連載を終えて秋田書店を出るのですが、編集部からは信じられないという顔をされました。つまり、自作がテレビ化され、そのおかげで単行本がさらに売れるようになる、メジャー週刊誌の編集部が考えるマンガ家の在り方としては、一番おいしい時期なわけです。何でそんなところでやめて出ていくんだみたいな目で見られました。実際には、さっき言ったように、契約みたいなものはなかったわけですから、育ててもらったという義理はあっても、そんなことを言われる筋合いはないんですけれども、もう出ていったらお前はマンガ業界で仕事なんかないからな、というふうなことまで言われました。

でも、僕はそのときは自分の描きたいマンガを描くほうを優先させて、チャンピオンを出たわけです。仕事がなかったかというと、全然そんなことはなくて、当時はマンガ誌の数も増え始めていた時期だったんです。

劇画の人たちを擁した『少年マガジン』は、あまりにもたくさん大学生の読者が付いて、大学生、高年齢層向けの作品が多くなり、七〇年代初頭は少年誌じゃないような先鋭化した誌面になります。少年週刊誌ぐらいしかマンガがなくて、受け皿がそこしかなかったから、全部マガジンでやろうとしてそんなことになってしまっていたんです。そういうことを踏まえて、子供からビジネスマンまで読者がいるんだということが分かったので、それからはそれぞれの年齢層に向けたマンガ誌が七〇年代から八〇年代にかけてできてきます。いわゆるヤング何とかという雑誌が、各社から非常に細かい年齢層を設定して出るようになります。

年齢層が細分化されただけでなく、その中にはSFやアニメファン向けの雑誌があったり、ジャンルの幅も拡がっていました。受け皿は実は増えていたのです。マンガ出版社以外の出版社、宝島やマガジンハウスも自分の雑誌にマンガ家をたくさん使うようになっていました。しかし、メジャーどころは囲い込みが非常に強いので、新興のマンガ出版社には、既成のマンガ家はなかなか簡単に描くわけにはいかなかったのです。逆にマンガ誌専門でやってきた作家は現実の若者文化に疎かったりもする。そうすると、オタクもサブカルも関係なく、多少マニアックと呼ばれていたような描き手が、宝島やマガジンハウスといったところが出した雑誌、あるいはマンガ出版社でもそれまでは少女マンガ専門だった白泉社などが新しく出す男子向けの雑誌みたいなところで重宝され、使われていったのです。

しかも、バブルへ向かっていた時期なので、そういった場所でもギャラは普通に出て、全然仕事がないということはなかったわけです。むしろ、自分が好きなものが描けるので、僕は喜々としてそういうところでかなりマニアックなマンガばかり描いていました。そのころの宝島やマガジンハウスでは、それこそガロ系の人もオタク系の人もエロ誌出身の人も混然一体となって描いていたわけです。根本敬さん、蛭子能収さん、みうらじゅんさん、泉昌之さん、しりあがり寿さん、高野文子さん、唐沢なをきさん、内田春菊さん、桜沢エリカさん、岡崎京子さん、原律子さん、天久聖一さん、それに僕みたいな人たちです。そういったマンガ誌ではないところでは、別分野からの刺激もありましたし、僕はとても楽しんで描いていました。実際にいまのエッセイコミックの走りである『愛のさかあがり』という作品もその中で生まれました。

蛭子さんや根本さんの本山というか本領である『ガロ』にも描いたりしました。チャンピオンから出て『ガロ』に描くなんていう人は当時いなかったわけです。非常に珍しいことだと思いますけれども、僕自身はそういうふうに行ったり来たり垣根なく動くのが面白かった。ただ、だんだん雑誌が増えてくると、今度はそういう行ったり来たりする人が逆に減ってくるんです。住み分けがはっきりしてくる。例えば『ガロ』に描くと、何となくメジャーで描いていた人が『ガロ』になんか来なくてもいいのに、みたいな空気を感じるわけです。もちろん『ガロ』で描いていた人たちとは仲よくなりましたけれども、お前は本当は『ガロ』で描かなくてもいいんだよ、みたいな雰囲気を感じることはありました。逆に小学館とかに行くと、今度は何でとりさんは『ガロ』なんかに描くんですかみたいなことを編集者から言われるわけです。そういうのが僕は非常に窮屈だった。

マンガというのはメジャー・マイナーに関係なく雑誌ごとのホームグラウンド意識が強くて、ある種のセクト主義というか、他者を受け入れない雰囲気があるんです。七〇年代の終わりから八〇年代半ばごろまでは、わりと同じ場所にオタク系の人もサブカル系の人も、仲よくかどうかは知りませんが描いていたのに、八〇年代の後半にはすみ分けができていました。サブカル系の人はサブカル系の雑誌に描いているし、オタク系の人はオタク向けの雑誌が幾つかできていましたから、そういったところに描いている。あるいは、ジャンプを筆頭にマンガのメインストリームはどんどん巨大化していっているという、三極化した構造がありました。僕はその三箇所を行ったり来たりしていたものですから、童話のコウモリのような感じで、どこへ行っても自分たちとは違う人が来たというふうな感じで見られていたと思います。

これは、本当はおかしな話で、本来マンガ家は、自分がここで仕事をしたいと思ったら、自分で、あるいは自分のマネジャー、エージェントなりを通して出版社と契約して、連載中その契約を履行すればいいわけです。外国の作家やマンガ家は、自分や自分のエージェントを介してそういう仕事をしているわけです。ところが、日本のマンガ家は、仕事先である出版社の担当編集者がそのマンガ家のエージェントやマネジャーも兼ねるというすごくいびつな構造になっています。担当編集者は出版社の意向を伝えにマンガ家のところへやってきます。そして自分の勤めている出版社に帰ると、今度はマンガ家の代理人みたいな発言を会議でするわけです。そして結局マンガ家は出版社に、ヘタすると雑誌単位で囲い込まれ、当のマンガ家も自立しないでその従属をよしとしている。

でも、本当はこれは経済的にも契約構造的にもおかしな話です。八〇年代はそういった状態が続いていて、九〇年代も続いていたかな。二〇〇〇年ぐらいから少しそれが変わっていくんです。ネットの発達とともに、分断されていたマンガ家も情報を共有するようになり、また世界的なマンガ・アニメの受容に伴ってマンガ家のところへ直接交渉するような人たちが海外からも現れます。でも当時は、というか現在もまだまだ、自分のマンガがドラマ化されたり映画化されたりアニメ化されたりするときに、出版社がマンガ家の代理人代わりになって交渉して、マンガ家じゃなくて出版社に有利な契約を結んでしまうというようなことが行われたりしています。そもそもそういった風潮が嫌で僕はチャンピオンを出たので、そういうのは何かおかしいなと思いながら、特定の出版社にしばられずフリーランスであちこち行ったりきたり、ときには文章の仕事やテレビの仕事をしたりしながら過ごしていたというのが八〇年代後半だったわけです。そういうフットワークの軽い人がほかにもいなかったわけではありませんが、でも、少なかったと思います。

そういうぐるぐる回りをしながら、八〇年代の一番最後にはまた『少年サンデー』『ビッグコミックオリジナル』で短い連載を持ったり、という訳の分からないことをしていました。九〇年代も、僕にとってはそんなに変わらなかったかな。こちらのスタンスへの理解も増えたので八〇年代より仕事はやりやすかったですけれども、今度はだんだん不況になって、マンガ誌自体の数が八〇年代とは違って減っていきます。年ごとに減っていく感じで。そうすると、当然マンガ家はあぶれてしまう。

いまもそれは続いていて出版不況は深刻なのですが、ＳＮＳの発達も相まって、メジャーマイナー、メインサブあんまし関係ないというか、セクト的になっていないというか、わりとツーカーで話し合えるようにはなっているのかな、と個人的に思っています。作家一人一人がスタンドアローン化して個人発信できるようになってきた。出版社のほうもわりとそれを受け入れる感覚になってきているので、不況の中でその点だけはいい時代になっているんじゃないかと思います。

藤本　まとまってないですけれども、こんなところでよろしいでしょうか。（拍手）

どうもありがとうございました。七〇年代から八〇年代、九〇年代、現在と、マンガの産業構造の現場というものをお話ししていただきました。最後に二〇〇〇年代に入って、ネットの発達でそういう囲い込みシステムのようなものが崩壊してきて、風通しがよくなってきたという話を聞いて、少しほっとしました。これからどういうふうな可能性が開かれていくか、おもしろいお話だったと思います。

2．宮沢章夫「岡崎京子で読む八〇年代、九〇年代」

藤本　続きまして、宮沢さんのお話です。宮沢さんは紹介するまでもないと思いますが、「遊園地再生事業団」という劇団を主宰されていて、さまざまな先鋭的な演出、劇を毎年作られています。サブカルチャー論に限っても、最近新しく、東京大学での講義を『東京大学「ノイズ文化論」講義』あるいは『東京大学「八〇年代地下文化論」講義』として出されました。講義自体が本になっていましたが、また新しく、去年その決定版が出ました。おととしＮＨＫでやられた日本の戦後のサブカルチャー史もＮＨＫ出版のほうから本になって出されました。その中で、八〇年代はスカだった、何もなかったんじゃないか、という議論に対して、いや、そうではないという反論をされました。僕からするとそれ自体、けっこう意外だったんですけれども、八〇年代が持っていたさまざまな問題、限界と、その限界だけに終わらない可能性という、非常に緊張関係のある両義的なところをうまく掘り起こす批評を展開されていたというふうに思っています。それでは、宮沢さんのほうにマイクをお譲りします。

宮沢　宮沢です。よろしくお願いします。（拍手）

あのう、例えば、『東京大学「八〇年代地下文化論」講義』という本や、ＮＨＫのＥテレで『ニッポン戦後サブカルチャー史』の講師をした影響もあり、最近は、サブカルチャーに関する講義とか講演とかに呼ばれる機会が多くて、ややもするとサブカルチャーの専門家みたいに見られるんですけど、本当は劇作家です（笑）。演出家でもあるんですよ。今、舞台上のこの照明の状態は、スライドを見せるためにやや暗くなっています。本来、演出家としては、いま話をしている人物に、ま、舞台だったら俳優ですが、明かりが当たってないというのが気になってしょうがない。だから、演出するときって大抵舞台上で役者が明かりに入っているかどうかに神経質になるんですね。照明さん、あるいは役者に指示を出す。照明さんにはもっと明るくできないか、照明の角度を変えられないか、俳優には三〇センチ前に出てとか言う。今も、とりさんのときに途中まで、とりさんのいる位置に明かりが入ってなくてひどく不安だったんですね。途中で入って、ようやく芝居が始まるという感じがしました。それほど演出家の目でつい舞台上を見てしまう。ま、まったく関係のない話なんですが。なにはともあれ僕は演劇の人間だということを知ってほしかったんです(笑)。

今日、僕に与えられたテーマはマンガです。もちろん八〇年代、印象的なマンガに数多く接してきましたが、僕は八〇年代というより、七〇年代の後半に、それ以前にあったマンガとは違うものを発見したと今では考えています。それはとりさんの話の中にも出てきた大友克洋さんであり、いしいひさいちさんです。いしいひさいちさんの影響はすごく大きくて、出てくるやつがみんな馬鹿という僕の作る笑い、舞台でもエッセイでもそうですが、それについて話すと、大体、ある時期の「いしいひさいち的な人物」に行き着く。

特に八〇年代の半ば、僕もいろいろな笑いを書いていました。例えば、竹中直人やいとうせいこうとやっていた「ラジカル・ガジベリビンバ・システム」という舞台があった。そこではほかでは絶対やっていない新しい笑いを作っていると自負してたんですね。ところが、とり・

みきさんの作品に、ある日、すごく驚かされた。すごいんですよ。キリストが信者を連れて行進する場面がある。ページを開いたら、見開きいっぱいにキリストが信者を連れ右から左に歩いて行進する絵があって、そこに、これも僕の大好きな植木等さんの『だまって俺について来い』の歌詞がキリストが連れて歩く民衆の頭上高く空に書いてある。「金のないやつは俺のところへ来い、俺もないけど心配するな」ですよ(笑)。やられたって思ったんですね。こんな手があったかと。これ、自分でやりたかったな、と強く思いました。とりさんのマンガも、クレージーキャッツの植木等さんの歌も好きだったというのもあったし、なぜそれを思いつかなかったか後悔しました。

そのようにマンガと接してきた経験を持ちながら、さらに少し時間を先に進めて、まったく異なる種類のマンガの話を今日はしようと思います。

岡崎京子の話です。

八〇年代、九〇年代を岡崎京子のマンガを通じて、その時代性をテーマに話を進めたいと思います。九〇年代に描かれた彼女の作品ですけど、まず最初に話したいのは、というか、発表された時系列で考えても、『東京ガールズブラボー』です。これは明らかに八〇年代のことを戯画化して描いています。そこに描かれているのは岡崎京子の八〇年代だったかもしれないし、あるいは岡崎京子のマンガを読む読者の八〇年代だったのかもしれない。しかもコミカルなんですね。ここが重要で、八〇年代の自分たちを笑っている。そういったマンガです。それから九四年に『リバーズ・エッジ』を発表する。そして九六年に『ヘルタースケルター』という衝撃的な作品によって読む者を震撼させました。

さて、こうした一連の作品に岡崎京子が描いた女たちが登場するわけですが、その女たちの時代の反映がきわめて興味深いと思うんですね。まず、『東京ガールズブラボー』には金田サカエさんという、どこにでもいるような高校生の女の子が出てきます。『リバーズ・エッジ』は主人公が若草ハルナさんです。そして、最近映画になったのでわりと知られているかもしれませんが、『ヘルタースケルター』の主人公にりりこという、モデルを仕事にしている女性がいる。で、ここで興味深いのは、もちろん岡崎さんは意図して描いたと思いますが、『リバーズ・エッジ』と『ヘルタースケルター』の二作品に共通して出てくるのが、吉川こずえという、まだ高校生なんだけどモデルの仕事をしている女の子です。この存在が僕は非常におもしろかった。それぞれの女性像を岡崎さんはどういうふうに描いたのか。岡崎さんが八〇年代から九〇年代について意識的にそうしたのかもしれないし、あるいはもっと岡崎さんの特別な触覚というか、臭覚というか、何か感覚的につかんだものなのかもしれない。ただ、後になって読み返してみると、その時代を見事に反映しているというふうに考えられる。

まず『東京ガールズブラボー』ですが、これは九二年の連載が九三年に単行本になった作品です。札幌に住んでいた女子高生の、金田サカエさんが両親の事情で東京に出てくることになるのが話の発端です。しかも、札幌に住んでいたころ、八〇年代の『宝島』とか、……ってわざわざ「八〇年代」と言うのは、『宝島』という雑誌は時代によってまったく性質が異なるからですね。それだけ話してもサブカルチャー論になるんですが、今日はべつの話です。ほかにも、『オリーブ』なんかを読んで、東京にすごく憧れを持っている。

それで思い出したことがあります。全然関係ないんですが。この間『クイック・ジャパン』という雑誌からメールが来て、『クイック・ジャパン』で連載していたマンガを単行本にするに当たって、帯に何か言葉を書くよう依頼されてたんですが、驚くべきことに去年の暮れに連絡をもらっていたにもかかわらず、つい昨日気がついたんですよ(笑)。まったくですね、もってのほかなんですが、そのとき、『クイック・ジャパン』という雑誌について、先方の編集者が自らメールに「ユースカルチャー誌」と書いていて、軽い衝撃を受けたんです。いつからユースカルチャー誌になったんだと。サブカルチャーとポップカルチャーはわりとみんな混同するし、ユースカルチャーというのは若者文化ということになるんだろうと思うんですけど、それも混同して使われているんだろうと思います。

基本的にサブカルチャーは、先ほど言われたサブマリンとそうではないもの、海の上を航行している船と潜航している船の差というふうな、上位文化と下位文化という分類があるでしょう。下位文化とされていたものは、誰が規定したかといえば、あきらかに上位文化の人たちだったと思います。サブカルチャーについて厳密なことを考えていくと、アレン・ギンズバーグがインタビューで答えていましたけど、自分たちの時代に何が出てきたか、例えば、ゲイカルチャー、ブラックカルチャー、ドラッグカルチャー、セックスカルチャー、マージナルカルチャーと、とりあえず五つぐらい列挙する。この五つですべてではないと思いますが、大体これがサブカルチャーということになるでしょうね。ま、今のは余談ですが、今日話すことの全体像には意味があると思います。

さて、金田サカエさんはどうしたかというと、東京へ行くといろいろ格好いいものに出会えると思っているんですね。例えば、街を歩くと坂本龍一が歩いている。東京に行きさえすれば坂本龍一とすれちがうと思いこんでいる。幻想ですね。僕も長く東京に住んでいますが、坂本さんとすれちがったことはありませんから(笑)。そして彼女がイメージしている東京は原宿や青山です。雑誌には原宿や青山のファッショナブルなお店が載っている。東京に行けば何でも夢がかなうと思っていたら、住むことになったのが巣鴨だった(笑)。巣鴨に住んでいる人にはほんと申し訳ないんですが、ここにものすごく喜劇的な状況が出現するわけです。

『東京ガールズブラボー』は上下巻出ています。下巻の最後に浅田彰さんと岡崎さんの対談が収録されていますが、いま読むといろいろな意味で興味深い。なかでも岡崎さんが話している内容にはかなり共感するんですね。その発言の前提になっているのは、「八〇年代は何もなかった」という言説が九〇年代に入って語られたことです。九〇年代に入ってすぐ「八〇年代はスカだった」という言葉が別冊『宝島』(「八〇年代の正体」)の表紙に大きな文字で登場する。「八〇年代の正体」の本文のどこにもそんなことは出てこないんだけど、編集者が付けたであろう「八〇年代はスカだった」は一定の時代の気分を生み出したと思います。その「気分」に対して、岡崎さんも八〇年代を生きた人間として、八〇年代はスカと言われるかもしれない、確かに何もなかったかのようだけれども、その中にきっと今につながる可能性があるはずだという意味をこめて、『東京ガールズブラボー』を描いたと語っています。

『東京ガールズブラボー』の下巻の最後のコマ、つまりこの作品の幕切れになるんですけど、ここはかなり大事だとあとになって考えました。一度彼女が札幌に戻って、もう一度改めて東京に出てくることを語る場面です。この「語り」で僕が非常に重要だと思ったのは、次の部分です。

「私は高校を卒業するまでに六回家出して、六回とも連れ戻された。その間にYMOは散開し、ディズニーランドは千葉にできて、ローリー・アンダーソンがやってきて、松田聖子が結婚した。『ビックリハウス』が休刊して、『AKIRA』が始まった。何となくどんどん終わっていくなという感じがした。浪人して美大に入って、東京で独り暮らしを始めた年にチェルノブイリとスペースシャトルの事故が起こった。しかし、そのころぶっとい眉をした私には、どうしたらうまく縦ロールができるかとかのほうが大問題ではあったんだった。そして、それからみんな口をそろえて八〇年代は何もなかったと言う。何も起こらなかった時代。でも、私には……」(『東京ガールズブラボー』より)。

その「……」というところに、岡崎さんが込めた、うまく言葉にできないけれども、八〇年代をもう一度改めて捉え直そうという意思を感じる。何度も再読していたはずなのに忘れていたんですが、この文章の中でもう一つ重要なのは、浪人して美大に入って東京で独り暮らしを始めた年です。金田サカエさんが初めて親とも離れて、というのも一旦親も札幌に帰ったからですが、独り暮らしを始めたのはチェルノブイリの原発事故があった年、つまり、一九八六年です。八六年は、八〇年代を象徴する年でもあった。さっき牧村さんのお話にありましたが、はっぴいえんどの最後のライブがあったのが八五年ですか。近いと思います。大体近いんですよ。一〇年間なんて一〇個しかないから大体近いんですけれど。

でも、八六年を僕が強調して語りたいのは、共時的に印象深い三つの出来事があったからです。チェルノブイリの原発事故は特別大きな出来事でしたが、一方日本では、岡田有希子という当時のトップアイドルが七階のビルの屋上から飛び降りて自殺する。これは社会的な出来事として当時、大きく取り上げられました。それからもう一つは、中野富士見中学で鹿川君という中学二年生がいじめで自殺するという痛ましい出来事があった。この三つを詳しく話し始めると、この後三時間しゃべってしまいます。だから、今日はやめます。でも、この三つは非常に重要な問題で、そこに八〇年代の何かが表現されていた。何か一つのきっかけがあって、岡崎さんはこれを描いた後に、八六年の問題に気がついたんだと思うんです。そこであった出来事、それはコミュニケーションの問題だったわけですね。

例えばいじめの事件を考えてみると、日常的にいじめを受け、その後自殺してしまう鹿川君が、ある日、お葬式ごっこという ひどい行為にさらされる。このことについては、『ベケットと「いじめ」』という本で劇作家の別役実さんが詳細に分析しています。鹿川君が学校に少し遅れて行くと、自分の机の上に遺影が飾ってあったり、水の入った牛乳ビンに花が飾ってある。あと、みんなが鹿川君を悔やむ言葉を書いた色紙が置いてあったという。これは、誰がどうしたのかよく分からないんですよ。なぜその日の朝、タイミングよく、色紙が用意されていたのか。花が準備されていたのか。誰がやったのか。

こういった状況を別役さんは分析します。普通の近代劇、われわれが例えばテレビドラマとか映画で見ているドラマツルギーでこの状況が描かれるとしたら、鹿川君はここで怒っていいはずでしょう。怒れば、それをなした何者か、行為をした者、いじめを起こした張本人がいて、そこに対立が生まれるはずなのに、何も生まれなかった。その朝、少し遅れて来た鹿川君は「オレが来たらこんなの飾ってやんのー」と言い、なにも起こらなかった。近代劇だったら起こるような出来事がなにも生まれなかったそうです。つまり、悪意の主体が不在であった。どこにも悪意が見えないし、誰も悪意があると思っていない。全員が書いているわけですからね、色紙にお悔やみの言葉を。何しろ担任まで書いていた。つまりこれを考えてゆくと、現在の、つまり一九八六年のコミュニケーションの問題として、ここには近代劇にあるはずの「個」がなかった。そうした関係性の中で生じたいじめ事件と、自殺だった。別役さんはそれを、個人の「個」ではなく、孤立の、「孤」の状態と呼んでいます。

岡田有希子に関しては、山崎哲が「二分の一の少女」という作品で劇化しています。その作品でもコミュニケーションの問題としての死、家族の問題としての自殺が描かれているんです。われわれは非常に表層的なところをずっと見てきたから、八〇年代ってわりとおもしろかったんです。そういう態度を……、僕はほとんど使ったことがありませんが、いわばポストモダンといったふるまいだったといまになって考えられる。表層の華やかさの内部はすかすかで内側に何もなかったと言われれば、そうかもしれないけど、それよりさらに下に通底音として流れていた音があって、それは六〇年代に澁澤龍彦が責任編集をしていた『血と薔薇』から、七〇年代の『夜想』、八〇年代の『HEAVEN』といった雑誌文化の系譜があり、それぞれ「異端」と呼ばれるような傾向をはらんでいましたが、こうした文化的な潮流は、『血と薔薇』をあげたように六〇年代からずっと流れ、九〇年になってあらためて表面に再浮上したと気がつくわけです。

そうした文化状況の一端が、九〇年代の高校生たちを描いた『リバーズ・エッジ』に描かれたと考えられます。『リバーズ・エッジ』にどういう女の子が出てくるかというと、若草ハルナさんというやはり高校生です。見ると分かるのは、先ほどの金田サカエさんとは明らかにファッションのセンスが違う。金田サカエさんは八〇年代的なある種のおしゃれをした女の子だけど、若草ハルナちゃんはかなりちがう。まあ、それ以前に、ニルバーナってバンドをはじめ、グランジって音楽が流行って、たとえばカート・コバーンがわざと身につけていた、だらしないネルシャツにチノパン。若草ハルナちゃんはまさにそうでした。ここに大きな時代の変化を感じたんですね。九〇年代に入って僕が何に驚いたかというと、女子高生が地べたに座ることでした。コンビニの前で制服の女子高生が座ってカップラーメンを食っているという驚くべき事態が起こったのが、九〇年代に入ってからのことです。

じゃあ八〇年代はどうだったかというと、DCブランドが流行っていた。みんなバイトして一生懸命お金を貯めて、たとえば、コム・デ・ギャルソンを買って身につけているから、そのまま地面に座るなんてまず考えられなかった。ところが、九〇年代に入ってからの高校生は全然変わっていったということを、若草ハルナさんが表象していると思うんです。

さっきも話したように、『リバーズ・エッジ』には吉川こずえさんが出てきます。彼女はモデルをやっていて、校内では有名なんです。「あれっ、一年年下の吉川こずえじゃないか」、「えっ、あのモデルをやってる?」と周囲が口にしていて、明らかに周りとは全然違った目立つ存在です。ところが、保健室へ行くと「朝食を食べてきた? だめ、あなたたち育ち盛りなんだから」と先生に怒られるほど痩せている。モデルをやるために、自分の体形を常に保たなきゃいけないという神経症みたいなものにかかるわけです。それは、拒食症につながって、彼女は食べるんだけど全部吐いちゃうというのもこのマンガの中に描かれています。これが吉川こずえという人物です。

吉川こずえは友だちと二人で河原に死体が埋めてあるのを見つけて、それを精神的に病んだときに見に行く。そのことで何かが落ち着くというんです。こうやって話してもわかるように、さっきの『東京ガールズブラボー』とはまったく異なる種類の話です。『東京ガールズブラボー』は全体がコメディータッチです。巣鴨に住んだ時点でコメディーになっている。さっきも話したように、ほんとに巣鴨の方には申し訳ないですが、八〇年代的な笑いではあきらかにそうだった。たとえば学校をさぼって金田さんは同級生と一日であらゆる場所に行こうと計画するんですね。夢を見るような目でその日の予定を語る。オン・サンデーズへ行ったり、ピテカントロプスへ行ったり、佐賀町エキジビット何とかとか、品川にある原美術館とか、行けるわけないでしょう、一日で(笑)。けれど全部行きたいって言う無謀な願望も含めて、すべてがコメディータッチで描かれている。『東京ガールズブラボー』から、『リバーズ・エッジ』へ、単行本になったのは一年しか変わらないんですが、その一年でなぜ岡崎さんの表現がこれだけシリアスなものに変わったのか。明らかに時代がそうなっていったとしか言いようがないんです。八〇年代を描こうと思ったときには、コメディータッチで描くことで、その可能性とか明るさみたいなものを岡崎さんは表現したかった。ところが、九〇年代になって九〇年代のことを描こうとしたときに、シリアスな作風になっていったんだろうと思います。

『リバーズ・エッジ』にこういう言葉が書かれています。「僕らの愛、平坦な戦場」。九〇年代半ばによく言われていたのは、どうしたら何も起こらない日常を生き抜くことができるか、ということでした。平坦な戦場というのは、それを表していると思うんです。岡崎さんの言葉を受けて、ある社会学者が日常をどうやって生きていけるかという意味の言葉をなにかに書いていましたが、僕も同じように考えていました。九〇年代に入ってからの僕は、まったく何も起こらないような芝居ばかり書いて、どうやって劇的じゃない方法や、劇的にならない世界で劇を作れるかを考えていました。「僕らの愛、平坦な戦場」。その平坦な戦場がどういう姿をしているか九〇年代になって岡崎さんは発見して、それを生き抜くことが誰にとっても非常にきついんだというのが、このシリアスな描き方につながっていったんじゃないかと思います。

九五年に連載して、最後は未完で終わった作品ですけど、本人あるいは家族の了承も得て、『ヘルタースケルター』という作品が一九九六年に発表されます。『ヘルタースケルター』は映画化されますが、公開されたのはつい四、五年前です。マンガとして発表されたのは九六年ですから、一〇年以上たってから映画化されたことになります。僕は映画は見てないので何とも言いようがありませんが、マンガのほうはリアルタイムで読んでいます。そこには『リバーズ・エッジ』よりもさらにグロテスクな世界が広がっています。主人公のりりこは整形手術によって全身を作り変え、美しさを保っている。

初めて吉川こずえがりりこの前に出現したときの、事務所の社長を含めた三人の顔が非常に象徴的で読む者を驚かせます。とてもふてぶてしい社長。こんにちはってやってくる吉川こずえの何でもなさ。彼女は非常にさわやかな感じで入ってくる。りりこは、そのことに非常に焦るんです。「彼女知ってるでしょう、ほら、ティーン誌とかで。吉川こずえちゃん、うちの期待の新人よ。引っ張り込むのに苦労したわ。まだ一五歳、高一なの」。この物語には『リバーズ・エッジ』とほぼ同じ時間が流れていることが分かります。りりこはすべてが人工的に作られた体だけれど、吉川こずえは持って生まれた体と美しさを備えていた。そのことに対して、りりこはひどく嫉妬するわけで、吉川こずえの顔をめちゃめちゃにしてやろうと包丁を示したりするグロテスクな表現が続く。

非常にさわやかな吉川こずえですけれど、『リバーズ・エッジ』で見たように彼女は何を食べても吐いてしまう拒食症で、物を受け付けません。それが分かるのは、こういう場面があるんです。彼女は明るい、非常に素直なモデルさんかと思うと「疲れた、ドラマって待ちが多くてめんどくさいね。明日世界史の追試だ」と言いながら、テレビ局の美術倉庫みたいなところに潜んでたばこを吸っている。そんな暗黒面、っていうか、昏い側面が描かれるわけですけど、そこで偶然、りりこの秘密を聞いてしまうんですね。「頭のてっぺんからつま先まで、さらに定期的に直しを入れて」っていうようなことを社長の口から聞いてしまう。

そういったことに対して、りりこはくだらないと言います。この世界のくだらなさを憎悪する。別にモデルとかタレントとか、芸能の世界だけじゃなくて、吉川こずえはすべての世界そのものをくだらないと感じながら生きているんじゃないかと思うわけです。それはさっきも言ったように、六〇年代からずっと通底音のように流れる文化的潮流が九〇年代のある気分として、吉川こずえを通じて描かれているからじゃないでしょうか。九五年頃、「鬼畜」という言葉が流行ったり、『ユリイカ』って雑誌で、同じ九五年に「悪趣味大全」という特集が組まれたりします。それらはごく一部での、ごく短い期間のブームだったかもしれませんが、そうしたグロテスクな気分がその時代を反映していたと感じます。

りりこは、目玉をくりぬいて、それだけを残して姿を消してしまいます。この後、未完とはいえ単行本ではりりこがある場所でまた発見されます。読んでない方は、ぜひ読んでいただきたいと思います。そこにはこう書いてあります。「そして、りりこは姿を消して、やっとママとの最後の約束を果たした」。ママというのは、事務所の社長です。最後の約束とは何か。ママのできなかったことなんです。ママもかつてはモデルだったらしい。モデルだったけれど、彼女は神話と伝説になることができなかった。りりこは、目玉を残して失踪することによって、神話と伝説になったんですけど、この後また発見される。なぜ九五年にこういうものを描いたのか。九五年の共時性というのはいろいろなところにあって、時代のことを考えると、なぜそうなったのかというのは非常に奇妙なんです。

今朝、僕はツイートしたんですけど、『週刊文春WOMAN』という雑誌に、お兄さんが映画評論家で、本人は放送作家でありテレビのナレーションもやっているMさんが、ナンシー関についてで書いています。今の規制とかコンプライアンスに縛られたテレビ界をナンシー関はどう見るだろうという文章の中で、Mさんは非常に示唆的な現在を書いています。それはどういう内容かというと、ヘイトスピーチをはじめとする、民族的な差別問題や、排外主義です。Mさんは、自身でも名乗っていますけど、在日の三世です。僕は一度、そのことについて考える集まりに彼女を連れていったんですが、怖かったと言うんです。カウンターといって、ヘイトデモに異議を唱える側がデモを阻止しようとするという活動もあるんですが、それに参加するのも非常に怖かったという。

そのときは勇気を出してきてくださったんですが、どこからその怖さが始まったのかを『週刊文春WOMAN』で書いていました。Mさんとは、生前から懇意にしていたナンシー関が、二〇〇一年のサッカーのワールドカップを見て、スポーツの祭典やオリンピックで、何でこんなに日本中が盛り上がるのか、盛り上がってもいいけれど、その背景によくない方向のナショナリズムが発生しているんじゃないか、とエッセイに書いていたんですね、すでに、二〇〇一年に、ナンシーは。Mさんはそのエッセイの言葉を引いて、彼女の立場だからなおさら感じるのだろう今の暗澹たる空気、そのときナンシー関が感じた嫌なものが、まさに形を成して現在につながっていると語る。

僕がまたツイッターでそのことを書いたら、ある人が教えてくれたんですが、二〇〇一年の日韓共同開催のワールドカップはいつから招致運動が始まったかというと、それがさっきも話したいくつもの出来事が共時的に発生した九五年ぐらいです。大体そこから始まっている。だから、九五年あたりから日本は何か排外主義的な気分、明らかに思想と言えるようなものではなくて、ある種の気分みたいなものが醸成されて広がっていったんじゃないかと考えられるんです。それを準備したのは何かというと、九五年以前にあった時代の変容だと思います。岡崎京子はそれを意識してなかったんじゃないかと思うんですけど、無意識のうちに『リバーズ・エッジ』と『ヘルタースケルター』という二作で表現していたんだと考えられる。

それがすごいと思うんですよ。表現のジャンルが全然違うけれども、僕も同じように感じていました。そういうときってたまにあるんです。作品に書いていた街や場所で事件がその後、偶然起こってしまう。もしかしたら、僕は無意識のうちにそういうふうに時代を感じていたのかもしれない。創作者は多かれ少なかれそういった感覚があるんじゃないでしょうか。なかでも岡崎京子は特別な感覚を持っていたと考えられる。だからこそ、もっと作品を描いてほしかったんですけどね。交通事故で大きな傷を負い、いまは描けない。とても残念です。

ということで、この辺で終わりにしようかと思います。どうもありがとうございました。（拍手）

藤本　宮沢さん、どうもありがとうございました。いつもながらこちらが刺激を受ける話をしてもらいました。八〇年代サブカルチャーという今回のテーマですが、八〇年代のみならず九〇年代、それから現在につながる水脈を描いていただいたように思います。私も最近台湾で日本のサブカルチャーの話をしたんですが、台湾でも八〇年代日本のサブカルチャーを話してくれと言う。そんなふうに八〇年代を気にしているということ自体がおもしろかったんです。そのときに、八〇年代論がいろいろ流行った時期があって、いつごろから八〇年代論っていうことを言っているのか調べてみたら、九五年前後なんですね。要するに、八〇年代論というのは基本的に九〇年代言説であって、九〇年代の社会的な構造に縛られている部分があると思うんです。

そのとき、クールジャパンみたいなもの、アニメとかマンガとかゲームとかが世界に広がっていく。それが日本の国策産業のようになり得るんだということを政治家たちも意識して、それが国立マンガ図書館というような発想にもつながっていったりする。九五年以降そういうものが非常に強くなってくる感じがあって、一つの大きなターニングポイントだろうと思うんです。九五年は、正月早々阪神淡路大震災が起こり、バブル経済崩壊後立ち直りかけていた日本経済がそこで完全に沈没して、失われた一〇年に突入していくことが決定的になる。同じ年に、立て続けに今度はオウム真理教地下鉄サリン事件が起きて、社会の中にある種の終末論的な空気が流れていく。

そういう環境の中で、「ジャパン・アズ・ナンバーワン」と言われた八〇年代が、日本の光り輝いていた時代として呼び戻されて、強く語られるようになっていく。それと同時に、八〇年代に台頭してきたサブカルチャーの一つとして、オタク文化、特にアニメ、日本のジャパニメーションというものがもてはやされていく。また、同じ九〇年代半ばに宮崎駿が外国で賞を取ったりして、外国から箔を付けられるというような環境になってきて、従来とは違う新しい型のナショナリズムのようなものが生み出されてくる。そういう環境があったんじゃないかという話を台湾でしてきたんですけれども、その話と重なるところがあって、非常におもしろく聞いていました。

この後、今日ご講演いただいた方々と、今回このパネリストをお呼びするときにオーガナイザーとして非常に力を尽くしてくださった小沼純一先生、プロジェクトリーダーである千野先生を交えて、パネルディスカッションを行いたいと思います。

③パネルディスカッション

パネリスト：牧村憲一、鈴木惣一朗、チャ・ウジン、林ひふみ、とり・みき、宮沢章夫、千野拓政
司会：小沼純一

藤本　それでは、シンポジウムを再開したいと思います。第三部ですけれども、パネルディスカッションです。第一部、第二部では登壇者の方のいろいろなお話を伺いました。八〇年代を語るとどうしてもその後の九〇年代、それから現代、二〇〇〇年代ということも語らざるを得なくなってしまいますけれど、今日さまざまに出た話を受けた上で、これから登壇者の方を交えてパネルディスカッションを行っていきたいと思います。

今日多様な話が出たのでなかなか大変だとは思うんですけれども、まず最初に、小沼純一さんから今日のいろいろな方の話を受けてどのようなことを感じられ、考えられたか、コメントをいただくところから始めたいと思います。小沼さん、よろしくお願いします。

小沼　小沼でございます。

「一九八〇年代サブカルチャー再訪」ということで皆さんにお話をいただいたんですけれども、一言で言うと、サブカルチャーって何だろうって思うわけです。サブカルチャーって、何人もの方がおっしゃっていたように、何かメインというものがあって、それに対してのサブであるというような発想があるわけです。それは、文化があってその周縁があるとか、上位に対

して下位があるというふうに語られるわけですけれども、先ほどの最後のところで宮沢さんが、岡崎京子の作品を通して、八〇年代から九〇年代にかけて何が起こっていたのかをその作品が表しているというふうにおっしゃっていました。それを考えると、いわゆるメインとサブというような形だけではなくて、もっと縦で見たほうがいいのではないかと思います。さきほども上部と下部というふうに言いましたが、それだけじゃなくて、そのさらに下にある無意識というようなことを、サブカルチャーという言葉の中に含めることができるんじゃないかという感じを私は抱きました。

また、今日のシンポジウムは「アジアを貫く若者文化の起源」というサブタイトルを付けていますが、若者って当然年を取ってくるわけです。八〇年代、藤本さんは小学校から高校、大学とおっしゃっていましたが、私はちょうど大学生で二〇代、同世代の鈴木さん、ちょっと上のとりさん、宮沢さんも二〇代だった。それが今や五〇代。それこそ林さんが指摘されていた、中国のロックのミュージシャンたちがいつまでロックをやっているのか、というようなことですよね。

実は、明日までにイエスというロックバンドについての話を原稿に書かねばなりません。書きたくなくて大変なんですけど、その中で一つ考えたのは、イエスに限らないんですが、五〇年代ぐらいから出てきたロックンロールが、ロックというふうになってくる。音楽を始めた頃一〇代二〇代だった連中が、その後ずっと生きて齢をかさね、五〇や六〇、七〇になっても「まだ」ロックをやっていると思っていたか、ということです。当時、五〇や六〇のロックミュージシャンなんていなかった、というか、いたかもしれないけれど、あるいは、少なくともいるとは思っていなかった。だから、ミュージシャンたち自身がどうかはよくわからないけれど、将来のこと、自分が齢をかさねて、中高年・老年になってもステージで演奏しているとは思っていなかったんじゃないか。だから逆に、この頃、若くして亡くなったロックミュージシャンについてクローズアップされたりいろいろ言われたりしたのかもしれない。いつの間にか年を取っちゃう、取っちゃうようになってしまったんです。それは私たちも多分同じでしょう。いつまでこんなことをやっているのか。

でも、人というのはおもしろいもので、いつまでと思っていないのにやってしまうし、その中で自分も変化し、時代も変化して、その中で浮き沈みがあるし、聞くとか接する側のほうも変わっていく。そういうダイナミックなというか、動的な中で捉えなくてはいけないところがあって、それが音楽とか、マンガとか、サブカルチャーと言われたりするんじゃないか。逆に、政治とか社会というすごく大きな流れに対して、カルチャーというもの自体がサブなんじゃないかという発想もできるかもしれません。経済優先で考えると、今や人によっては、政治とか社会、経済に対して、文化が、何かそれを使うとか、使われるとかいう道具みたいな見方になってしまっている。でも、それを逆転できるような何かが、もしかしたら今日の皆さんの話の中にはあるのかもしれない、とも考えました。

七〇年代から八〇年代、八〇年代から九〇年代をつなぐ牧村さんから鈴木さんのお話もありました。チャさんの発言では韓国での現在が語られました。韓国で日本の文化が解禁されたのはそんなに前ではありません。そこから若者文化がどうなっていったかを考えると、その世代の人たちがだんだん年を取っていくという問題が当然見えてきます。林さんによる中国の話では、体制側のお仕着せと、それに満足できない人の欲望というものがうかがえました。それは先ほどの無意識というものとつながるかもしれません。また、それはとり・みきさんや宮沢章夫さんがお話しになったマンガという創作行為の問題ともつながってくるでしょう。

音楽とマンガとも、カルチャーとも言いましたが、人が物を創るということを考えると、もしかしたら、一体何でそんなことをするの、しなくたっていいじゃんって、思っている人たちはいっぱいいるわけです。でも、人って何か作っちゃうんです。人の属性として、何か物を作ってしまう。それゆえに人間である。そんなところが、表現とは何かというようなことが、こうした話の中から浮かび上がってくるといいんじゃないか。

牧村さんと鈴木さん、最初に発言されて、いろいろほかの方の話を聞いてから語りたいということもあったかと思いますが、そのあたりから、いかがですか。

牧村　さっきは持ち時間のこともあるので、アジアのことは最後のところで少し触れただけだったんですけれども、そこを補足すると今のお話につながっていくと思います。僕はたまたまフォークという世界を足がかりに音楽の仕事をしたんですが、日本のフォークの育ち方をみて、途中から離脱し始めたんですね。それは、歌謡曲化、言い換えれば芸能化していったということで、一旗上げるような音楽に変質してしまった瞬間から興味を失ったわけです。

そのとき、すぐそばにはっぴいえんどというグループがいて、洋楽的なものを探求するということに感化され、そちらのほうに顔を向けたのです。一方、去ったはずのフォークの世界の中から生まれてきたのが、さっき話したパックスムジカです。アジアの音楽と一緒にやろうということで、予想もしていなかったアリス、特に谷村新司が媒体になっていった。

ところが、それだけではないんです。なるべく短く言います。戦後すぐアメリカ軍の兵士に声をかけられてジョンソン基地に連れて行かれた永島達司さんという、日本で興行を始めた方がいます。呼び屋さんというニックネームを付けられたんですけれども、その永島さんが始めたキョードーっていうのがあって、キョードーの中でもキョードー東京というのが軸になって、さっき言ったアジアの音楽を本格的にビジネスにしようとしたんです。

そのキョードー東京のトップの内野二朗さんがこう言ったんです。自分の中では三つのことがいつも大事である。だから、今やっているのもその三つのことだと。それが今小沼さんがおっしゃったことで、政治と経済と文化のバランスのいいものを興行にしていきたい、と明言したんです。政治とは何かというと、一九七〇年代の後半は、ベトナム戦争が七五年に終結し、カンボジアやタイの周辺にベトナム難民がいたんです。彼らに対して日本人は何かやらなくてはいけないという状況があって、興行主はそういう政治的な動向に注目して、アジアでチャリティーコンサートを開くという名目を見つけていくわけです。

美しい話とお金の計算をする話が同居しているんです。さきほどの話の中で端折ったことは、興行には政治と経済と文化が重要、それは戦後興行をやっていた人たちもまた獲得していった、方法論だったということです。小沼さんが今おっしゃったことの裏づけになるかど

鈴木

うか分かりませんが、三〇年ぐらいかかりましたけど、日本の中で作られていったことなんです。そういう状態でした。

今の牧村さんの話とうまくつなげられないんですけど、とり・みきさんと宮沢さんの話、チャさんの話、林さんの話を伺っていて、とても感動しました。

少し脱線しますが、八〇年代、僕は、牧村さんに教えてもらって、倉本聰さんのテレビ・ドラマ『北の国から』ばかり見ていました。サブカルチャーの時代に〈懐かしいこと、ノスタルジー〉がエネルギーだったわけです。チャさんのお話を聞いていて思ったんですが、ノスタルジーはマイノリティーじゃなくて、エネルギーだったんです。岡崎京子さんのマンガにもそうした風景が描かれていました。八〇年代は〈新しくなければ意味がない〉と思われていましたが、〈新しくなければ意味がない〉ということに準じたり、疑ったりすることが生命エネルギーになっていたと思うんです。そうした葛藤が、マンガの世界でも、音楽界でも、ファッションの世界でもあったんです。八〇年代は、僕もＤＣブランドの服を丸井の月賦でたくさん買って、随分無理していました。そのときは、もう窒息しそうだったんです。閉塞感がすごくあった。だから、九〇年代になって呼吸ができたような気がしましたが、一九九五年ぐらいから雲行きが怪しくなってきました。今では考えられませんが、二〇〇〇年にはミレニアム・バグ（Ｙ２Ｋ問題）でコンピューターが爆発するんじゃないかと言われたりして本当に信じていました。なので、僕が音楽を本気になったのは、コンピューターが爆発しなかった？　二〇〇〇年を越えてからです。本腰を入れて音楽を作らないといけないと思って、すでに一五年になります。そんなことを今日、皆さんのお話を伺いながら振り返っていました、とても良い機会になりました。

小沼　ありがとうございます。チャさん、今までほかの方々の発言を聞かれて、いかがですか。実はマンガについてもお詳しいので、そのあたりについてもお考えがあればお聞かせいただきたいと思います。

チャ　本日のシンポジウムのテーマは一九八〇年代ですので、最初は日本の一九八〇年代のサブカルチャーってどのようなものか知りたい、と思っていました。実際に一九八〇年代と一九九〇年代の日本のサブカルチャーの流れなどのお話を聞くと、韓国と重なることも、似ているところも結構あると思って、とてもおもしろく聞いていました。

　このごろ個人的に興味を持っているのがアジアなんです。アジアの諸国が太平洋戦争を経験して、その後どのような情緒を持ち、その情緒にどのような共通点、もしくは違いがあるかということに興味を持っています。そういうところからインスピレーションを受けて、また何かができる、何かが生まれるのではないかと思っています。

小沼　ありがとうございます。林さん、さっきはロックの話を中心にお伺いしたんですけれども、その後、マンガの話をとりさんと宮沢さんにしていただきました。中国におけるマンガということでいかがでしょうか。

林　ごめんなさい、あまりマンガのことは分からないのです。今日は、私にとってすごくいろいろおもしろい話がありました。目を開かされたというか普段聞かないのは、ビジネスサイドのお話をマンガについても、音楽についてもしていただいたことです。特に私がお話しした中国の改革開放初期に日本の音楽が入っていって、中国の人の心を打ったみたいなことを言うときに、そこで私が話していたのは政治の仕組みの問題であり、それを受け止めた中国の人の心というか気持ちであるわけです。それは文化の問題ですが、そこにはちゃんと仕組まれた日本の側のビジネスの考えもあって、その人たちがそこに行っていたんだということは、業界が異なる話のせいか、なかなか同じテーブルには上がってきません。それはもちろんそうなんだということを改めて認識したところがあります。

何であのときにアリスだったのか、何でゴダイゴだったのかという理由は、今まで特に語られていないんです。歌だったら歌そのものがいいとか、その歌に対する評価とかは後からの話で、そもそも誰がステージをプロデュースしたのかということは知られていません。中国の政府がそれを必要としていたというところまでは分かっていましたが、日本の側でビジネスの必要があって、マーケティングの目算があって行ったということをはっきり言っていただいたのは、すごく重要なことだと思っています。

同時に、八〇年代が今日に続く東アジアのユースカルチャーというか、みんなが共有しているものの始まりじゃないかという仮説が立てられているので、それを補足する意味で言うと、実は、八〇年代よりも前から日本と中国であったり、香港、台湾であったり、サブカルチャーに当たるものの交流はあるんです。

例えば中国だと、戦争が終わって甘粕正彦という人が自殺して、満洲映画協会という会社はつぶれましたが、満映にいた人が残って、そこで中国の戦後の映画の最初の立ち上げをしたんです。いろいろ当時働いていた方々の回想も出てきていますけど、そういうことがあった。

香港にもあります。香港映画というと、私たちはいきなり香港からわいてきたみたいな印象を持ちやすいんですが、実はそうじゃなくて、一九五〇年代、六〇年代に日本から何人もの映画人が香港に行って、技術協力をしているんです。満映や上海の映画界にいた人たちが行っています。でも、当時香港では日本人の名前は出せないので、日本の映画監督とか技術者の人が中国人の名前を使って撮った作品が一九五〇年代、六〇年代に幾つもあるんです。

李香蘭も一例です。李香蘭は本当は日本人なのに、戦前は中国人ということでやっていて、戦後捕まって銃殺されかかったところで実は日本人だということが証明されて日本に戻ってきます。それから、ハリウッドに行ってシャーリー・ヤマグチとして活躍するんです。日本ではその後山口淑子と名乗りました。李香蘭が戦後唯一李香蘭という名前で仕事をした場所があって、それは香港なんです。香港では、李香蘭は李香蘭として戦後も生きていたということもあります。

台湾にもあります。さきほど韓国で八〇年代まで日本の文化が禁止されていたというお話がありましたけど、台湾もそうだったんです。八〇年代まで日本の文化は公には禁止されていたんです。それにもかかわらず、台湾の私の同世代はみんな日本のアニメを見て育っているんです。「キャンディ・キャンディ」や「アルプスの少女ハイジ」や「フランダースの犬」などです。でも、彼、彼女たちは日本のものだとは知らなかったと言っています。台湾で放映されているときには、どこの国のものか分からないものとして放映されていて、結局あれは日本のだったんだということになるのが、八七年に戒厳令が解除されて、言論が自由になってくる九〇年代以降です。その頃になってようやくはっきりしたんですが、実はたくさん行っていた。

若い世代の人がテレビで見ているアニメは、全部日本製だったんだということになりました。また、日本統治時代に日本語で日本の映画になじんでいた人たちは、映画を見たかったんですけれど、国民党の政府がすごく制限をかけて、ものすごく少ない本数の、よほど偏ったテーマのものしか受け入れちゃいけないって言っていたんです。だけど、ごまかして持ち込んで、日本映画汚職事件みたいなものが台湾では何件も戦後起きていました。八〇年代以前も日本と中国や台湾や香港はそういったかかわりはあったのだということも、一つ最後に付け加えておこうかなと思いました。ありがとうございます。

小沼

ありがとうございます。今、林さんのお話を聞いて、私自身が思い浮かべたことが幾つかありました。まさに、何かが終わった、組織なり何なりが終わったといっても、結局その中にいた人たちは残ってしまうということです。それが特に顕著なのは政治とか、企業の場合ですが、残った人たちが暗躍する場面というのは、何となく現象としては目から落ちちゃうけれども、実際にはそういうことがすごく多い。よりミクロに見ていくときには、そういうことまで見ていかなくちゃいけないんだろうな、と考えていました。

また、メディアを通すと、海外のものであるかどうかは、あまり気にしなくなってしまうということです。外国のポップスなどを聞いているときは、歌詞なんか聞いてなくて、サウンドを聞いているみたいなことは多々あって、私なんかいまだに昔聞いたものの歌詞を知らないっていうことが多々ある。アニメーションなんかの場合もそうです。ある場所に最近書いたんですが、フランスのシネマテークみたいなところにぶらっと入ったら、アニメがかかっている。見ていて、すごく日本とよく似たスタイル（描き方）だなと思っていました。すると主人公たちが街を歩くシーンがある。と、漢字があるんです。街の看板に漢字がある。漢字なら中国かな、と思うと違う。ひらがなで店の名前が出ている。これはチャイナタウンを描いているアニメーションかなと思ったら、それも違う。「めぞん一刻」だったんです。自分が外国にいるから、その、外国のもの＝作品を受け取っているんだと思っていたけれど、実は日本のものを輸入して、声を付けてやっている。八九年でしたけど、フランスではちゃんとアニメーションの雑誌があって、その表紙はほとんど日本のアニメーションだったり、というのをこの数週間後に知りました。

最近の若い人は外国映画を見ないという話があります。私は五〇をとっくに超しているので、外国映画で育っている、ともいえる。外国映画を見ることで外国の異文化というか、自分が暮しているところとは何か違う、っていうのがだんだんわかってくる。でも、ネットで世界とつながってはいるけれど、逆に、多くの人が何となく日常的に接していた日曜洋画劇場みたいなものがなくなってしまって、海外のものに対しての関心も薄くなってしまい、その中から学ぶこともないと「思って」しまっている。そういうふうに「言われ」たりする。そんなことが気になっています。

千野

千野先生、第二部のお二人の前に、ひと言お願いします。

開会の辞のときにお話ししましたように、私は中国の現代文学と文化をやっています。いろいろなことをやっているんですけれども、最近は東アジアのサブカルチャーについて調べています。北京、上海、香港、台北、シンガポールなどで若者の意識調査をやりました。そこでは、今の若者たちがアニメ、コミック、ゲーム、あるいは村上春樹の受容の仕方もそれによく似ているんですけれども、同人活動などにどうかかわっているか調べてきました。今日はアジアが一つの話題になっていますので、それにかかわってもし補うところがあれば補うというのが私の任務だと考えています。

今日のお話を伺っていて、第一部の音楽の問題に関して、私がたいへんおもしろいと思ったのは、アンダーグラウンドとインディーズの話です。アンダーグラウンドというのは政治とか経済の体制を超えてどこにでもあり得るということを感じました。どういうことかというと、文化大革命の時代にほとんど文化がなかったというのは、確かにそうなんですけれども、実は文化大革命の時代にも本はたくさん出ています。私はそれをコレクションしています。今読んでみると、非常に偏ったイデオロギー満載のものですけれども、マンガ的なものも含めていろいろな本がいっぱい出ています。

それから、今日のロックのお話ですと、林さんがお付き合いなさった唐朝というグループの前に、今日もお話に出てきた、崔健（ツイ・チエン）という人がいました。彼は軍幹部の息子なんです。彼がどこでトランペットを学んだかというと、実は七〇年代の文革の時期です。つまり、七〇年代の文革の時期に、幹部の人たちや子弟は、みんなが地方に下放したとき、北京に残っていたんです。そのとき彼らは何でもできた。姜文（チアン・ウェン）という監督が「陽光燦爛的日子」という映画に撮っていますが、文革の時期に彼らは、野放図な不良少年になって、北京で何でもできたわけです。しかも、幹部の息子の彼はトランペットを買うことができました。ギターを買うことができた人もいた。そういう人たちは、外国の文化、外国の音楽を享受していた。外国の映画もずいぶん見ていた人たちがいる。こういうものが、実は八〇年代に入ってロックであるとかいろいろな文化が出てくるときの一つの下地になっている。したがって、禁止されていた中にも実はそういう文化はあるんだろうということです。潜在的な文化といってもかまいません。

同じことで言いますと、韓国では八〇年代の末まで日本の文化は禁止されていた。しかし、今日のチャさんの話でも明らかなように、八〇年代にすでにいろいろな方法で韓国の人たちは日本の文化に接していた。サブカルチャーと呼んでいいかどうか分かりませんけど、これが私たちの文化を形作っていく。

台湾も八七年まで戒厳令が敷かれていました。戒厳令の中でも、実はどれだけ日本の文化が向こうに浸透していったか。今、「哈日族」といって、日本が大好きな人たちが台湾にいます。その中には、戒厳令の中でも日本文化に接してきた人たちがたくさんいる。

そういうふうに考えていくと、アンダーグラウンドというのはどこにでもある。それが実は、私たちの文化や、精神形成に非常に影響のある文化を形作っていくのではないかというふうなことを感じました。

もう一つ、満映のことについて補っておきましょう。満映のことについは、そこで働いていた岸富美子さんの回想録にも出ていますが、戦争が終わったときに残った人は、残るか帰るか聞かれているんです。もちろん残った人と帰った人がいます。監督の木村荘十二さんは帰ってきて、内田吐夢さんは残ったというようなことがあって、そこで道が分かれていくわけです。残った方たちが、最初は東北電影制作所、後に長春電影製作所で仕事をすることになります。有名な「白毛女」という映画に、実は日本人がずいぶん関わっているというのはよく知られた話です。

したがって、これも何か強制的に残されたというのではなくて、中国の側で残ってほしいと言われたときに、人が分かれたということがあるだろうと思います。そういう意味では、文化というのはその時代にかかわらず、人が残れば、誰かがいればそこで必ず芽生える、あるいは続いていくというようなことだろうと思います。したがって、雑草のようなものと言ってもいいでしょうか、そうして残っていくんだろうというようなことを感じました。

そうしたことを含めて、アジアで国境を越えた交流が早くからあったのは確かです。ただ、それは今日の若者文化の国境を越えた共通化とは、少し次元の違うことでもあるような気がします。八〇年代に、文化的にも精神的にもこれまでと異なる状況が生まれてきた、ということが背景にあるのではないかと思います。

それに関わって、最後に、宮沢さんと鈴木さんの話をお聞きして、伺いたいことがあります。

それは何かというと、鈴木さんは、八〇年代に半ばに音楽の大きな変化があって、そのときにずいぶん閉塞感を感じてこられた、そして九〇年代に入ったときに、それが少しほどけたような感じがあったという話をされました。

一方、宮沢さんは、八〇年代は何もなかった、スカだという言い方があったけれども、実はそこにはある種の明るさがあった。ところが、九〇年代に入るとそれは平坦な世界になって、表向きには何もない世界かもしれないけれども、そこは戦場になっている。そこでみんなが苦しんでいる。生きていくのがこんなに大変になった。それを岡崎京子さんが描いているという話がありました。

その逆転が私は大変おもしろくて、それはそれぞれの面で何を意味しているんだろう、どういうふうに考えればいいんだろう、ということが気になりました。なぜそれが気になるかというと、中国は、改革開放以来、大幅に資本主義化、自由化したといいます。確かにそうなんです。みんな豊かになったし、何でも受容するようになりました。しかし、ある意味では、逆に、改革開放に反対する言説は言いにくいんです。文化大革命の時代は、ものすごくイデオロギーの締め付けが強かった時代です。しかし、あのときは指導部の中でも路線闘争があった。ということは、指導部の中で意見の対立があって、結果としてそうできたんです。もちろん私たちの民主主義とはまったく違う話です。しかし、そのときには、違う意見が言えたということです。今は強い強権的な圧迫感はないかもしれません。しかし、逆にその中で次第に言えないことができてきているのかもしれない。

以前私は、中国の閻連科という作家と話をしたことがあります。彼が心配しているのは、次のようなことでした。文化大革命が終わった後、この三〇年間中国では締め付けが相対的に緩んできている。しかし、それに対して発言することが実は弱くなってきている。そこが問題なんだと彼は言いました。私は分かるような気がします。そういう目で見ると、八〇年代から九〇年代になったときに、世の中としてはもっと開け、便利になって、いろいろなことが変わったのかもしれないけれども、ある部分で逆に私たちが生きにくいような要素が生まれてきたのではないか。だから、ある面ではそれは解放に感じられ、ある面ではそれが閉塞感につながっていくのではないか。その辺はどうなんだろうという気がしました。ご意見を聞かせていただければうれしいのですが。

小沼　では、鈴木さんからお願いします。

鈴木　今伺っていると、さっき宮沢さんの話もそうですけど、要するに八〇年代は一つの価値観がすごく大きくあって、それが一つしかないということが僕にとっては閉塞感でした。九〇年代に入ると、音楽シーンはおおらかな世界なので、何をやってもいいんだということで、音楽をサンプリングし始めるんです。ヒップホップとかハウスミュージック、クラブシーンとか、もう何でもありだということになります。自由だなという空気が、閉塞感が解けたというのが、僕にとっての九〇年代の音楽シーンの印象でした。

　でも、その自由だなということが五年後、一九九五年ぐらいから確かに苦しくなってくるんです。一つの大きな価値観があったことで、僕は八〇年代に閉塞感を感じていたのに、自由になったら苦しくなった。その自己矛盾の中に自分が入り込んでいって、さあどうしようというふうに考え始めたというのを思い返しました。宮沢さんはどうですかね。

宮沢 鈴木さんがおっしゃった八〇年代に一つの価値観しかなかったというのは、別の言葉で言うと、格好いいか格好悪いかという差異化が起こったのが、おそらく八〇年代だったということではないでしょうか。それがぐずぐずになっていくのが九〇年代に入ってからだったと思うんです。別に格好よくなくてもいいんじゃないかという人たちが出てきたし、格好つけやがって、という言葉も出てきた。ある部分に対して、僕も感じないではありません。そういうのが八〇年代と九〇年代の境界になっているんじゃないかと思います。

小沼 なるほど。あわせて宮沢さん、今日ほかの方々の発言を聞かれていていかがですか。

宮沢 今日はアジアの話をいろいろ聞かせていただいて、非常におもしろかったんです。というのは、去年、おととしとNHKのEテレで「ニッポン戦後サブカルチャー史」という番組をやったんですが、企画書にはクールジャパンって書いてあるんです。どうやらクールジャパンを推したいらしいんです。でも、クールジャパンはアジアにも行っているはずだと思うのに、NHKはちっとも紹介しないんです。だって、早稲田で教えていたら、中国からの留学生がオタクなんです。なぜ早稲田に留学したかというと、日本のアニメが好きだからっていう。そういうことをなぜNHKは紹介しないんだ、おかしいだろうって言いたくなるんです。

クールジャパンは単に西洋のものだけじゃない。パリへ行ったら、宮崎駿さんの映画の巨大な看板があって、ここはどこなんだろうと思いましたけど、もっと見るべき場所があるはずなのに、それを描かないんだということは強く考えていました。そんな以前から考えていたことが、今日非常に明瞭になったというふうに思っています。

千野　今の話で言いますと、実はＮＨＫはやっているんです。「東京カワイイ★ＴＶ」といって、アジアで日本のカワイイ文化などがどのように受けているかというのを、上海なんかを舞台にして紹介した番組がありました。だから、一応やっているのはやっているんですが、確かに問題意識が私たちと多分違うんだろうと思います。

宮沢　そうでしょうね。

小沼　その、違うという紹介の仕方とは、どういうふうなんでしょう。

千野　基本的にはクールジャパンと同じなんです。要するに、日本の文化について世界の人がこんなに期待している、共感しているっていうような紹介の仕方なんです。私がインタビューをしたりアンケート調査したりして、アジアの若い人たちの話を聞いてみると、確かにみんな日本のそういうものは好きなんですが、それと彼らが感じている閉塞感や孤独感がものすごく共通しているんです。

したがって、日本の若い人たちがマンガを読んだり、いろいろなものに接したりするときに、何を期待しているのかは考えなければなりませんし、中国とかほかの地域に行くと、誤解があったりしてずれているのかもしれないけれども、彼らは同じように閉塞感、孤独感を抱えていて、それを読んだり見たり聞いたりすることで解消しているところがある、ということです。そういう意味では、若い人たちをめぐる環境が実は共通化してきている。その上に、サブカルチャーと呼んでいいかどうか分かりませんけど、そういうものがかぶさってきている。そんな気がするんですが、そこのところの紹介はないということです。

もう一つだけお話しすると、音楽でも、中国では日本の楽曲がたくさん売れるんですけれども、歌詞は全然違うんです。「昴」などは、暗い道を私は星を頼りに歩んでいくんだというのではなくて、理想を目指して私たちは生きていくというような歌になっていて、ずいぶん違う。テレサ・テンも実はずいぶん違います。でも、彼らが感じていることは、おそらく日本の視聴者と似たようなことじゃないかと私は思います。小沼さんがおっしゃったように、歌詞ではなくて楽曲を聞きながらですが。そういう意味で言うと、視聴者や読者や若者を取り巻いている環境とか感覚が実は非常に共通化してきている。

その上に、私たちの文化の共通現象があるのかもしれない、ということに関しては触れない。

宮沢　それでは単なる日本の財界や政界に都合のいい宣伝だという気がしたということです。

千野　それはヨーロッパでも同じなんじゃないかと思うんですけど。

宮沢　そうなんです。

そこを紹介しないわけじゃないですか。ヨーロッパのコスプレした人をただ映すだけでしょう、さらっと。こんなににぎわっています、と意外と狭い範囲で撮っていたりするんです。コミケみたいなことはないわけじゃないですか。とてつもない絵って。コミケすごいですからね。

千野　すごいです。本当にすごいです。

宮沢　それとよく似たようなことは、アジアにもあるんじゃないかと思うんですけど、とりさん、どうでしょうか。

とり　アジアでもヨーロッパでもあります。特にフランスなどでは、オタクの人の大コスプレ大会も交えた、コミケクラスのジャパンフェス、オタクフェスみたいなのがあります。東京のコミケは人数的に度を越していますけれども、全国から、あるいはヨーロッパ中からそういう人が集まるフェスティバルみたいなのは確かにあるんです。

ただ、話を少し戻しますけれども、非常に重要なのは、今回サブカルという名前がたくさん付くんですけれども、ここではオタク文化も含めて広義のサブカルというような捉え方をしている方が多いと思うんです。一時期九〇年代の後半にオタク側の人がサブカルという言葉をすごく嫌ったんですね。それには長い、まさに八〇年から九〇年代にかけての歴史があるんです。さきほど話したように、七〇年代の終わりから八〇年代の頭にかけては、サブカルもオタクもわりと仲はよかったというか、区別がなかったというか、混然一体だったというのが僕の実感です。今で言うオタクのルーツは、僕はＳＦのファンダムにあったと思っているんですが、いまのアニメオタクみたいな感じではありませんでした。むしろ旧世代のＳＦの人たちは、アニメとかはＳＦじゃないからということまでよく言っていました。その趣向の対象は幅広く、僕がロックの話をするのもＳＦの人が多かった。

しかも、ＳＦの映画のヒットでＳＦブームになったおかげで、その周辺分野の翻訳も増えたんです。そのとき、「スターウォーズ」のようなスペースオペラふうのＳＦだけではなくて、当時の現代文学や中南米文学、ボルヘスとかマルケスとかバロウズとかバーセルミとか、イタロ・カルヴィーノとかも、普通の文学じゃなくてSFっぽいということで、SFの名を冠してサンリオやハヤカワから出版されたんです。そのおかげで僕は彼らのそうした作品にも触れることができたということがあります。

そういった状況が八〇年代の頭ぐらいにはありました。そういう層が増えてくると、内部差別化が起こるんです。具体的には、オタクの言葉の発祥と言われている中森明夫さんが八三年に、「おたく」という言葉の使い方を揶揄したコラムを書いた。いかにもアニメ好きで、でも、どこかファッションがおかしい、人とうまくコミュニケーションが取れない、そういう人たちがどうも名前を呼ばないで、おたくという言葉でお互いを呼び合っている、というようなコラムです。僕はそれをリアルタイムで『漫画ブリッコ』という雑誌で読んで、最初はすごく腹が立ったんです。ただ、もう少し落ち着いてくると、腹が立つということはある程度当たっているのだと思いました。人は自分で嫌だと思ってることを言われると怒りますから。中森さん自身もオタク的な資質があるけれど、それも踏まえて多少皮肉に、自虐的にそういうことを書かれたと思うんです。でも、最初はすごいかちんときたわけです。

ところが意外にも、僕同様かちんときたはずなのに、中森明夫が使ったおたくという言葉を一番消費して、自分たちの呼び名として使ったのはオタクの人たちだったわけです。オタクの人たちに、SFファンが母体ですから、もともとあまり情動的でないというか、相対的な物の見方こそ至上と思っているわけです。自分たちのことをかなりきつい言葉でそう言われても、確かにそういうところはあると思ってしまった。そういう意味で、自虐的に、どうせ僕らはオタクだ、しかしそういう僕らにも誇りはあるよ、みたいな文脈で、オタクという言葉を自分たちで使うようになった。

ただ、そのときの恨みというのはオタクの人にはずっと残っていたわけです。というのは、中森さんがおたくという言葉を使った八三年は、世の中はニューアカブームで、中森さんをはじめとした新人類の人たちは、当時のニューアカデミズムの人たちと仲がよくて、そういった雑誌、媒体に乗っかって発言することが多かった。それ以降、ニューアカの言葉で自分たちのアニメとかオタクを語る人たちを、オタクの人たちは敵視し始めたわけです。さらに、これは九〇年代に入ってからですけれども、宮崎勤事件が起きて、そういえばちょっと何か気持ち悪い人たちがいる、というような世間のオタクに対する共通認識が広まっていったので、オタクの人たちはますます自分たちの存在をさいなまれるような気持ちになっていたわけです。

そうしたところに、今度は宮崎駿さんや大友克洋さんや押井守さんのアニメが海外で評価を受けているというニュースが入ってきます。外国の人が褒めると、日本人は昔から喜びますから、メディアも取り上げだした。日本のオタク文化が蔑まれていたときに、東アジアの人たち、さらには欧米の人たちに、それを逆に評価する動きがあって、オタクの人たちが少し自信を持てたし、また世間への反駁の材料も与えられた。そういう経緯が九〇年代の半ばぐらいにあります。

でも、その前はすごく自虐的にオタクという言葉を使っていて、みんなすごくコンプレックスを持っていたと思います。さっき宮沢さんがおっしゃったように、八〇年代は格好いいことがよいことだとされていたため、オタクの人はファッション的にまずダメだとされて、当時八〇年代に流行ったおしゃれなとんがった人たちに対して、コンプレックスを持っていたわけです。新人類やニューアカ方面はファッション誌と親和性が高かったので、よけいに。ただ、そうしている間に、九〇年代から、オタク系のアニメやマンガの文化が、自分たちの国にはないものとして海外で評価が高くなってしまったものだから、オタク関係に関するお金も世の中で動くようになりました。アニメとか、グッズとか、記事とか。そうすると、今度はオタクの人たちが自信を持って、オタク評論家みたいな人たちが現れてくるわけです。代表的な人は岡田斗司夫さんですけれども、彼が積極的に本を出して活動するようになったのがちょうど九五年なんです。

九五年というのは大事な年で、さっき僕は下北沢で青春を過ごしたと言いましたけれど、下北沢はスズナリが八一年、本多劇場が八二年にできて、演劇の町でもありました。もちろんその前から音楽の町でもありましたが、その一方で、あまり知られていないことですけど、SFやマンガ関係の人たちがたくさん住んでいたオタクの町でもあったんです。パラレル・クリエーションという、後にアニメの監督やSF作家やマンガ家になった人たちがまだ若手のときに集まっていた会社が僕の仕事場のすぐ近くにあって、僕も入り浸っていました。それに、後に肥大化するコミックマーケットの事務所も下北沢にありました。さらに当時ちょっとしたブームだったミニコミ誌の編集部も幾つかあった。同じ町でいくつものレイヤーでそういう文化が行き来していたんです。

ただ、オタク的な作品とかオタクの趣味は、八〇年代にはやはりちょっと低く見られていました。九〇年代に、パラレル・クリエーションにいた出渕裕さんが中心になって、パトレイバーというアニメを作ってすごく評価されます。さらに、別の場所で同じようなグループを作っていた大阪芸大出身の人たちが、庵野秀明さんを中心にエヴァンゲリオンという作品を作ります。それが九五年です。エヴァンゲリオンは、オタクの人が嫌っていたサブカルの人も注目したアニメでした。突出した作品というのは、ジャンルを超えて評価されるものです。そういう力を持っていますからね。

ここで本当はオタクの人は喜ぶべきだったんです。ある意味で壮大なリベンジですから。僕はけっこう喜んだんです。ところが、オタク評論家の人たちは、エヴァンゲリオンを最初あまり褒めなかったんです。サブカル受けしているといって。彼らにとってこのころは、サブカルはオタクの対立項であり仮想敵だったんですね。これまで敵と見ていたサブカルの人からエヴァンゲリオンが評価されることが気に食わなかったというふうなオタクの人たちがいたんです。同様にサブカル側にもオタクを敵視する人がいまだにいます。

僕はそれがどちらも非常に嫌だったんです。八〇年代の中森さんの発言も嫌だったけど、九〇年代の岡田さんたちの言説も同意できなかった。どちらかというと、僕はオタク寄りの場所で仕事をすることが多かったんですけれども。

宮沢 オタクがカタカナになったときってあると思うんです。

とり そうですね。

宮沢　そこでオタク自身の意識がものすごく変わったような気がするんです。オタクであることをむしろ誇りに思うようになったというか。その一方で、エヴァンゲリオンで言うと、野火ノビタさんの評論があるじゃないですか。オタクとしてエヴァンゲリオンを評論したんですけど、自分たちの問題がここに描かれているということを、オタクに向けて語ったんです。それは、あまりオタクには受けなかったんですね。

とり　受けなかったんです。

宮沢　でも、僕が読むと、彼女の文章はめちゃくちゃおもしろいんですよ。

とり　僕もおもしろかったです。

宮沢　こうした点で、エヴァンゲリオンというのは何かの境界線だろうと感じます。

とり　カリカチュアっぽい話になりますが、新人類を広めた人たちって三人だったじゃないですか。オタク布教をしていた人たちはオタクアミーゴスと名乗っていたんですけれども、その人たちも三人だったんです。だから、出来の悪いカリカチュアの仕返しみたいに見えて、似た構図だなと思いました。一〇年かかって裏返しで同じことをやっているんじゃないかという気がして、コウモリ的にどっちも行き来していた僕には、居心地が悪かったです。

小沼　今とりさんがおっしゃったのは、サブカルチャーとオタクの関係の話ですが、オタクとその歴史背景を聞くと、人が集まって何かする中で、それがどう変容していくかという問題があって、一種の内部差別化というような言い方をされていました。内部分裂をしたりする点では、学生運動などもそうかもしれません。

チャ　それで、最初はマイナーであった人たちも、自分をメジャーの側にしていくある種の展開の仕方、音楽の例で言えば、かつてはジプシー音楽と言っていたのが、差別用語だというので、世の中ではロマと言われるようになった。でも、わざとジプシーキングスと言ったり、自分たちをジプシー音楽だと言ったりする人も出てくる。そういう逆転というか、動的なというところがあるように思います。

ちょうどエヴァンゲリオンを個人的にとても好んで見ていましたので、お話を聞かせていただいてとても楽しかったです。エヴァンゲリオンの劇場版が韓国で初めて公開されたときに、三〇〇人入りの劇場だったんですけれども、たった一人で見ていました。真ん中の席に座って一人で見ていました。

実は、当時、韓国にもオタク文化はあったにはあったんです。ただ、韓国では、オタクの位置はネガティブに見られています。韓国の中ではオタクという言葉に幾つかのバリエーションがあって、変化していきました。

一九九〇年代は、オタクというのは、まずまずポジティブなイメージで言われていました。政府を挙げて言葉を作って、オタクのことを新知識人という言葉で呼ぶことになったんです。一九九〇年代には、一九九〇年代の文化産業を掘り起こして、二〇〇〇年の未来を導いていくというふうに政府が言っていました。

二〇〇〇年代に入ると、韓国では超高速インターネット網が定着して、日本でいうと2ちゃんねるみたいなのがネットで広がることになります。韓国ではＤＣインサイドという名称なんですけれども。二〇〇〇年代に入ってデジタルカメラが普及すると、当時三〇代の人々がデジタルカメラで写真を撮ったり動画を撮ったりして、2ちゃんねるみたいにコミュニケーションを取ることがはやります。

韓国の2ちゃんねるみたいなところで、互いにそれぞれの好きな映画やらドラマやら音楽やらアニメやらをディスカッションする中で、素人だった人々がどんどん専門家みたいなことを語るようになります。彼らのことが当時オタクというふうに呼ばれたんです。その時代は、ポジティブな意味で、ある分野に詳しい知識を持っている人というふうに取られていました。

オタクという日本語をそのまま使っていましたが、その数年後は、オタクのオはそのままに残して、タクに韓国語の言葉を当てはめて、オトフという言葉として再誕生することになります。オタクというと明らかに日本語ということが分かりますけれど、それをちょっといじってオトフというと、何となく韓国語っぽいということです。

その数年後、また頭のオが取られてしまって、後ろの二文字だけ、トフという言葉だけが残りました。今では、オタクのことをトフと言っています。

日本語のオタクという言葉から、オトフになり、トフになるというふうに名称が変遷する中で、オタクのイメージも変わることになりました。最初は、オタクというと、プロ並みの知識を持っている人、ある分野にとても詳しい人、という知識人みたいなイメージだったのが、オトフになると、ある分野に詳しい人、ある特定の一つの分野にとてもこだわる人という意味になり、トフになると、社会や生活はどうでもいい、自分の好きな、社会から見るとどうでもいいことばかりに気を取られている、どちらかというと社会に適応していない、社会からちょっと外れている者といったイメージに変わっていきます。

宮沢　わりと日本とは逆のような気がします。

チャ　そうです。真逆です。最近はトフという言葉も変わって、インヨ（余ったもの）という言葉を使います。社会の役に立たない、社会の一人の構成員ではなく余ったものというイメージとして言葉が定着してしまいました。

先ほど講演で取り上げた韓国のX世代は、経済的に豊かな時期に青春を送った恵まれている世代です。今は二〇〇〇年代に青春を迎えた世代ですが、大学を卒業してもなかなか内定がなかったり、就職、就活で困っていたり、経済的にもとても困っています。最近のはやり言葉には、今生はもうだめだ、来世また生まれ変わったら何とかなるかな、みたいなのもあります。X世代と今の二〇〇〇年代の若者世代は経済的な背景もかなり変わっています。

二〇〇〇年代の今の若者世代に蔓延している気持ち、情緒は、一言でいうと不安感です。もう一つ個人的に付け加えれば、孤独感というのが今の若者世代に蔓延している情緒ではないかと思います。

小沼　ありがとうございます。

とり　すいません、さっきは脱線して宮沢さんのご質問の答えにまでたどり着けませんでしたが、今のお話と、さっき宮沢さんがクールジャパンの違和感みたいなことをおっしゃっていたのと関連する話なんですけれども、フランスに行くと、確かにたくさんオタクの人たちが集まってフェスティバルなどをやっています。それを踏まえて日本でもクールジャパンとか言うようになっていますが、集まっている人たちは、自分の町や、それぞれの家に帰っていくと、まだまだ疎外されている人たちなんです。

宮沢　フランスの人たちみんなが日本のクールジャパン的な文化を喜んでいるわけじゃないんです。僕はパトレイバーの仕事でフランスの映画祭に行ったんですが、それはアニメに特化した映画祭ではなくて実写も含めた映画祭だったのです。そこで話をしていると、明らかにまだまだアニメは下に見られているというのが伝わるんです。作品を見たら態度ががらっと変わったんですけれども。でも一般の人はやっぱりそうで、アングレームのマンガ祭に行っても、バンド・デシネ的なマンガは評価するけれども、日本のアニメっぽいマンガは、子どもたちは大好きだけど、ちょっとねと思っている大人たちがまだけっこういます。

　同じ趣味の子が集まると、そういう抑圧を発散して大フェスティバルみたいなことになって、その映像が伝わってきて日本もクールジャパンとかいって喜んでいるわけですが、自分たちの国では、彼らはみんなまだ結構孤独なんです。こういう趣味を持っているのはマイナーなんだと、疎外感をすごく感じている。だからこそ、みんな日本に来たがるんです。

とり　オタクっていうのは、ふるまい方なのか、それとも対象、好きなものの対象の問題なのか、というのも分からないんです。

宮沢　難しいですね。

今日、大瀧詠一さんの話を聞いて、大瀧さんはオタクなんじゃないのかなって思ったんです。

小沼　実は、さきほど牧村さんが私にちらっと見せてくださった紙があって、そこに渋谷系＝オタクと書いてあったんです。牧村さんがおっしゃりたいのは、オタク的なメンタリティーは多分あるものに集中していろいろなものを集めていくというところにあるんだけれども、ある種の時代的な閉塞感とか、人が自分一人でやらなくちゃいけない何かというのは、多分オタク的なメンタリティーと共通するものがあるだろうということなんです。たぶん千野さんがこのシンポジウムであぶり出したいものも、まさにそれだったんじゃないか。私は今までいろいろなお話を伺っている中でそう感じていました。

林さん、何か一言おっしゃりたいような。

林　オタクがカタカナになっていったという話を伺って思ったことがあります。オタクの発音も意味も変わっていったというお話ですが、中国語はカタカナがないので漢字のまま「宅」（ジャイ）と表現するのが、台湾でも香港でも中国でも定着しています。オタクという言葉は、複雑な単語にもかかわらず、みんな意味がぽっと分かるんですね。オタクっていう言葉はどこでもすぐ広がっていきます。

さきほどオタクの人たちはファッションもあまり格好よくない、という話が出ましたが、ここ数年の台湾映画の中によくオタクの男の子たちが出てくるんです。彼らは、みんな一定の風貌をしているんです。太っていて、前髪を切っていて、ちょっと気持ちが悪いんだけど、女の子のことをカメラで撮りたがる、みたいなイメージです。揶揄された見方ではあるんだけれど、でも、社会の中に十分融合された、かわいいタイプでもあるわけです。

小沼　ありがとうございます。全然予想していなかったんですけれども、私は最終的には千野さんの掌の上にあったような気がしています。牧村さん、最後に一言いかがですか。

牧村　話が多岐にわたっているので、まとめ役なんかとてもできないんですが、先ほど渋谷系＝オタクっていうメモを見せたのは、結果的に渋谷系と呼ばれてしまった人たちの中で、今もって自ら渋谷系を名乗り、やっている人たちと、できたらそういうことは忘れてほしい、言われたくない人たちの二つに分かれているんです。僕は渋谷系に対して被害者意識を持っている方なので、それを名乗れる人たちは、さっき言った芸能志望の人なんだな、と思ったんです。鈴木さんは言われたくないほうで、友だちで言うと小西さんは言われたいほうという、選別方法は大体そんな感じです。締めにもならない言葉ですいません。

小沼　ありがとうございました、皆様にすごく広く、そして深い話をしていただきました。たぶん皆様いろいろお考えになる、自分との関心に引きつけて、そして、さらに焦点化して何かお持ち帰りになることができるかと思います。

藤本さん、最後に閉会の辞をお願いします。

藤本　すみません。閉会の辞を特に考えていませんでした。今日はとり・みきさんの講演でサブカルとオタクの分化の話をすごく楽しみにしていたんですが、ご講演の中ではあまり触れられなかったので、どうしようかなと思っていたら、最後のパネルディスカッションで自分のこととしてよく分かる話をしてくださいました。

どうして自分のこととしてよく分かるのかというと、サブカルチャーという言葉自体の多様性だとか、オタクも含めてカテゴライズの問題とかは、音楽やマンガ、その他のさまざまなジャンルで違いがある。そういう意味では、一概に八〇年代ということも言えないし、簡単にサブカルチャーとも言えない。そういう非常に複雑多岐にわたる難しい対象だけれども、サブカルチャーならサブカルチャーという名前でもって何か語りたくなる欲求をかき立てる、このテーマはそういう非常にヌエのようなおもしろい存在だということを、講演、あるいはその後のパネルディスカッションを聞いていて、改めて感じました。

そういう意味では、一つにまとまってしまったらメインになってしまうので、まとまらない、というよりも、サブカル的な拡散した形で開いて終わるのも、これはこれでサブカルチャーのシンポジウムらしくてよいのではないかというふうに思います。

長時間にわたって今日参加してくださった方々に感謝いたします。たいへん貴重な証言、それから深いお話をさまざまに展開してくださった登壇者の方にも、改めてお礼申し上げます。プログラムリーダーの千野先生、オーガナイズに非常に尽力された小沼先生、お二方にも重ねて感謝を申し上げます。また、この会を作り上げてくださった参加者の方々、登壇者、通訳の方々、スタッフの面々にいま一度拍手をお願いいたします。（拍手）

それでは、これで八〇年代サブカルチャー論のシンポジウムを終わらせていただきます。今日は、日曜日にもかかわらず最後までお付き合いくださいまして、まことにありがとうございました。重ねて感謝申し上げます。（拍手）

あとがき

本書は、二〇一四年四月から二〇一九年三月まで早稲田大学文学学術院で行われた共同研究、私立大学戦略的研究基盤形成事業「近代日本の人文学と東アジア文化圏——東アジアにおける人文学の危機と再生」の一環として刊行するものです。この研究は三つのグループに分かれて活動を行いました。それぞれのテーマは、①「近代日本と東アジアに成立した人文学の検証」、②「ポストコロニアル時代の人文学、その再構築——二一世紀の展開に向けて」、③「早稲田大学と東アジア——人文学の再生に向かって」。わたしたちは、その第二グループに当たります。

目標に掲げたのは、戦後から現在に足る人文学を再検討し、二一世紀の人文学のあり得べき姿を探る、という壮大なテーマです。その背景には、グローバル化とともに世界の変貌が進んで新たな状況が現れ、それを的確に捉えることがどの領域でも難しくなってきている、という認識がありました。既存の学問では捉えきれない問題がここかしこに見られるようになっているのです。現在の世界のありようを正確に捉え、そこに切り込む糸口を見つけようと、多くのメンバーが集まってくれました。参加メンバーは多岐にわたる領域を専門にしており、海外からも多くの研究者が参加しています。そのほとんどは、これまでメンバーと共同研究などを行ってきた、気心の知れた方々でした。多士済々の同志と言っても間違いではないでしょう。

ただ、そういうと聞こえはよいのですが、研究は最初から大きな問題にぶつかりました。それぞれの領域で抱えている具体的な課題はまちまちで、共通項を見いだすのが難しい状況だったからです。そこで、わたしたちは議論の末、次のようなことを研究の原則とすることにしました。

①人文学は多様であり、その多様性を突き詰めていく中に未来の可能性があることを認識する。

②異なる領域の最前線で活躍する研究者、実作者との対話を通じて、現在の文化が抱えている問題の最先端を把握する。

③人文学はこれまで文献学に基づいてきたが、非文献学に属する領域がますます拡大しており、多様な越境的研究方法が必要である。

④現在の世界を正確に捉えられるよう、現場で創作や実践に取り組んでいる最先端の実作者と連携する。

そうした目標の下、わたしたちは次のような活動を進めることになりました。

1. 国際シンポジウムの開催――毎年、世界の最先端の研究者・実作者を招いてシンポジウムを開催し、異なる領域の最前線の知見を交換して、議論を深めることを目指しました。シンポジウムは、大まかに、思想・文化・文学・歴史の四領域を設定し、毎年テーマを変えて計八回のシンポジウムを行いました。

2. 小型シンポジウム、講演会の開催――各メンバーがそれぞれの領域で最先端の研究を継続して行うことをサポートしました。

3. 資料の収集・調査とデータベース化――新たな研究を可能にする基礎資料の整備にも力を注ぎました。具体的には、『早稲田文学』の本文データベース、「サムライ」を通じた日本人イメージ資料のデータベース（わたしたちはサムライ・イメージと呼んでいました）を作成しました。また、サブカルチャーの受容をめぐる世界各地での調査、埋もれていたコロンビア大学の戦後日本文学資料の調査などもサポートしました。

4．若手研究者の育成――次代を担う若手の研究者を育てるため、その調査や研究成果の発表をサポートしました。また、中国の二大学（上海大学、南開大学）と、大学院生の国際シンポジウムを毎年開き、若手研究者どうしの学術交流を進めました。

本書は、その活動のうち、国際シンポジウムをできるだけそのままの形で書籍化したものです。二〇一六年一月一七日に開催した、「一九八〇年代サブカルチャー再訪：アジアを貫く若者文化の起源」と、二〇一七年三月に開催した「新世紀：越境する東アジアの文化を問う――カルチュラルスタディーズ・文学・サブカルチャー・そして人々の心――」が収められています。

わたしたちの活動が、最初に掲げたテーマのように「二一世紀の人文学の展開」を先導するようなものになっているかどうかは心許ない限りですが、世界と、他の領域と結びつ来ながら問題を捉えようと奮闘した熱となにがしかのヒントを感じていただければ、これに勝る悦びはありません。残りのシンポジウムも、同じような書籍になる予定です。あわせてお楽しみいただければ幸いです。

最後に、無理難題を引き受けてくださったひつじ書房の松本功さんと、スタッフのみなさんに心より御礼申し上げます。

研究グループを代表して　千野拓政
二〇一八年一二月

執筆者一覧

千野拓政（Senno Takumasa）
一九五三年生まれ、早稲田大学教授、中国文学、文化研究
［連載］《东亚现代文化的转折与日本当代青年文化》（東アジアの文化的転換と日本の若者文化）《花城》二〇一六年第一期〜第六期、花城出版社
［編著］『東アジアのサブカルチャーと若者の心』勉誠出版、二〇一二年

王暁明（Wang Xiaoming）
一九五五年生まれ、上海大学教授、文化研究、中国文学
［編著］《一九九〇年代以来上海市青年的〝居家生活〟》（一九九〇年代以降の上海都市青年の「家庭生活」）上海大学当代文化研究中心、《档案与争鸣》编辑部、二〇一六年
［単著］《近视与远望》（近視眼と遠望）复旦大学出版社、二〇一二年

ミーガン・モリス（Meaghan Morris）
一九五〇年生まれ、シドニー大学教授、文化研究、メディア論
［単著］*CREATIVITY AND ACADEMIC ACTIVISM: Instituting Cultural Studies*（創造性とアカデミック・アクティヴィズム——文化研究の創立）, Duke University Press; Hong Kong University Press, 2012
［単著］*IDENTITY ANECDOTES: Translation and Media Culture*（アイデンティティー秘話——翻訳とメディア）, SAGE Pubulication Inc., 2006

毛利嘉孝（Mouri Yoshitaka）
一九六三年生まれ、東京藝術大学教授、文化研究、社会学、メディア論
［編著］『アフターミュージッキング——実践する音楽』東京藝術大学出版会、二〇一七年
［単著］『ストリートの思想——転換期としての1990年代』ＮＨＫブックス、二〇〇九年

賀照田（He Zhaotian）
一九六七年生まれ、中国社会科学院文学研究所研究員、中国現代思想
［単著］《当代中国的知识感觉与观念感受》（当代中国における知識感と観念の受け取られ方）广西师范大学出版社、二〇〇六年
［論文］〈群眾路線的浮沉——理解改革開放四十年的一個重要視角〉（群衆路線の浮沈——改革開放四十年を理解するためのある重要な視座）《二十一世紀》二〇一八年一二月號

李南周（Lee Namju）
一九六五年生まれ、聖公会大学教授、政治学
［単著］중국 시민사회의 형성과 특징（中国公民社会の発展と特徴）、폴리테이아（politeia）、二〇〇七
［共著］변혁적 중도론（変革した中道について）、창비、二〇一六

上田岳弘（Ueda Takahiro）
一九七九年生まれ、作家
［小説］『ニムロッド』講談社、二〇一九年（芥川龍之介賞受賞作）
［小説］『私の恋人』新潮社、二〇一五年（三島由紀夫賞受賞作）

陳栢青（Chen Boqing）
一九八三年生まれ、作家
［小説］《Mr. Adult 大人先生》寶瓶文化事業股份有限公司、二〇一六年
［小説］《小城市》九歌出版社有限公司、二〇一一年

小沼純一（Konuma Junichi）

一九五九年生まれ、早稲田大学教授、音楽評論家

［単著］『音楽に自然を聴く』平凡社新書、二〇一六年

［単著］『映画に耳を——聴覚からはじめる新しい映画の話』DU BOOKS、二〇一三年

藤本一勇（Hujimoto Kazuisa）

一九六六年生まれ、早稲田大学教授、フランス現代思想

［単著］『情報のマテリアリズム』NTT出版、二〇一三年

［翻訳］ジャック・デリダ『プシュケー　他なるものの発明1』岩波書店、二〇一四年

牧村憲一（Makimura Kenichi）

一九四六年生まれ、音楽プロデューサー

［共著］『渋谷音楽図鑑』太田出版、二〇一七年

［単著］『「ヒットソング」の作り方——大滝詠一と日本ポップスの開拓者たち』NHK出版新書、二〇一六年

鈴木惣一朗（Suzuki Souichiro）

一九五九年生まれ、ミュージシャン、音楽プロデューサー

［単著］『耳鳴りに悩んだ音楽家がつくったCDブック』DU BOOKS、二〇一八年

［単著］『細野晴臣　録音術——ぼくらはこうして音をつくってきた』DU BOOKS、二〇一五年

チャ・ウジン

一九七五年生まれ、音楽評論家

［単著］청춘의 사운드（青春のサウンド）、책읽는수요일、二〇一一

［共著］대중음악의 이해（ポピュラー音楽の理解）、한울、二〇一二

林ひふみ（Hayashi Hihumi）

一九六二年生まれ、明治大学教授、ジャーナリスト

［単著］《再見平成時代》（さよなら平成時代）臺灣大田出版、二〇一八年

［単著］『中国語はおもしろい』講談社現代新書、二〇〇四年

とり・みき（Tori Miki）

一九五八年生まれ、マンガ家

［マンガ］『プリニウス』一〜七（ヤマザキマリと共著）新潮社、二〇一四年〜

［単著］『街角のオジギビト』筑摩書房、二〇〇七年

宮沢章夫（Miyazawa Akio）

一九五六年生まれ、早稲田大学教授、劇作家

［編著］『NHKニッポン戦後サブカルチャー史——深掘り進化論』NHK出版、二〇一七年

［単著］『東京大学「80年代地下文化論」講義　決定版』河出書房新社、二〇一五年

翻訳

楊駿驍（Yang Junxiao）
早稲田大学大学院文学研究科博士後期課程

張宇博（Zhang Yubo）
早稲田大学大学院文学研究科博士後期課程

山田裕美子（Yamada Yumiko）
通訳者

劉茜（Liu Qian）
早稲田大学大学院文学研究科博士後期課程

陸賽君（Lu Saijun）
翻訳者、早稲田大学大学院文学研究科修士課程修了

ポストコロニアル時代の人文学と東アジア文化圏　1
越境する東アジアの文化を問う―新世紀の文化研究
Humanities in Post-colonial Era and East Asian Cultures 1
Issues of Border-crossing Culture in East Asia: Cultural Studies for the New Century
Edited by Senno Takumasa

発行	2019年3月25日　初版1刷
定価	2800円＋税
編者	© 千野拓政
発行者	松本功
本文フォーマット	大崎善治
装丁・イラスト	萱島雄太
印刷・製本所	三美印刷株式会社
発行所	株式会社 ひつじ書房
	〒112-0011 東京都文京区千石 2-1-2 大和ビル2階
	Tel.03-5319-4916　Fax.03-5319-4917
	郵便振替 00120-8-142852
	toiawase@hituzi.co.jp　http://www.hituzi.co.jp/

ISBN978-4-89476-978-6